イダジョ!

医大女子

史夏ゆみ

ハルキ文庫

角川春樹事務所

*本書は二〇一八年九月に文響社より単行本として刊行された小説です。

目次

登場人物紹介

安月美南 Azuki Minami

……本作の主人公。意志の強さと持ち前の明るさで、困難に負けず医師を目指す。

景見桂吾 Kagemi Keigo

……現役医師。専門は心臓血管外科。腕利きで、患者の懐に入っていく話術を持つ。

日向魁人 Hyuga Kaito

……爽やかなアイドル系美男子。家族全員医師の御曹司。

古坂翔子 Kosaka Shoko

……小悪魔系女子。そのルックスと体形で、医師とその卵たちを誘惑する。

帯刀俊 Tatewaki Shun

……超秀才の変わり者。虫嫌い。奇術部に所属している。

小倉兼高 Ogura Kanetaka

……再受験の32歳。血が苦手で手術中に気絶してしまうことも。

長峰沙良 Nagamine Sara

……親の希望で医大に入らされた。何故か美南を敵視する。

秋元愛美 Akimoto Manami

……解剖が苦手で落第し、美南と同学年になった清楚系女子。大学内に歳上のカレシがいる。

序章　おれんじいろのびょういん

「おばあちゃん、おばあちゃん！」

床の上に倒れた祖母は、苦しそうに顔をしかめたまま動かなかった。寒く暗い夜。まだ六歳だった美南《みなみ》は祖母を何度も揺さぶり、何の反応もないと分かると立ち上がって電話へ走った。

電話の前の壁には父と母の携帯電話番号、そして「きゅうきゅうしゃ　119　けいさつ　110」と祖母の字で大きく書いた紙が貼ってある。

母へ電話した。

呼出音を聞きながら、美南は心のなかで叫ぶ。

――ママ！　ママ！

ところが、母への携帯電話はつながらない。父もダメだった。そこで美南は、隣に大きく書いてあった一一九へ電話した。

「火事ですか、救急ですか？」

電話はすぐつながった。美南は半泣きになる。

「もしもし、もしもし！　おばあちゃんが倒れました！　助けてください！」

電話口に出た通信員が、落ち着いた声で聞いてくる。

「周りに誰か大人はいませんか？　お母さんやお父さんは？」

「会社です」

「おばあちゃん、どうして倒れたのかな？　どこかぶつけた？」

「分かんない、いきなりウーッていって」

「おばあちゃんは今、苦しそう？　何か声出してますか？」

「何もいってません。痛そうな顔して動かない」

美南は知らない大人とのやり取りを必死でこなし、祖母の家の場所を説明した。すると電話の向こうの声が「はい、安月《あづき》さんのおうち分かったよ。すぐ救急車が行くから、サイレンが聞こえたらおうちから出てきて、手を振ってね」と優しくいってくれた。

救急車がくるまでのあいだ、身動きしない祖母の丸まった背中をさすりながら、顔じゅう涙でびちゃびちゃの美南は死にそうに不安だった。

――救急車、早くきて！

暗く寒い夜、美南はひとりだった。ただひたすら祖母の背中をさすりながら、救急車の音が聞こえるのを待っていた。

やがて、微《かす》かに救急車の音が聞こえた。美南は家を飛びだして、玄関の前で両手を大きく振った。暗闇のなか、赤いチカチカした光が近づいてくる。

「安月さんですか？」

美南は大きな泣き声を発しながら、ひたすら何回も頷《うなず》いた。祖母と一緒に救急車に乗る頃になって、ようやく近所の野次馬たちが顔を出してきた。

ところが隊員は心電図を取ったり酸素マスクをつけたりするだけで、祖母はいっこうに起きない。救急隊が手当てをしたら、すぐに目を覚《さ》ますと思っていたのに。美南はなぜこの大人たちが注射や手術をしてくれないのかと、不安で仕方がなかった。

大きなサイレン音に冷静さをかき消され、疑心暗鬼と不安で押しつぶされそうになった美南に、若い救急隊員がいった。

「病院に着いたよ。今お医者さんが診《み》てくれるからね」

この時、美南は初めてこの人たちが医師ではなかったことを知った。

カーテンの隙間《すきま》から美南が外を覗《のぞ》くと、そこには真っ黒な闇のなかに煌々《こうこう》と灯《あか》りを放つオレンジ色の病院がある。

――ああ、あそこだ！　あそこに着けば何とかなる。あんなに明るくて、あんなに大きいんだから。

オレンジ色の病院の前で救急車が停まると、救急入口ではすでに数人の看護師がストレッチャーを用意して待っていた。祖母はそのままどこかに運ばれていったが、その時看護師が脈だの瞳孔《どうこう》だのを調べていた。やがて中年の男性医師が現れると看護師が走り寄って、祖母の病状を説明する。その光景はまるで、聖女に囲まれた救世主！　オレンジ色の病院は、この時祖母だけでなく美南をも暗い闇から救いたもうたのである。

「おれんじいろのびょういんになりたい」

美南はその年の七夕《たなばた》、短冊にそう書いた。

第一章　聖コスマ＆ダミアノ医科大学

1

満開の桜が、バス通りから坂の上までの道を彩《いろど》っている。坂の途中には軍艦島《ぐんかんじま》のような古い病院が佇《たたず》み、その前にバスターミナルが広がる。病院の隣にある医学部本館の脇には、細い小坂。そこを上ると学生棟が見えてくる。建て替えられたばかりのガラス張りのこの建物は、近代的な美術館のようだ。

黒スーツの若い男女が満開の桜を潜《くぐ》り、緊張した面持《おもも》ちで次々と医学部本館に入っていく。高度成長期の頃に流行《はや》ったテカテカの茶色いタイルが貼られた本館の入口には、大きな字の立て看板。

『聖コスマ＆ダミアノ医科大学　入学式　於大講堂』。

「ここでいいのよね」

看板を眺《なが》めながら美穂《みほ》が唾《つば》を飲む。黒いスーツと薄ベージュのブラウス、黒のハンドバッグ、黒のパンプス。最高級の雰囲気ではないが、娘の入学式に出席する五〇を過ぎた女としては及第点だ。髪の毛も綺麗にセットしてある。

知宏《ともひろ》が頷く。冠婚葬祭に着まわしているであろう黒のスーツと白いワイシャツ、流行ものではない黒の革靴。ちょっと青みの入ったネクタイ。中間管理職の雰囲気を漂《ただよ》わせている。

「いいんだ」

「間違いじゃないわよね」

「学費は払ってある。入学金合わせて六九〇万！」

「ウッソ、そんな大金どっから借りたの？」

高校の制服姿の孝美《たかみ》が、目を丸くして父に食いつく。よくある紺《こん》色のブレザーにチェック柄ボックスプリーツのスカート、紺色の長めのソックスと安い学生用革靴。名門附属校ではないと分かる、ありがちな制服。しかし肩につかない黒い直毛《ちょくもう》とあまり整えられていない眉毛が、それほど偏差値が低くもない学校であろうことを示唆《しさ》している。

「老後の蓄《たくわ》えから削った。心配するな！」

「そうよ。少なくとも今年の分は大丈夫！」

「シッ！」

本日の主役である安月《あづき》美南《みなみ》が、三人を制する。黒いリクルートスーツに白いブラウス、パンツは結構ピチピチ。入学式までに痩《や》せる予定で、少し小さめを買ったからだ。どう持っていいのか分からないトートバッグが、美南をからかうかのように身体《からだ》にぶつかる。黒いポニーテールはまさに馬の尻尾《しっぽ》のごとく揺れ、短く切り過ぎた前髪の隙間からは意志の強そうな瞳が透《す》き通るような光を放っている。

美南は本館を見上げ、それから左手の病院を見た。病院の前にあるバスターミナルには、外来診療がある平日の午前中にあっちこっちの鉄道駅とつなぐ路線バスが休みなく出入りする。バスから次々に降りる患者や付き添い人を数か所で立っている警備員が見守り、時には声をかけている。

「おはようございまーす！　足元にお気をつけくださーい！　おはようございまーす！」

「すいません。初めてなんですけどどこ行けばいいんですかね」

「はい、なかに入るとすぐ受付カウンターというのがありまして……」

警備員が慣れた受け答えをすると、患者は一礼して病院に入っていく。それが一日に何回も繰り返される。

バスから降りてきて足元に気をつけながらゆっくり歩く老女と、それに付き添う夫らしき老人が美南のほうを見た。

「あら、今日は大学の入学式かしらね」

「あー、そうだね。みんな黒い服着て、初々《ういうい》しいねえ」

美南は気恥ずかしくなり、目を逸《そ》らして再度病院を見上げた。

病院は確かに古い。だが大勢の人が出入りし、いろんな音や声が聞こえ、活気が伝わってくる。

──ここが、これから私が六年間通う大学なのだ。

そう考えるだけで、体内でアドレナリンが一気に分泌《ぶんぴつ》されているような気がした。

「これが大講堂っていうんだって。それから美南は教室に行って、私たちはここで終わり」

事前に配布された入学式についてのプリントを見ながら、母の美穂が今日の流れを説明する。

式場となる大講堂は古い本館の最上階ぶち抜きていどの大きさで、単なる古ぼけた階段式の大教室だ。一学年一二〇人規模の単科大学では、こんなものである。父の知宏は大講堂の入口でもらったカタログや式次第をパイプ椅子《いす》に括《くく》り付けられた小さなテーブルに広げ、丁寧《ていねい》に確認し始めた。

「医者になるまで六年、それから研修医の期間が二年か」

「留年しなければね」

「留年なんかしないでよ！　一年余計にやる余裕はうちにはないからね！」

美穂が美南に振り返っていうと、美南が顔をしかめて制した。

「シッ！　うるさいってば！」

「寄付金の振込書が入ってる。おい、見ろ！」

知宏が指す一文にあったのは、『一口百万円』。これに美穂の目と口が大きく開く。

「ちょ、ちょっと！　これ払わないと大学クビになったりするの？」

「いや、いくら何でもそんなことはないだろう」

「成績悪くなったり、就職先に差をつけられたりする？」

「さあ……あ、任意って書いてある」

「いくらそう書いてあっても任意同行みたいなもんで、断らない前提なんじゃない？」

妹の孝美が心配そうにいうと、知宏は無理に胸を張った。

「しかたない！　ない袖は振れない」

「そりゃそうだけど……何で威張《いば》ってんの」

「大学の成績が悪かろうが、要は国家試験に受かればいいんだ！」

前の席に上品そうな夫婦がやってきて座ったので、両親と妹は口を閉じた。美南はほっとして、やっと静かになった家族を見遣《みや》りながらため息をついた。

次々と学生の家族が入ってくる。いささか居心地が悪くて落ち着かない孝美が、パンフレットを見ながら美南に呟《つぶや》く。

「ね、コスマ・アンド・ダミアノって何のこと？」

「聖書に出てくる、医者の双子だか兄弟だかそんな感じ」

「何それ？　知らんし、いいにくいし、覚えにくいし」

「だから、ここは略してＣＤ《シーディー》っていうんだよ」

「ＣＤ？　何それ？　分かりにくく！」

「CDっていえばコンパクトディスクだよなあ」

楽しそうに知宏が首を突っ込むと、孝美は白けた顔をして黙った。知宏の笑いは、息を吸う時に大きな音になる。「あはは」ではなく、「ひっ、ひっ」という引き付けたような笑い声である。それが気に障《さわ》ったのか、前や隣の席に座る夫婦が奥ゆかしく批判的な視線を向けた。ついでに美穂も孝美も知宏を睨《にら》むので、知宏は慌てて話題を変えた。

「そういえば、さっき病院の傍《そば》に聖堂があったな。あそこでお祈りとかするのか？」

「どーだろ？ あ、そういえば実験動物の慰霊祭《いれいさい》やるっていってた」

「実験動物？ 亡くなった人とかじゃなくて？」

「病院の脇で人の慰霊祭はなくね？」

「孝美、口のききかた！」

美穂が神経質に孝美の口を指差す。どうやらこの雰囲気に飲まれて、突如《とつじょ》として上品に振る舞わなければならない気がしてきたらしい。孝美はそれに、肩を竦《すく》めて苦笑した。

入学式が始まった。重々しい祝辞と学長、教授陣の紹介。前に立つお偉方の半分はスーツ、半分は白衣姿で、そのうちの何人かは病院の外来診療担当だった。入学式という厳《げん》粛《しゅく》な式でありながら、いかにも診療の途中抜けてきましたという風情《ふぜい》が職人っぽさを醸《かも》しだしている。紺か黒のケーシー（丈が短い半袖の医療衣）姿をした、学生のように若い先生もいる。このがっしりとした体格のケーシーは、病院担当だが今年度だけ実習のアシストに入るということで、紹介が終わったら慌ただしく出て行った。名は景見《かげみ》桂吾《けいご》、専門は心臓血管外科といっていた。

「うん、外科医っぽいな。外科は体力がいるから、体育会系なんだ」

知宏が、さも自分が医師について何か知っている風に頷いた。しかし知宏は工学部出の、大手電機メーカー勤務である。

知宏も美穂も孝美も、落ち着きなくあちらこちらを瞥見《べっけん》している。美南だけが前を見て、教授陣を興味と好奇の目で眺《なが》めていた。美穂は斜め前の席に座る新入生の母親らしき女性の膝に載る黒いバッグを凝視《ぎょうし》し、それから孝美をつついて呟いた。

「見て。クロエよ」

孝美は鼻の下を伸ばしてその女性の膝上を覗くと、すかさずスマホを取り出して指を滑らせた。

「あった。え！　ね、ちょっと見て」

孝美が目を丸くして、ブランド物を売るサイトに載る同型の鞄を美穂に見せた。四五万四〇〇〇円。

孝美と美南が顔を見合わせていると、今度は知宏の隣の女性が持つバッグが美穂の目に入った。

「お父さんの隣、シャネル！」

美穂に促《うなが》され、孝美が前のめりになって横を見る。それから再びスマホを操作し、無言で画面を母と姉に示す。

八三万七〇〇〇円。

三人は何も話さずに、肩を竦めて変顔をした。

「ね、みんなスーツもブランドだったんじゃない？」

「母さんも思った。美南、ちょっと恥ずかしかったかな」

「お姉ちゃんのスーツ、どこで買ったの？」

「近くの量販店。五点セット二万八〇〇〇円」

「高！　そもそも五点て何？　そんなに要《い》る？」

「高くないってば！　それに一年から実習があって外の病院とかに行くっていうから、しょっちゅう使うならパンツもスカートもあったほうがいいかなと思って……まとめ買いのが安いのよ」

美穂が必死で説明していると、今度は小声で知宏が三人の会話を遮《さえぎ》る。

「前の男、医者だ」

知宏の前にはオールバックで健康そうに日焼けした、薄いピンクのシャツにお洒落《しゃれ》なグレーのスーツを着た中年男性が座っている。

「え？　この人？　何で分かったの？」

「さっき重そうな鞄持ってた時、寒くもないのに薄手の手袋をしてた。外科だな」

「本当？　そういうもんなの？」

「指を守ってるんだ。そう聞いたことがある」

「そうか、指ケガしちゃ手術できないから！」

すると、孝美が口を挟む。

「てか、こいつヅラじゃね？」

「シッ！」

そんな風にして、安月家の面々はまるでモルモットのように落ち着きなく動いていた。

ふと、斜め後ろでこちらを睨む新入生らしき若い女性が美南の視界に入った。この女子学生はまるで以前から美南を知っていて、しかも恨みでもあるかのようにただ美南だけを睨んでいる。顔をしかめた気難しそうな強面《こわもて》で、医科大生っぽくない安っぽい茶色に染めた髪と濃い化粧《けしよう》をしている。

「ね、ちょっと、静かにして。睨まれてる」

思わず美南が小声で美穂を諭《さと》すと、美穂は「え、何なに？」と全然気にとめない返事をした。

入学式の最後、堀田《ほった》学長が芝居がかった風に両手を広げて声を張り上げ、式をしめた。

「新入生諸君、聖コスマ＆ダミアノ医科大学へようこそ！　いい医師になってください！」

2

入学式から一か月も経《た》った頃、ＣＤ病院を囲む新緑が眩《まぶ》しく揺れていた。その病院を見下ろす高台にある新築の教育棟、学生食堂にのんびりと天そばをすする美南の姿があった。

「美南！　ネックレスの鎖絡《から》まっちゃった、取ってえ」

日替わり定食の盆を手に、古坂翔子《こさかしょうこ》が近づいてくる。翔子は女子アナのような長めの綺麗に巻かれたヘアスタイルで、いつも胸を強調するフェミニンな服装をしている。小動物のような目で人を覗き込む癖とグラビアアイドル並みの胸で、入学直後から男子学生の注目を一気に集めたクラスメートだ。

英語の授業では名前順に前から座るため、美南と翔子はたまたま隣同士だ。二人はそれをきっかけに授業初日から一緒に昼食を食べたり教室を移動したりした仲だが、翔子は美南のざっくばらんな性格を好ましく思ったのか、それ以来こうしてよく話しかけてくる。

CDは各学年一二〇名前後で一クラスしかなく、基本六年間朝から晩までずっと同じ面子《メンツ》で過ごすので、クラスメートを覚えるのはみんな早い。

「貸してみ」

美南は翔子からネックレスを受け取ると、手際《てぎわ》よく絡まりをほどいた。

「さすが、ありがと。器用だよね、美南って。てか、まーた天そば？」

おもしろいことに、翔子は美南と二人だけで話す時は声も低めで滑舌《かつぜつ》がいい。だが三人以上になると途端にトーンが上がり、少し舌足らずの可愛《かわい》らしい話しかたになる。相手が男子だろうと女子だろうと、それは同じだった。

「だってここの天そば美味《おい》しいんだもん」

「ダイエットにはならないよ」

「うん、大竹《おおたけ》さん見れば分かる」

美南と翔子は、無言で厨房《ちゅうぼう》につながるカウンターを見遣る。そこにはもはや液状型肥満とでもいうべき大竹晴馬《はるま》が、ただしゃべるだけで息を荒くしながら注文品を出している。

「はーい、カレーライスね！　そっちはA定食？　ご飯は普通盛り？」

「一番の好物が天そばなんだって」

「大竹さんの？　意外と小食なんだ」

「一杯とは限らない」

二人は無言で見合って頷いた。翔子は食堂内をグルッと見回してドア近くに座る金髪の男子学生を見つけると、前かがみになって小声で美南に尋《たず》ねてきた。

「ね、美南バレー部でしょ？　あの子もそうだよね、菊池《きくち》君。ほら、あの金髪の子。ポルシェ持ってる」

美南は翔子の視線の先へ振り向いた。

「ああ、菊池君？　ポルシェ持ってんの？」

「うん、白いの」

「へー、お金持ちなんだー。でも菊池君バレー部だけど留年してるから、今年は部活参加しちゃダメなんだって」

医大生といえど、勉強と実習だけしているわけではない。CDでは基本的に全員が何らかの部活動をせねばならず、特に体力が不可欠な医師という職業への訓練として運動部が推奨《すいしょう》されている。

しかし留年したら、その一年は部活参加禁止という学則がある。次はちゃんと上がれるように勉強しなさい、というわけである。もし同じ学年で二年連続留年したら放校、即《すなわ》ちクビである。

「知ってる？　菊池君って、特待入学なんだって」

「えー？　だって四浪一留でしょ？」

「うん。だからもともとは御三家辺り狙ってたのかも」

ちなみに医学部の御三家といえば慶應義塾《けいおうぎじゅく》大学、東京慈恵《じけい》会医科大学、日本医科大学を指す。

「そんなにアタマいいのに留年してんの、もったいない」

「お金あるからいいんじゃない？　ご両親医師でしょ？　それにダイビングとスノボしかしてないんだもん、そりゃ上がれないよ」

「菊池君、カノジョいないの？」

「五年の須田《すだ》さんと付き合ってるよ。知らない？　バスケ部の人」

「えー、知らない。翔子、詳しいね」

「うん、一度寝たから」

美南が目を丸くして顔を上げると翔子はすでに食べ終わっており、可愛らしく萌え袖をした両手で湯飲み茶碗を抱えて茶を飲みだした。

「明日は病院実習か。美南、誰と行くの？」

「小倉《おぐら》さんと長峰《ながみね》さん。え、ちょっと翔子、寝たって」

「私もないんだよね。何か取っつきにくいっていうか。長峰さんはあんまりしゃべったことないわね」

「何、美南、長峰さんと入学式の時何かあったの？」

「いや、何も。ただずっと睨まれてたから。うちがみんなうるさいのがいけないんだけどさ。それより、ね、翔子」

「私は帯刀《たてわき》君が何か苦手だなー。あの人、何か陰《いん》キャっぽくない？　てか時間ヤバ！　行かなきゃ！」

ふと気がつくと、周囲の学生たちが波が引くように学生食堂からいなくなっている。CDはとにかく授業がギッシリで、しかも一学年が全員同じ授業を受けるため、「次のコマは空《あ》き」とか「今日は三限から」というようなバラつきがない。だから休み時間と昼食時はどこも大混雑し、授業時間中にそのコマの授業がない学生がのんびり食堂に座っておしゃべりという風景もまず見ない。そういう時に食堂にいるのは六年生だけだ。最終学年の六年生は授業への参加が必須ではないが、それは卒業試験や国家試験に向けて勉強しなさいという意味である。

翔子に肝心《かんじん》なところをはぐらかされたまま美南が食堂を出ると、入口のところでクラスメートの日向魁人《ひゅうがかいと》が白衣の男性と立ち話をしていた。日向はふわりとした茶髪、色白で線の細いアイドル系女顔、今年のCD祭では確実に「ミスターCD」に選ばれるだろうと入学当初から囁《ささや》かれている。黒髪剛毛で色黒、大柄でガッシリ体型の古風な雰囲気を漂わせるその白衣の男性と並ぶと、まるでアイスのバニラとチョコだった。

「日向君！」

美南が明るく手を振ったのに、隣の翔子は丁寧に頭を下げる。

「じゃ」

男性が日向に向かって軽く手を挙げて去り、日向も一礼した。

「ありがとうございました」

「誰？　先輩？」

何の気なしに美南が尋ねると、翔子が目を剝《む》いた。

「は？　バカじゃない？　美南、景見先生知らないの？」

「え？　先生なの？」

「病院の心臓血管外科で、まだ若いけど腕のいい注目株だよ。入学式の時もいたの、知らない？」

美南は首を傾《かし》げながら記憶を辿《たど》った。

――あ！　黒っぽいケーシーを着ていた先生だ。

「日向君、景見先生と知り合いだったんだ？」

「サッカーの試合でグラウンド使うから、先生たちがフットサルやる時間と調整してたの。親切で気さくで、いい先生だよ」

「先生たちでフットサル？」

「病院の若手先生中心に、集まって時々やってるんだって」

「外来と手術とフットサル？　どんだけ体力あるの？」

美南と翔子は顔を見合わせた。若手に限らず外科系の医師は体力があり、身体を動かすのが得意な人が多い。

「てかサッカー部って、グラウンド取るの一年がやるの？　マネは？」

「マネは看護だから、忙しくてかわいそうなんだよ」

CDには、三年制の附属看護専門学校がある。病院や大学と同じ敷地内にあるので、施設も部活も共有だ。しかし大学の看護学部が四年ですることを三年でするわけだから授業数といい実習量といい大変なもので、「風邪一回留年一年」といわれるほど進級も卒業も厳しい。

「あ、マネって朝永《ともなが》さんって人じゃない？」

「そう！　古坂さん、知り合い？」

「新歓の時ちょっと話した」

日向と翔子の会話を聞いて、美南は驚いた。

「え？　翔子、サッカー部の新歓にも行ってたの？」

「うん。全部で七つくらい行ったよ」

「はー……」

各学年一二〇人前後、学部全体でも七〇〇人ちょっとと学生数が少ないCDの部活は、新一年生がいかに多く入部するかが部の存続にとって重要だ。だから新歓すなわち新入生歓迎の期間は、毎年新一年生の争奪戦になる。新歓の飲み会のために二年生以上の担当者は前もって下調べし、吟味《ぎんみ》した店を借り切り、なかなか豪華な食事を用意して新一年生を歓待し、さらに翌日以降も頻繁《ひんぱん》に連絡をとる。この一連の不慣れな営業行為で、上級生はくたくたになる。

いっぽうの一年生は知らない人たちに囲まれて長々と話をし、その後もしつこく声をかけられるのだから、怖いし面倒くさい。それに翌日は朝早くから授業があるので、連日の飲み会は体力的にも大変だ。だから興味のある二、三の部に絞って参加するのが普通である。

だが翔子は次々新歓に参加し、悪びれずに高価なタダメシを食べ、その間にイケメンを探し、翌日以降二度と行かないであろう部の上級生に話しかけられたら、平然と「ごめんなさーい、他の部に決めましたー」という。美南は翔子の行動力と強い意志に、感心するしかなかった。

美南は二つほど新歓の飲み会に行き、結局バレー部に入部することにした。その新歓の時、たまたま顧問の須崎《すざき》が遅れてやってきて美南のすぐ傍に座った。少しおでこが広くなった七三分けの細目顔でヒョロッと背が高く、しかし堅物《かたぶつ》そうな顔とは不釣り合いな小麦色の肌をしていた。

「どうも、顧問の須崎です」

その自己紹介に美南がキョトンとしていると、隣の上級生が教えてくれた。

「須崎先生はパイ外の教授」

「パ、パイ外？」

「乳腺・内分泌外科のこと。オッパイの外科だからパイ外」

「あ、なるほど！」

美南が感心していると、その上級生が須崎にビールを注いだ。

「須崎先生、そういえば息子さんどうなりました？」

「今、栃木《とちぎ》の北関東相互病院ってとこにいるんだよ」

「地方って、忙しいけどお給料いいって聞きますね」

「うん、収入はよく知らないけど、忙しいみたいだなあ。だからいろんな経験積めていいんじゃないかと思ったんだけど、何だかあんまり田舎《いなか》暮らしが合わないみたいでさ。こっちに呼び戻したいんだけどねえ」

美南が素《す》っ頓狂《とんきょう》な顔をしていたので、また隣の先輩が気をきかせて説明してくれた。

「先生の息子さん、医師なのよ。梅林《ばいりん》大で研修終えて、二年目でしたっけ？」

須崎が、コップに口をつけながら頷いた。

「そうなんですか。何科ですか？」

「心臓血管外科」

「じゃ、心臓血管外科に空きがあればCDにいらっしゃることもあるんですか？」

「うーん、でもうちの若手には景見がいるからなあ」

景見というと、あの黒ケーシーだ。翔子も随分《ずいぶん》持ちあげていたが、腕がいいという話は他でも噂《うわさ》で何回か聞いた。

「若い先生って、一人いたら同じ科はもうダメなんですか？」

「そんなこともないよ、班が被《かぶ》らなければね。でも景見とは大学は違うんだけど、学年的にバッチリ同期だからなー。比べられるのも可哀想《かわいそう》な気がしてね」

「お、先生、親心っすねー」

先輩たちにからかわれて、須崎は照れ笑いをした。

教授というのは、息子を自分の大学病院に置きたいものなんだろうか。実際CDには親がCDで教授をしている学生が何人かいるし、そういう人たちはそのまま ここに就職したいと考えているようだ。開業医は親子でやっているケースも多いから、医師の世界では親子で同じ勤務先というのは当たり前なのだろうか。美南は自分が父・知宏の会社で知宏と働いている姿を想像して、それはかなり嫌だと思ったものだった。

3

毎週木曜日は学外実習だ。卒業生がいるCD外の病院や福祉施設、保育園などに出向いて、その仕事ぶりを一日見学する。

そう、ただ立って見学するだけである。医学部といっても資格がないのだから診察はできないし、入学して数か月の医学生などその辺のお母さんより明らかに知識がない。

今日の美南は五点セット二万八〇〇〇円のスーツを着て、郊外にある複数の診療科を持つまあまあ大きな病院で、診察や受付の流れを見学している。だが美南が立っている場所が悪いのか、先ほどから何回も患者さんが話しかけてくる。

「このお支払いお願いします」

「あ、会計はあっちです」

「お姉さん、トイレどこかね」

「会計カウンターのところを左に曲がって……」

「ねえ、駐車場にちゃんと停めてない車があるんだけど、ちょっと注意してくれない？」

そして美南が困った顔をする度《たび》に、患者たちはこういう。

「事務の人でしょ？」

ぶーっ！　と心のなかで叫びながらも、美南は自分の外見や年齢からしても、間違えられるのはしょうがないと思った。それで、さり気なく受付カウンターから離れた。そもそも就活スーツで、こんなところに立っているのが悪いのだ。

ふと、初めてまともに声をかけられた。

「あら、実習の学生さんね。まあ、お疲れさま」

一人の老女がニコニコと左手に杖を持って、ゆっくりとおぼつかない足取りで歩いてくる。

「あ、そうです。よろしくお願いします」

「ずーっと立ってて大変でしょ？」

「そうですね」

すると、透析室《とうせき》から顔を覗かせた看護師がいった。

「石田《いしだ》さん、透析室へどうぞ。あ、ちょうどいい。そこの学生さん、石田さんに手を貸してさしあげて」

そこで美南は、石田というこの品のいい老女に手を差し伸べた。だが医学生といっても、何の経験もない一〇代の学生である。どこでどう手を貸したらいいのか分からない。

「ありがとう。大丈夫よ」

石田はそういいながら、一人で透析室に入って横になった。美南はおろおろと後ろをついていく。石田は腎臓の働きが悪く、血液透析を受けにきている患者だった。

「少しお話を伺《うかが》うといいよ。患者さんが何に困ってるか聞いてごらん」

医師にそう促されて、美南は許可をもらって石田の脇に座った。

「何をいえばいいのかしら。イヤだわ、私ったらそんな気のきいたこといえなくて」

チューブをつけられた右手を伸ばしたまま、石田は笑った。美南はおばあちゃん子だったので、年配の女性と話すのは得意だった。

「おうちは近くですか？」

「ううん、そうでもないの。でもすぐそこのバス停からバスに乗って一本だから、楽は楽よ。前は主人が送ってくれていたんだけど、半年前に亡くなっちゃったのよ」

石田は明るく笑った。美南はどう反応していいのか分からない。暇つぶしに慣れているのか、石田は楽しそうに話を続ける。

「つまんないのよー、一人だと。この間なんかね、廊下で一人で転んじゃったんだけど、だーれも助けてくれないの。当たり前だけどびっくりしちゃった。ひとりってこういうことなのね。あなた、ご家族と一緒に暮らしていらっしゃる？」

「あ、はい。両親と妹と」

「あら、賑《にぎ》やかでいいわね」

「うるさいですけどね」

美南が苦笑すると、石田は美南の手にそっと自分の手を添えた。

「傍にいるとそう思うけど、いなくなったら寂《さび》しいものよ。賑やかなのは平和な証拠。ね？」

その手の冷たさは、石田の寂しさを表している気がした。美南は微笑した。

美南はぶっきらぼうな毒舌と感情が分かりやすい大きな瞳を持ち、集団行動に固執しないせいもあって、一見ドライで孤高に思われがちだ。しかし実はそうでもなく、家族と一緒に暮らすのは嫌いではない。もともとあまり他人に振り回されるタイプではなくいつでもマイペースで動けるので、自分だけの世界や時間というものを守ろうと必死になる必要がないのだ。妹の孝美はその真逆で、すぐ人の影響を受けたり人に気を遣ったりして疲れてしまうから、自分のペースを保ってリラックスするために一人の世界を大事にする。

「あなた、おじいさまやおばあさまは？」

「父方はどちらも亡くなりました」

「あらそう。いつ？」

「祖父は私が生まれる前で、祖母は小学校二年の時です」

「一緒にお住まいだったの？」

「いいえ。でも家はすぐ傍だったんで、入り浸《びた》ってました。うちは母が働いてるんで、幼《よう》稚園《ちえん》の送り迎えも祖母がやってくれてたんです」

「まあ、おばあさまは大変でいらしたわね」

「そうでしょうね。それから母が帰ってくるまで妹と一緒にずっと祖母の家にいて、夜になると自分の家に帰るんです」

美南の頭に、真っ暗な夜に煌々と灯りが照る、オレンジ色の病院の風景が浮かんだ。それが何だったのか具体的には思いだせないが、根底にある「おれんじいろのびょういん」

の原風景は、ふとした拍子《ひょうし》にとても温かい、安心できる場所のシンボルとして美南の脳裏《のうり》をよぎる。

「まあ、みんな大変。お母さま方のおじいさまとおばあさまは？」

「二人とも元気ですが、富山に住んでいるんです」

「あら、遠いのね」

その時昼食時間だといって医師が美南を呼んだので、美南は石田に礼をいって透析室を出た。

昼休み、美南は小倉兼高《かねたか》と長峰沙良《さら》という、一緒に実習を受けているクラスメートと昼食を摂りに外に出た。沙良は入学式の時、美南を睨んでいたあの女子学生である。初対面の印象も最悪だったうえほとんど話したこともなく、苦手といえば苦手なのだが、声をかけないのも変だからと思って誘ったら、意外と簡単についてきて驚いた。この時の沙良は大学に入ったばかりでもあり、少しは美南たちに歩み寄って話でもしてみようとしていたのかも知れない。

小倉は再受験組だから明らかに年齢が上で、家族も持っている。いつもスーツ姿でとにかく背が高く、一九五センチもあるそうだ。乳腺外科の須崎に似ているので、小倉は「色白須崎」だとバレー部の一年生で噴きだしたことがある。

外食に慣れている風の小倉が食事処を探して、適当なイタリアンレストランに入りパスタを食べた。美南はついこの間までは高校生、現役で大学に入学しているので、友達同士でレストランに昼食を摂りに行くということ自体に慣れていない。だから店一つ選ぶのも大変なので、小倉がいてくれたのはありがたかった。

すでに髪が少し薄くなった小倉が、中堅サラリーマンのように使い慣れたスーツの内ポケットにスマホを入れながら尋ねてきた。

「安月さんは東京出身？」

「そうです」

「長峰さんは？」

「地元」

「じゃ、二人とも実家暮らしか」

美南が頷こうとすると、沙良が悪態をついた。

「まさか。親となんか死んでも住まないし」

「お、そうなの？　仲悪いんだ？」

「てゆーか、死ねよっていうほど嫌いなだけです」

沙良は無愛想にそう答え、スマホをいじりだした。気まずい空気のなか、小倉と美南は苦笑して顔を見合わせた。

料理がくると、沙良は一口食べて嫌そうにフォークを置いた。

「美味しくない？」

「トマトソースとパスタがちゃんと絡んでない。野菜にまだじゅうぶん火が通ってない。

テキトーに作った感丸出し」

どうしてそこまでいう必要があるのか、沙良はレストランに恨みでもあるかのように味を批判した。美南は沙良の顔をまじまじと見る。

「お、グルメなんだね！」

小倉が気を遣って作り笑いをする。そこで美南も話題を変えた。

「小倉さんはご家族は？」

「奥さんと子ども二人」

「二人！」

「小学校一年生と幼稚園の年中さん」

「うわー、可愛いでしょうね！」

「僕も一年だから、同級生だくらいに思って得意になってるよ」

二人が楽しそうに声を合わせて笑うと、沙良が急に千円札を置いて立ち上がった。

「ちょっと用事があるんで。時間になったら戻ります」

「あ、はい」

「何で？」

美南が素っ頓狂に聞くと、沙良が牙を剝くような顔をした。

「はあ？」

「全然食べてなくて平気？　それに用事っていっても、そんなに時間ないよ」

「余計なお世話なんですけど」

二人の温度差を察した小倉が、慌てて両者のあいだに入った。

「あー、いやいや、さっさと用事済ませてきて。ね、実習に遅れると困るでしょ」

「何でそんな怒ってるの？」

美南が不思議そうに尋ねると、沙良は大きく息を吸ってから野太い声でいった。

「こんなマズいもの食べて家族の話とか、聞いていられない」

これに小倉がピクッと反応した。この店を探したのも、家族の話をしていたのも小倉だったからだ。美南は小倉が気の毒になった。これは明らかに巻き込まれ事故だ。沙良が嫌いなのは美南だ。

美南は、沙良にキチンと向きなおって聞いてみた。

「ねえ、長峰さんって入学式の時からものすごく挑戦的な気がするんだけど、私何かした？　私の何がそんなにイラつくの？」

すると沙良はひどくバカにしたような視線を投げかけ、嘲笑《ちょうしょう》した。

「強《し》いていうならあんたの家族の存在自体？」

「え？」

「家族全員であんたの背中押して、医者になってもらいたいって強欲《ごうよく》な必死感アリアリのくせに、やたら仲いいアピールしてさ。頭悪そ！」

「え？　何、それ？」

美南の家族のことなど全然知らない沙良に、ここまで非難されるいわれはない。美南がケンカを買おうとしたその時、小倉が低い声で口を挟んだ。

「長峰さん、いい加減にしなさいよ」

これに沙良は少し気まずさを覚えたようだった。もともと沙良は、小倉にケンカを売るつもりはない。それでも小倉をチラッと見遣ると、美南だけ睨んで悪態をついた。

「あんた医学部向きじゃないんじゃない？　何もかもが、さ！」

そういって速足で店を出ていく沙良の背中を眺めながら、小倉が呟く。

「すごいね」

茫然《ぼうぜん》としている美南に、小倉は「気にすることないよ」と苦笑した。

「自分の家族とうまくいってないみたいだし、安月さんたちが仲良く見えて羨《うらや》ましかったんじゃない？」

「でも、それだけであんなに噛みつきます、普通？」

「うーん、まあちょっと普通じゃないね」

二人はしばし、呆《あき》れ顔で店の出口のほうを見遣った。

いつまでも怒っていても楽しくない。空気の流れを変えたかったので、美南は話題を変えた。

「小倉さんって再受験ですか？」

「そりゃそうだよー。僕三二だよ？　再受験でなけりゃ……一四浪？」

小倉が楽しそうに笑う。

「ずっと製薬会社の営業をしてたんでね、患者さんの扱いはうまいと思うよ」

「でもご家族があって会社でちゃんと働いてて、なのに医科大受けるなんていったら、奥さん驚きませんでした？」

「いや、結構前からダラダラ勉強はしてたんだ。受かったら会社辞めるよ、みたいな感じで。でもそんなんじゃ受からないから、ここ数年は真面目《まじめ》に予備校に通ったんだよ」

「すごい努力ですね。どうしてそんなに医者になりたかったんですか？」

すると、小倉は少し恥ずかしそうにいった。

「よくあるヤツだよ。ほら、ブラック・ジャック」

「えー！」

「父親があの漫画を持ってて、中学くらいの頃だったかなー。あれ読んで、『おー、すげー！』ってなって。若い頃は医学部受からなかったから薬学部行ったんだけどさ、結局諦《あきら》められなくて」

「はー。ブラック・ジャック。よく聞きますけどね。じゃ、外科希望ですか」

「ううん、内科。この歳だからさっさと開業したいし、まず僕、血がダメなんだよね」

小倉はケロッと肩透かしをいってのけた。

「あ、それは……」

「でも、困ってる人を助けたいっていうか。医者ってさ、ある意味ボランティア精神の究極じゃない？　人を助けることが仕事」

「無償で治療するわけじゃないですけどね」

　すると、小倉は目を丸くして笑った。

「可愛い顔して、いうねー！　ま、確かにそうだ。で、安月さんはどうして医者になろうと思ったの？　親御さんがお医者さん？」

「いえ、共働きのサラリーマンです。でも幼稚園の頃から医者になりたいっていってましたね」

　正確には、美南は年長組の時の七夕の短冊に「びょういんになりたい」と書いていた。そう、医師に憧れたのではない。美南が好きなのは、病院の雰囲気なのだ。ふと脳裏に浮かぶ、あの夜の暗闇に煌々と灯りが光るオレンジ色の病院。そのなかで慌ただしく通り過ぎていく、真剣な表情の医師や看護師たち。美南は、あの安心を与えてくれる空間に自分を置きたいのである。

　美南と小倉の二人が病院に戻り、午後の実習が始まると、少し遅れて沙良が戻ってきた。沙良は不貞腐《ふてくさ》れた風に「遅れてすいません」とだけいった。頭は下げなかったし、悪いとも思っていなかっただろう。

　沙良は二浪している。テニス部の幽霊部員で、まだ入学して数か月だというのに出てこない授業も多い。ＣＤは出席に非常に厳しいので、すでに単位が危ない科目もあるはずだ。

　美南がチラチラと沙良を見ていると、反対側で小倉がゆらりと大きく揺れ、次にバターンと叩きつけるような大きな音を立てて床に倒れた。美南はその音に腰を抜かすほど驚いた。いや、本当に腰を抜かしていたのかも知れない。何しろ、一歩も動けなかった。まず最初は何が起きたのか事態を飲み込めなかったし、仰天《ぎょうてん》して足が竦《すく》むという体験をこの時生まれて初めてしたと思う。

「あ、先生！　実習の学生さんが倒れました！」

看護師が二人ほど走り寄ってきて介抱するのかと思いきや、一人が小倉の腕を引っ張ってずるずると処置室の隅《すみ》まで運んでいった。それから脈を測ったあと、すぐに迷惑そうにそのまま放置して医師のもとに戻ってきた。ベッドの陰《かげ》に、床に転がったままの小倉の革靴が見えた。

見学の学生が倒れたら、ただの邪魔な粗大ゴミみたいなものだ。それは分かるが、それにしたってあの扱いは少し悲しい。

医師も看護師も、慌ただしく患者の処置をしていた。それを見た美南は、小倉がなぜ倒れたのかやっと分かった。患者の足と医師の手元が、血に恐怖心のない美南でさえギョッとするくらい血だらけだったのである。

なるほど。小倉は、ブラック・ジャックにはなれないかも知れない。

4

小倉に限らず、医師になりたい医学生が血に弱いといったような、意外と肝心なところでおかしなことがままある。猫アレルギーの人が猫を飼うようなもので、そのうちどうにかなるだろうといういい加減さと、それでも医師になりたいという強い意志がそこには同居しているのだろう。

いっぽうで医学に非常に長《た》けているのでうっかり万能だとでも思うと、変なところでまるでヘタレな人もいる。帯刀俊《しゅん》がその例だ。

「ねえ、ちょっと、ちゃんとやってよお」

翔子が迷惑そうに帯刀を叱る。

「ちゃ、ちゃんとやってるじゃないか。ただその一区画は好ましくないっていってるだけで」

帯刀は抜群の滑舌で早口にそういうと、神経質そうに眼鏡《めがね》を直しながらカニ歩きでスパイロメーターに近づいた。生理学の実習で、この機械を使って肺機能検査をしていた時のことだ。

「ほら、もう一回吹いて。ねー、もっと機械に近づいてよ」

「いやいや、そこには結界があって」

「何の結界？　もういないからあ！」

美南と日向は笑いがとまらない。つい五分ほど前に帯刀はスパイロメーターの足元に小さなクモがいたと主張して、その周辺に近寄らないことにしたのである。

「医者になろうって人間が、何クモごときでビビってんのお？」

「医者は人の命を救うもんでしょ！　クモは人の身体から出てこないから！　ぼ、僕には関係ない生物だから！」

　帯刀が真剣な表情で声をひっくり返して叫ぶと、みんなが一斉に笑った。

「何力説してんだよー」

「病室とかで出てきたらどうする気？」

　笑いながら、ふと美南の耳に今の一言が残った。

〝医者は人の命を救うもんでしょ！〟

　なるほどそれが医師の大義だ。この世に存在する数多《あまた》の職業のなかでも、抜きんでて分かりやすい。でも、美南は人の命を救うために医師になりたい、赤の他人の命を救いたいと、リアルに考えたことが今までどれほどあっただろうか。

　——私は、何で医師になりたいのだろうか？

　病院の雰囲気が好きだから。手術や解剖がおもしろそうだから。数学と生物が得意だから。それは、医師になる理由たり得るのだろうか。

　美南のなかでは、もうずっと小さい頃から医師を目指すことが当たり前だった。夜の闇を煌々と照らすオレンジ色の病院の灯りと、そのなかでエネルギッシュに立ち働く医師や看護師の姿。その画はいつでも色あせることなく、美南の脳裏に焼きついたままだった。

　いつか自分をあのオレンジ色の病院のなかに置きたい、そう思ってきた。だがそれは自分のためだけであって、人のために何かをしたいわけではない。

「難しそうな顔してー。再試大変なの？」

視界をほぼ全部遮るように、大きな大竹が目の前に立ちはだかった。美南はハッと我に返った。

いつも混雑している食堂も、食事時を外せばほとんど誰もいなくなる。今はもう夕方で、授業後きちんと勉強している学生は図書室や教室にいる。食堂で茫漠《ぼうばく》としているのは美南くらいだった。

「え、ごめんなさい。もう閉める時間ですか？」

「まだいいよー。明日の仕込みもあるし、もう少し開けとくから」

大竹は悠然と隣のテーブルを拭《ふ》き始めた。

「大竹さん、聞いていいですか」

「何ー？」

「大竹さんって、どうしてコックさんになったんですか」

「えー？　どうしてー？　そーねえ、人が喜ぶ顔が好きだからかな」

「人が喜ぶ顔……」

「美味しいものを食べると、人って本当に嬉しそうな顔するじゃない？　幸せな顔を見て幸せになる。みんな幸せ」

「なるほど」

「どうしたの？」

「やっぱりみんな、ちゃんと理由があるんだなって」

「何？　お医者さんになる理由がないの？」

「そうじゃなくて……でも、医師になる動機って、人のためになりたいっていうのじゃなきゃいけないのかなって」

「そりゃ、凡人からすりゃそうあって欲しいけどなあ。でも実際は金持ちになりたいとか、尊敬されたいとか、そんなんじゃないの？　あ、あと男の場合は、ほら、ナースのミニスカが好きとか」

大竹はヒャッ、ヒャッと変な笑いかたをした。美南はこれに少し驚いた。これは知宏の笑いかただ。こんな変な笑いかたをする人が他にもいたとは。

「どうなの先生？」

大竹がいきなり美南の背後に大声をかけた。びっくりして振り向くと、いつの間にか二列くらい後ろのテーブルで、ケーシー姿の男性医師がうどんを食べていた。時折話題にのぼる、あの景見だ。箸《はし》を持つ太い腕はよく日に焼け、筋肉の筋が入っている。

「何が」

「医者になりたい動機が怪しいって悩む卵がここに」

「ちょっとやめてくださいよ！」

美南が大竹の袖を慌てて引っ張ると、大竹はまた変な笑い声をあげた。

景見は無表情でうどんをすすり終わると、空のどんぶりと箸を手に立ち上がっていった。

「そんなもん、後付けしたってしょうがないんじゃない？」

「え？」

男オトコした少し怖めの外見からすると意外なほど、ラフで若者らしい話しかただった。先生というよりは、部活の先輩に近い距離感を感じさせてくれる。

「何か理由があって医師になりたくて、だから医学部入ったんだろ？　じゃ、それが動機じゃないの？」

「はあ……ま、そうなんですけど。でも私の親は医者じゃないし、ゴッドハンドに感動したとかそういう経験もないし……何ていうか、医師になりたい理由が脆弱《ぜいじゃく》かなーって」

するど、景見がきょとんとした。

「『親が医者だから』は、真っ当な動機なの？」

美南の頭のなかで、クラッカーがパーンと鳴った。

――「親が医者だから」は、真っ当な動機なの？

そうか。考えてみれば当たり前の話だが、医師の子どもが医師になることは、無条件に説得力のある話ではないのだ。医師の子どもが医師になりたいというと人はそれ以上考えずに納得するし、親が医師だと「じゃ、あなたも将来はお医者さんですね」などとよくいわれるが、それは実はおかしなことなのだ。

美南は自分が医者の家系ではないことで、心のどこかで劣等《れっとう》感を持っていた。親が医師でないから、医師の子どもよりもっと強い動機がなければならないと信じていたのである。

「景見先生んとこは、親御さんお医者さん？」

「いや」

大竹が、美南の代わりに次々と質問をしてくれた。

「先生は何で医者になったの？」

すると景見は一息置いて、無表情ながらどこかいたずらっ子っぽい視線を美南に投げかけながらいった。

「ナースのミニスカが好きだから？」

「は？」

これに大竹が爆笑した。美南の茫然とした呆れ顔と大竹の妙な笑い声のなか、景見は忙《せわ》しなく走り去った。

「さすがだねえ。いいこと聞いたね」

「え、ナースが好きって？」

「いやいや、そこじゃないよ！」

大竹はまた奇妙な笑い声をあげた。

「だからさ、動機なんかどうでもいいってことだよ。医師になってからの責任感、治そうとする心構え、これが一番大事！」

美南は、口をへの字にした。

大竹のこの一言は、きっと正しいのだ。だが志望動機とは、壁にぶち当たった時立ち戻るべき拠《よ》りどころである。これがあるとないとでは、土台の強弱に大きな違いがある。

自分だってちゃんとした考えで医学部を目指したはずだ。ただそれをしっかりと形にして、言葉にしてまとめることができていない。その曖昧《あいまい》さが、美南を不安にさせていた。

5

ピカピカの教育棟には、図書館の前に談話しながら勉強ができる丸テーブルがいくつか並んだカフェスペースがある。美南の仲間は、よくそこに屯《たむろ》してみんなで勉強する。図書館のなかは話ができないし、秋になると卒試や国試に向けて緊張感が否応《いやおう》なく高まり、鬼気迫る形相《ぎょうそう》の六年生と同じ空間にいるのが辛くなるからだ。

そのカフェスペースで美南が日向と帯刀と勉強をしている時、突然日向が美南のほうを向いて尋ねてきた。

「試験終わったらさ、どっか遊びにいかない？」

美南は素っ頓狂な顔をした。このイケメンで心優しい金持ちの友人は、ついこの間までサッカー部のマネージャーをしている朝永茅里《ちさと》という看護学生と付き合っていたのだが、優し過ぎて振られたらしい。良かれと思って茅里のいうことに素直に従ってあげていたら、本気で茅里のことを好きではないと思われたそうだ。日向は、今までもこのパターンで女性に振られてきたという。優し過ぎるのと優柔不断さとは、まことに紙一重だということか。

「いや、だってヒマでしょ？　お互い後期は独《ひと》り者ということで」

「私は前期も独り者だったんで、周回遅れですけどね」

帯刀は事態を飲み込めていないらしく、鳩《はと》が豆鉄砲を食らったような顔をして美南と日向を見比べていた。

「まー、いいけど別に」

「おけ」

日向は別に恥ずかしそうという風でもなく、再び教科書に視線を戻した。帯刀だけが、いつまでもキョトキョトと二人を見ていた。

残念ながら、このデートの約束は叶《かな》わなかった。CDは二期制だが、後期の中間試験の結果二人とも再試になって試験期間が延び、その後すぐに冬休みになって部活三昧《ざんまい》になってしまったからである。日向は決して成績が悪いわけではないのだが、脳外科を希望しているのにその脳外科が苦手という落とし穴にはまっている。いっぽう美南も一学年一二〇人のなかで、何とか進級はできそうだが順位は下から六番目というなかなか壮絶な成績だった。ちなみに、落としてもかまわない第二外国語はしっかり落としている。美南は言語に興味がないのである。

丸一日ゆっくり遊ぶ時間がどうしても取れないので、美南は日向と南青山《みなみあおやま》の隠れ家的ビストロでクリスマスの夕食を食べることにした。さすが代々総合病院の院長を務める家柄のお坊ちゃま、こういうところはしっかりボンボンだ。

美南はこんな洒落た場所でご飯を食べることなど今までなかったので、どう振る舞っていいか分からなかった。日向は美南の緊張からそのことを察知したらしい。リラックスしやすいようにクラスメートの話題を振りながら、さり気なく先に動いて振る舞いかたを見せてくれているようだった。

日向がパンにバターをつけながらいった。

「そういえば聞いた？　菊池、放校だって」

「ホント？　何で！」

「絶対ちゃんと勉強する気なかったよな。だってもともと特待だよ？　やってできないわけないんだから」

「いい人なんだけどね。須田先輩とは続いてるのかな」

「まだ付き合ってるみたいだよ。でもあいつ、古坂さんとも付き合ってない？」

「いや、翔子とはただの体だけの関係じゃない？　……セフレ？」

「げ。そういうのもアリか。古坂さんはカレシいないの？」

「今はいないんじゃない？」

「あと留年っていうとさー……長峰さんは？」

日向はできるだけさり気なくいったつもりだったが、下手《へた》な演技でかえって場を緊張させた。美南はピクッと反応してから、膨《ふく》れっ面《つら》になった。

「知らない。興味ないし」

あの日以来、どうも美南と沙良は関係がよくない。沙良は時々睨んでくるが、美南は絶対に沙良と目を合わせなかった。

「でもあの人はまだ一年あるか」

「ね、このパンめっちゃ美味しい！　焼きたての温かさが何とも優しくて」

「うん、美味しいね」

美南はわざとらしく話題を変えた。日向はその会話の流れにうまく合わせながら、嬉しそうにパンを食べる美南をにこにこと眺めていた。その受け身の姿を見て、美南はちょっと長峰の話題を続ける気になった。

「長峰さんって、前に親をすっごく憎んでるようなことといってた」

「まあ、そういう人もいるかもね。イヤイヤ医学部にきてる人もいるんじゃない？」

「そんなにイヤなら、辞めればいいのに。二浪なら、もう成人してるでしょ？　一人暮らしして、働けるでしょ」

「うーん……いろいろあったり考えたりして、意外と行動に移せないのかもよ」

「そんなもんなのかな。私にいっつもケンカ腰で、あの人苦手だなあ」

「きっと、安月さんみたいにのびのびしてるのが羨ましいんじゃない？」

「私？　何がのびのび？」

「その考えかたとか。必死で入った医学部を、そんなに簡単に『イヤなら辞める』なんて普通はいえないもん」

「そうかなあ。だってイヤなら、これからの一生続かないよ」

美南が頬いっぱいにパンを含みながら首を傾げると、日向が笑った。

「いいねー。その食べっぷり、俺好きだわ。母親が結構そんな感じでさ」

「日向君とこって、お父さんが大きな病院の院長さんなんでしょ？　お母さんは看護師さんとか？」

「いや、母親も医者。兄貴も医者。俺んち、医者じゃない人いないの」

「へー」

ふと美南は、この前の景見との会話を思い出した。

――「親が医者だから」は、真っ当な動機なの？

「日向君は、どうして医師になりたいの？」

「どうして？　そりゃ、だからうちみんな医者だし」

「そう、それ！　ご家族みんなが医師だと、医師になりたくなるのは当たり前？」

美南が少し意地悪に聞いたこの質問に、日向はすぐに返答した。

「そりゃ、まあね。だって自営業よ？　家族経営なんだから、家族で守ろうとするでしょ」

美南の頭のなかで、湿ったクラッカーの紐《ひも》が引っ張られた。そっちか。なるほど、親の店を子どもが継《つ》ぐのは家族経営ならありがちだ。医師の子どもが医師になるのはそういう意味では当たり前で、大義名分にもなるのだ。

「でもさ、医者って、後を継ぐのも他の職業ほど気楽じゃないでしょ？」

「どの職業だって気楽に継ぐわけじゃないでしょ」

「そういう意味じゃなくて、人の命を預かる職業だってこと」

「まあね。でも小さい頃から親の姿を見てるし、そういう心構えも叩き込まれてるし、そんなに認識が甘くはないと自分は思ってるけど」

確かに、親が医師だとそういう利点もあるのだろう。サラリーマンの父や母が会社の話を聞かせてくれたり仕事を家に持ち帰ってやっているのを見るのと同じかそれ以上に、医師の子どもは医師の仕事内容と、それからつながっていく命を預かることの重大さというものが経験則で分かっているということはありそうだ。逆にいえば、美南はその認識が医師の子どもたちより甘いのかも知れない。

「日向君は、何か他の職業に就《つ》きたいと思ったことはない？」

「小学校の時はサッカー選手。中学校の時は、まあ医者になろうとは思ったけど、解剖医になりたかった」

「解剖医？」

「テレビドラマの影響で」

「今は脳外だっけ？」

「テレビドラマの影響で」

二人は笑った。

だが、美南はまだ腑《ふ》に落ちない。後を継ぐというのは、医師という職業に特化した考えかたではない。歌舞伎役者も大農家も基本的に同じだ。開業医の子どもが医師になって病院を継ごうとするのはビジネスとしては分かるが、本人が医師になりたがる動機としては必然ではない。

本当は何かもっと、日向を医師へと突き動かす熱いものがあるのではないか？　でなければいくら家族のためとはいえ、反吐《へど》がでるほど勉強漬けの学生時代を過ごし、寝る間もない研修医時代を終えて医師になろうとしないのではないか？　それとも人間、惰性《だせい》でそこまで行けるものなのだろうか。医師は社会的地位が高く、経済的にも恵まれている。そんな職業を目指しているという誇りと将来の展望が、人生を決定づける原動力になってしまうのだろうか。

６

軍艦島のような病院に再び桜が舞う季節を過ぎ、早くも二度目の前期が終わった。噂された通り菊池と長峰は落第し、これをもって菊池は放校になった。

上の学年からも何人か落ちてきたが、そのなかの一人、秋元愛美《あきもとまなみ》という明るい女子学生と美南は解剖実習で同じ班になった。愛美には及川《おいかわ》という五年生のカレシがいるが、及川がアルバイトと部活で忙しいので、最近は全然デートしていないと不満そうだった。

二年生には解剖実習がある。多くの学生はこの時までに自分の親族の死もまだ経験しておらず、人間の死体というものにまったく縁がない。それなのに突然ある時から臭くて毒性の強いホルマリンの匂い漂う冷たい解剖学実習室のベッドを囲み、目の前に横たわる蠟《ろう》人形のように硬い献体を何か月もかけて分解するという猟奇的な作業を行うのだ。

実習開始前には解剖献体の慰霊祭がある。場所は、入学式の時何に使用されるのか家族で揉《も》めた病院傍の聖堂だ。なるほどこういう時に使うのか、と美南はスッキリした。

慰霊祭のあと解剖学実習室に入ると、ホルマリンの強い匂いが鼻にきて、白い布にくるまれた献体がずらりと並んでいる光景を目にする。各献体の頭上には祭壇があり、学生たちが自腹で買ってきた花が捧げてある。美南は解剖が楽しみでワクワクしていたので、初日は解剖台を囲む一番いい場所を陣取っていた。

一礼してから部屋に入ってきた解剖学の金丸《かねまる》准教授が、黙禱《もくとう》を終えて淡々と説明を始める。

「では、まずシートをはがしてください」

そういわれて、学生たちは誰がその役をするかでお互いの様子を見合う。そしてほぼ全員が、初めて献体を見た瞬間恐怖を覚える。それは死への恐怖ではなく、あくまでも視覚的な怖さだ。献体、すなわち人の死体というものは体温も体色もなく、人間、あるいはかつて人間であったとは思えない硬さだ。それ自体が長い長い時間を生きてきた尊《とうと》い証拠だとは分かっていても、二〇歳そこそこの学生たちにはお化《ば》け屋敷の人形にしか思えない。

だからみんな、二度目からはシートをはがす時に献体の顔を見ないようにする。

「チョークで切るところをマークしたら、メスを入れていきます。それから皮膚《ひふ》のすぐ下に脂肪がありますので……」

「ねー、最初の一刀美南やってよ」

愛美が隣の美南に防毒マスク越しに小声で呟いたが、仰々《ぎょうぎょう》しいマスクのせいで美南にはまるで聞き取れなかった。

「えー？　何ー？　ちゃんとしゃべってー」

班ごとに分かれた学生たちは、少なくとも最初は白衣、前掛けに手術用手袋、帽子、活性炭入りマスクの上から防毒マスクという物々しい姿で立っている。しかし慣れとは恐ろしいもので、これが数か月後にはマスクなどつけず、私服に前掛けだけで献体を触るようになるのである。

「じゃ、どうぞ、始めてください」

この一言に、クラスじゅうがお互いの腹を探るように凍りついた。ところが美南は何の疑いもなく、いわれた通りチョークの上からメスを入れたのである。

「うわー……」

愛美が縮み上がって遠ざかった。

「え？　ダメだった？」

「いや、いいのいいの。どんどんやっちゃって、どーぞ！」

意外なことではあるが、医学生の多くはこの解剖実習が好きではない。医者というと一般人は外科を想像するが、医者の後継ぎはほとんど内科志望だし、外科を志《こころざ》すのは一握りで、解剖嫌いな人も少なくない。だからこの解剖を好きとはいわずとも気にならずにこなせる人は、外科へのひとつめのハードルを跳べたことになる。

つまり美南は、第一関門を簡単に突破したのである。

しかし美南は献体の脂肪を除去するというかなり体力的に大変な作業を、この後長いあいだ帯刀と二人ですることになった。愛美は解剖が大の苦手だったし、もう一人の班員田《た》中《なか》はラグビー部員で大柄過ぎるため、指の太さが勝《まさ》ってメスやピンセットが自由に扱えなかった。

「メスの持ちかたが違う。こう」

金丸は、田中の癖を何度も直しにくる。田中はその度に使いづらそうにメスと睨み合うが、しばらくすると自己流に戻っている。

「愛美、少しやらない？」

「やだやだやだ、私が何で留年してると思ってんのー！　こういうのが嫌なんだってばー！　さっき『支え』直すのやったじゃん！」

支えというのは、献体を持ち上げるための枕みたいなものである。献体は硬直していて重いので、支えで持ち上げておいて背中などの作業をする。

「だって今年落ちたら後がないんでしょ？」

「だから今年受からせてよー！　とっととやっちゃって、お願い！」

愛美は部屋の隅っこで、小倉と一緒に縮こまっていた。小倉は献体よりも青い顔をして、やっとのことで立っていた。

小倉と同じ班の日向が気を遣う。

「小倉さん、座っててもいいですよ」

「はい、すみません」

そういうのも精一杯という風に、小倉はちょこんとパイプ椅子に座った。

「小倉さん、大丈夫ですか？」

美南が聞くと、小倉は死にそうな作り笑いを浮かべた。

「ダメなのは血だけじゃなかったですね……」

日向たちの献体は痩せた老年女性なので、皮膚下の脂肪を取るのもすぐ済む。いっぽう美南の班の献体は老年男性で、なかなか立派な体格だった。つまり身体のどの部分にも、脂肪が多いのだ。この脂肪を取ってそのなかの神経や血管をすべて出すと、ようやくその下の臓器に辿りつくのである。

美南と帯刀は、二人だけで向き合って献体の脂肪をこそぎ取っている。帯刀は左手にピンセットを持って脂肪を持ち上げ、右手にメスを持って削《そ》ぐようにするが、美南は素手《すで》で脂肪を持ちあげ、ピンセットで器用にはがしていく。

「先輩から脂肪はコーンみたいだって聞いてたけど、むしろスクランブルエッグに近いかな？」

「僕はやはり体脂肪をつけないために運動しようと思った」

「何で？　献体になった時のため？　でも帯刀君ガリガリじゃん」

「むしろ俺だよね」

田中が口を挟むと、全員が無言になった。

「え？　いやいや、ここ誰かツッコむとこでしょ！　何みんな引いてんの！」

解剖の班は数か月の間ずっと一緒に行動するが、美南の班は献体に脂肪が多いせいで、どこにしても脂肪除去の段階で他より時間がかかる。そのため、居残りも多かった。

「四人はキツいなー」

「五人の班もあるのにね」

「田中君、別に何もやってないじゃん」

「いやいや、秋元さんよりずっと協力してる」

「私は自分が何もやってないの分かってるもん。だってさー、もう匂いだけで頭痛するのよー」

食堂の隅で、疲れ果てた顔の愛美がいった。

「ホルマリンは毒なんだよ？　皮膚や目の炎症とか呼吸器への影響とか。その毒の匂い漂う冷たい解剖室で、平然と献体を切り刻《きざ》むという行為が信じられない」

「じゃーもっと照明明るくして、ＴＷＩＣＥでも流せばいいじゃん」

「それは献体に失礼だよ」

「てか、私たちがふざけてるみたいでヤバいって」

実は解剖実習の献体への敬意や扱いについては、特に教員は厳しい。大昔にどこかの大学で解剖実習の時、切り取った耳を壁にあてて「壁に耳あり」とふざけた学生が退学だか厳罰処分だかされたという話は、医学生の間であまりにも有名だ。最近では外国で頭蓋骨《ずがいこつ》と一緒に撮った写真をSNSにアップした学生がいたそうだが、こういった不謹慎《ふきんしん》な行為に大学側は非常に敏感だ。

それも当然。医学生には、常識的なことを知らない者も少なくない。それまで受験受験で勉強する代わりに生活に困ることなく育ったという者も多く、常識外れのままであっても医師になれさえすれば金も社会的尊敬も得てしまうのだから、道徳的な教育をしっかり大学で受けないと大変なことになる。ＣＤはキリスト教系の大学であることもあって、医療倫理学の他に宗教学の授業もあった。

「でも実際、解剖って思ったよりビビらなかった」

「美南、平然としてるんだもん」

「そんなことより、脂肪取るだけでとてつもない時間がかかりそうで怖い」

すると、誰かが残していった皿を片付けにきた大竹が口を挟んだ。

「みんな数か月もするとホルマリンの匂いぷんぷんさせて、ご献体触ったあと平気でここで肉食ってるよ」

「うわー、それ、よく聞きますよね」

「慣れって恐ろしい」

「それでいいんじゃない？　お医者さんになる人が、いつまでも人の身体にビビってちゃしょうがないんだから」

大竹は大きな身体をゆっさゆっさと揺らしながら去った。

「大竹さんのは大変そうだ」

帯刀がその背中を見ながら呟くと、三人は無言で帯刀を見た。

「でもさ、美南ってかなり器用だよね」

「え、そう？　細かい作業は好きだけど」

「僕も思った。安月さん、外科向き」

「ホント？　嬉しい、ありがと！」

みんなからこういわれて、美南は久しぶりに嬉しかった。成績がよくないので自分でも大抵の試験では不完全燃焼だし、勉学で他人に褒《ほ》められることには縁遠かった。

実際解剖実習が進むにつれて美南の器用さは評判になっていき、しまいには金丸准教授まで褒めてくれるようになった。

「脂肪のなかに神経や血管が混ざってるから、ブチブチ切らないで……お、安月さん、うまいね！」

神経は分かりづらく、特に線維《せんい》ととてもよく似ているため、学生は間違って切ってしまうことが多い。だから解剖室からは、しばしば「あっ」とか「うっ」という自責の声が漏れる。

自責だけではない。勝気な翔子は、班のなかでこのことについてしばしば同じ班の芝崎《しばさき》と口論になっていた。

「あ、それ神経だよ。何で切っちゃったの？」

「私じゃないよお。これ、さっき芝崎君が切ったヤツじゃーん」

「違うでしょ、今ここで古坂さんが切ったでしょ！　俺見てたもん！」

「やーだ、いいがかり！　私がやってるのはこっちだもん、こんなとこ切るわけないよお。ねー日向君、助けてよお。芝崎君って、自分がやったの人のせいにするよね？」

翔子は高音で甘ったれた猫なで声の割に、いっている内容がきつい。しかも沙良とは正反対で、周りをケンカに巻き込み、味方につけて敵を倒そうとするタイプだ。だがこの班では、日向がニコニコしながら上手に間《ま》を取っていた。

「ごめん、俺見てなかった。それより芝崎、ちょっとこっちで肩に支え入れてくれる？」

解剖実習の間は延々と作業を続けるせいで身体が疲れ、細かい作業が多いので肩が凝《こ》り、ホルマリンのせいで目や頭が痛くなる。また日が経つにつれ献体の解体が進み、腐敗し、見た目も匂いも壮絶になる。さらに美南のように遅れている班は他に追いつかなければならないので、帰りも遅くなる。このためしまいには疲れと辛さで、思っていたよりも身体的にも精神的にも疲弊《ひへい》するのである。

美南が疲れ果ててトボトボ歩いていると、日向が教育棟の玄関で待っていた。

「もうすぐ終わりそうだったからさ、待ってたんだ。一緒に帰ろうよ」

「あ、うん」

「どう？　進んだ？」

「えー、うち無理だって。解剖してんの実質二人しかいないんだもん。いちばん遅れてるんじゃないかな」

「俺らも似たようなもんだよ」

「そうか。翔子と芝崎君が壮絶だもんねー」

「でも、小倉さんがだんだん近づいてきてるんだ」

「だんだん？」

「そう、死に物狂いで葛藤《かっとう》しながら、毎日一歩ずつ」

二人は爆笑した。

「じゃ、そのうち台に辿り着いて解剖に参加できるかも」

「いや、大したもんだよ、あの人」

「やっぱり再受験生は根性あるわ」

二人が笑いながら教育棟を出てすぐ、いきなり誰かがヒステリックに怒鳴《どな》る声が聞こえた。

「好きにいってれば！　私は医者になんかならないから！」

驚いて見た先には、夜の暗闇で背中を丸めてスマホに激高している沙良がいた。確か沙良は落第して、一年生をもう一度やっているはずだ。

「人に理想を押し付けて、自分の劣等感を満足させようったってそうはいかないから！　私はじゅうぶん付き合ったでしょ！　もう放っといて！」

沙良は乱暴にスマホを切って歩き出し、その先に美南と日向が立ち竦んでいるのを見るとひどく動揺した。美南と日向も慌てふためいていたので変な空気になったが、沙良はそれから観念して、大きなため息をついた。

「何よ、黙って見てたの」

「あ、いや……」

沙良は二人を鋭く睨みつけていたが、それからふと意外な言葉を口にした。

「ご飯でも食べにいかない？　奢《おご》るよ」

これに驚いた美南と日向は、思わず顔を見合わせた。

「いただきまーす！」

美南が嬉しそうに手を合わせた目の前には、上品に盛られた天そばと炊き込みご飯、漬物のセットがお盆に載っていた。日向はかつ丼のセット。沙良はただ冷酒を頼み、片手にスマホを握りながら一口めを頬張る美南を凝視していた。

「あの、長峰さん、何なら少し食べる？」

日向が気を遣って尋ねると、沙良はスマホを弄《いじ》りながら無下《むげ》に答える。

「要らない。お腹空《す》いてない。それよりこれ、口止め料だからね」

「あ、はい」

「美味しー」

沙良の不機嫌《ふきげん》さをものともせず幸せそうに食べ続ける美南を見て、沙良の顔が微かにほころんだ。

「あの、さっきはごめんね。わざと聞いたわけじゃないんだよ」

日向が気を遣って沙良の様子を窺いながら謝ると、沙良は「分かってるよ」と答えた。

それから大きくため息をつき、語りのように呟いた。

「私の親、薬剤師と看護師でね。小さい頃から私を医者にしたくて、ずーっとギュウギュウに勉強させられて育てられたの。テレビも漫画もダメ。自分たちが忙しかったからろくな食事用意しなかったくせに、健康にはうるさくて味の薄いマズーいのしか食べられなかったんだ」

沙良は自虐《じぎやく》的に噴きだした。日向は同情の視線をそそいでいた。

「長峰さん、一人っ子？」

「ううん、兄がいるけど、障がいがあるから」

美南は天ぷらを頬張りながら顔をあげ、沙良を見た。

「父親は、自分が医者になりたかったのに医学部受からなかったのよ。母親は、自分が病院でいつも医者に下に扱われるのが悔しくて。ま、兄のこともコンプレックスになってんじゃないかな。私は医学部にしか行かせないって、二浪させられたんだよ」

まるで独り言のように呟く沙良に、日向が困惑した風にいった。

「医学部にしか行かせないって？」

沙良は苦笑しながら頷く。

「だから医学部に受かるだけ受かってやって、成人したらあの人たちとの関係は終わらせようって決めてたの」

「親子関係を、どうやって終わらせるの？」

「経済的に独立さえすればとやかくいわれることはもうないし、縁はなくなるでしょ」

沙良は酒を呷《あお》り、日向は神妙に俯《うつむ》いた。美南は無言で食べている。

「長峰さん、一年の授業には出てないの？」

「もうすぐ辞めるから」

「嫌々ながらでも、医師になったらまた新しい世界が見えるかも知れないよ」

日向の優しい一言に、沙良が少し表情を緩めた。

「医者にならなくても、新しい世界は見えるから」

だがその時美南が無言でそばをすすったのを見て、沙良の顔が急に険しくなった。

「そっちはいいたいことありそうじゃない？」

「え？　別に」

「いいなさいよ」

「いや……うん。憎しみは分かるよ。分かるけど、どうして高校出て独立しなかったの？」

沙良が顔をしかめた。

「今だって親のいう通り医学部にいて、学費も生活費もご両親なわけでしょ」

沙良の顔がみるみる赤くなった。日向はそれを見ると大慌てで美南を小突いたが、美南は自分が間違ったことをいっているとも、沙良がそこまで怒っているとも思わなかった。

沙良はしかし怒鳴ることはせず、冷静さを取り戻していい返した。

「単純ね。ただ逃げるだけじゃ、復讐《ふくしゅう》にならないでしょ。受かって安心させて『あー、医者になるんだ、これで私たちは安泰だ』って期待させて、そこで失望させるほうが効果的じゃない」

美南は無言で首を傾げた。

「何よ」

「それじゃ親のいう通り医学部行ったものの、途中で挫折《ざせつ》した残念な娘なだけじゃない？」

「何ですって？」

「安月さん」

日向が美南をとめようとすると同時に、沙良が尋ねた。

「じゃ、あんたならどうした？」

「うーん……高校のうちに家からとっとと出てくかな。できるだけ早く関わりを絶《た》とうとするんじゃない？」

　すると沙良はフッと笑った。

「あんたくらい自分勝手な人間だったら、もっと楽だったんでしょうけどね」

「え？」

「うちは共働きなのよ。私がいなくなったら、誰が兄の面倒をみるのよ」

　美南はこれを聞いてハッとした。沙良は、自分と親だけの都合で関係がこじれているのではない。きっと家族の障がいというストレスに、両親とうまく団結して対応できないのだ。浅はかだった。

　沙良は立ち上がり、五千円札をテーブルに置いた。

「あんた、自分は運がいいしうまく生きてると思ってるでしょ。でもそれ、周りがあんたのせいでいろんな我慢《がまん》を強いられてんのに気がつかないだけだから」

　美南は何もいわなかった。

「あんたみたいの、ホント腹立つわ」

　そういい放つと、沙良はさっさと出ていった。美南は赤い顔をしてしばらく黙っていたが、日向が「俺らもそろそろ出ようか」と声をかけると、堰《せき》を切ったように怒り出した。

「私、別にうまく生きてるとか思ってないけど！　周りが我慢を強いられてるって何？　何であの人、あんなに何でもいい散らかすの？」

「いや、でも安月さんも結構いってたよ」

「だってあっちが聞くから！」

「ごちそうさま！　あー、うまかった！　さ、出るか！」

日向はいつもと同じ話の逸らしかたをした。

「あ、財布ロッカーに忘れた、やば！　定期も入ってんだ！　俺、ちょっと大学戻らなきゃ！」

日向はそういいながら、一緒に大学に行ってくれることを期待して美南を見遣った。だが美南は「そう？　じゃ、気をつけて」といって日向と別れ、駅に歩いて向かった。日向は露骨に悲しそうな顔をした。

一人で歩きながら、美南は沙良の言葉を思い出した。自分が間違ったことをいったとは到底思えなかったし、沙良こそウジウジ文句ばかりで何もしていないように見えた。だが、多分沙良には行動できない理由があるのだ。美南は沙良にあれほどやつ当たりされたのに、まるでこちらが悪いみたいな気分になっていた。

無意識に膨れっ面になって歩いていると、黒いSUVがすれ違いざまに停まり、窓から景見が顔を出した。

「よ！」

「あ？　景見先生！」

美南が驚いて軽く会釈《えしやく》すると、景見が噴きだしそうになって尋ねた。

「何があった？」

「は？」

「めっちゃ怒ってんじゃん」

「え！」

美南は恥ずかしくなった。車で通りすがる人にまで分かるような顔をしていたか。

「あ、いえ、何でも」

美南が慌てていい返すと、景見は「その顔のまま電車に乗るなよ」と笑いながら車で去った。美南は口を手で押さえながら、照れ笑いした。

——先生、今から出勤か。分かってはいるけど、医者って不規則な商売だなあ。

それから数日後の解剖実習の時、帯刀がうずまき管を見つけられずにずっと献体の耳をいじっていたのですることのない美南は、翔子の班に行って暇を潰していた。すると日向が、先日の沙良の話題を振った。

「もういいよ、その話は」

美南が面倒くさげに答えると日向はすぐに空気を読んで、「そうだね、ごめん」といった。それでも翔子が「何なに？」と食いついてきたので、簡単に事の次第を説明した。

やがて翔子は「ふーん」とさほど興味を持った風でもなく、ピンセットを持って献体の頭蓋骨のなかをいじり始めた。

「美南が羨ましいんじゃない？　自分は家族とうまくいってないから」

「それにしたって、私のこともろくに知らないのにあんな当たりかたある？」

「ろくに知らないから強く当たれるんだよお」

「そうか。確かに」

たまにはいいことをいう。美南は妙にこの言葉が腑に落ちた。

翔子は手を休め、背中を伸ばした。

「美南はいいたいこと遠慮《えんりよ》なくいうし、感情表現もはっきりしてるし、すごく自由に生きてるように見えるんだよ。逆に長峰さんは自分が抑圧されてると思ってるから、それで頭くるの」

翔子は低い声と大人っぽい話しかたで、美南を諭した。普段は高いトーンで舌足らず気味に話すが、実はこれは意識して可愛らしくしているからであって、親しい友人に普通に話す時には翔子はこういう風に低い声で話す。

美南は口を尖《とが》らせた。確かに美南は、いいたいことがいえなくてストレスが溜まるということはあまりない。だがそういう人がいいたいことをいえないのは美南のせいではないのに、何で美南がやつ当たりされなければならないのか。

でもそういい返すと、きっと「そういうわけにはいかないんだよ」とか「みんながみんなあんたみたいに生きられるわけじゃないんだよ」とかいわれるんだろう。今までもそうだった。そういう人たちはその諦めのような類型化が、自分にどんな利をもたらすと思っているのだろう。

自分の班に戻ると、帯刀が頭蓋骨に顔をくっつけるようにして献体の耳穴を丁寧にほじっている。美南は近寄って声をかけた。

「うずまき管あった？」

「まだ見えない。もう少し深くなのかな」

すると金丸が通りがかりにヒョイと覗いていった。

「あれー？　もううずまき管ないよ。気づかないうちにほじっちゃったんだな」

「えーっ！」

帯刀の絶叫と、学生たちの漏れるような笑い声が解剖室に響いた。

7

二年生のメインイベントである解剖実習が終わると、残るは試験漬けの日々だ。その試験範囲と内容といったら、「どの学部だって試験は大変だよ」などと文系の学生がしたり顔で発言したら殴《なぐ》りたくなるレベルである。

「エナジードリンク、買ってきたよー」

日向と田中が、大量の缶が入ったレジ袋を重そうに運び込んだ。

ここは田中のマンションである。といっても普通の学生が住むようなところではない。場所は大学のすぐ傍だから郊外の片田舎ではあるが、１ＳＬＤＫの独身者向けとはいいながら、会議もできそうな巨大なリビング、ホームシアター付き。キングサイズのベッドが置いてある寝室ではクラスメートの一人が二日間の不眠不休の勉強の末、三時間だけといって仮眠を取っている。入口のセキュリティは完璧だし、授業時間になったら大学まで歩いて五分。クラスメートが集まって勉強するには最適だ。そもそもこんな辺鄙《へんぴ》で交通の便が悪いところにこれほどの豪華マンションがあるのは、CDの学生や独身医師を狙って建てられたとしか考えられない。

みんながエナジードリンクを飲みながら、一息ついている。

「ここ、帯刀のアパートの三〇倍くらいあるんじゃね？」

「そういえば、僕はこの前部屋にいたゴキブリを追いだすことができた」

虫嫌いの帯刀がいきなり自慢げな顔をしたので、全員が爆笑した。

「退治したわけじゃないんだ？」

「必要のない殺しはしない」

「何それ、何目線？」

帯刀は美南とともに数少ない現役組で、しかも抜きんでて頭がいい。見た目は一般人が想像するような典型的な医学生で、ヒョロリとした体格、直毛、ダサい眼鏡姿だ。高知から一人で上京して、普通の安いアパートに住んでいる。実家は土地持ちだからCDの学費は出せるが、どちらかというと美南側の生活水準を持つ学生だった。最初は陰キャであまりクラスに馴染《なじ》んでいる風でもなかったが、やがて言動がおもしろいと知れるとむしろ人気者になった。帯刀本人はウケようとして何かいったりしたりしているわけではなく、もともと変わり者でもあるのだろう。何しろ所属する部活が奇術部である。

ともあれ田中のマンションでは、すでに何日かほとんど寝ていない学生たちが、目の下にクマを作って頭を寄せ合う姿が次の日の朝まで続く。みんな試験に合格しなければならないことは重々承知しているから、ふざけたりおしゃべりして時間を無駄にしてしまうということはない。ただ家で一人で勉強するのはつまらないから集中力も続かないうえ、疑問が出ても誰かにすぐ聞くということができないから、こうして集まって勉強したほうが効率がいいのだ。

「あー。焼肉食べたい」

「そういえば、そのうち解剖の後平気で肉食べられるようになるっていわれたねー」

「あー、いわれたいわれた！　あの時はそんなデリカシーのないことできないと思ってた」

「今は筋肉見ると、焼肉行きたくなるもんね」

「筋肉っていい感じの赤身っぽいし」

「特にお尻」

「分かるー！」

すると、愛美が美南に抱きついた。

「私、美南にはホント感謝してる！　解剖越せたからもう大丈夫！　今年は落ちないからね！」

「そんなことといっても、これからBSL（ベッドサイド・ラーニング、臨床実習）とかどうやるつもり？」

「そうだよ。四年の実習ではネズミの頭切断するんだよ？」

「そこはまた美南の力を借りて」

愛美の家は眼科で、愛美自身は内科を希望している。だから自分に関係ない勉学は、できるだけ削ぎ落としたいらしい。

愛美とは対照的に、解剖で自信をつけたのが小倉だ。台まで辿り着いて献体を触るどころか、最終的には脳を取り出す作業までできたのである。

「ちゃんと頭蓋骨のなか覗けたんですよ！」

「マジですか？　小倉さん、がんばりましたねー」

日向がいつものように優しい言葉をかけたが、美南はわざと意地悪をいった。

「解剖は出血ないですもんねー」

「またもう安月さんは……少しは喜ばせてくださいよ」

美南がおもしろがって笑っていると、翔子が美南の顔を覗きながら噴きだした。

「美南ってさあ、感情が顔にものすごく出るよね」

「え？　そう？」

「今もさあ、『小倉さんからかってやろう』っていうのが満面に出てた」

翔子がそういって乗り出してくると、愛美がスッと席を替えた。愛美と翔子はお互いが何となく反目し合っていて、一緒にいることはほとんどない。だがどちらも美南とは仲がいいので、美南はちょっとした板挟みである。

「あー、分かる分かる」

「喜・怒・哀・楽って感じ！」

田中も日向も翔子に同意して大笑いする。

「患者さんに病状バレバレってヤツ！」

田中の言葉に、美南はハッとした。確かに「病状は何ともいえません」といいながら悲しそうな顔をしていたら、もうダメだって分かってしまう。

――そうか、だからお医者さんって無表情の人が多いのか。

「そういえばこの前ただ歩いてるだけで、景見先生に『めっちゃ怒ってる』っていわれた」

美南が何気なくいうと、翔子がそれに反応して低い声で聞いた。

「美南、いつから景見先生と話すようになったの？」

「いつからって、いつかな？　食堂で会った時ちょっと話したくらいだよ」

美南が首を傾げながらそう答えると、翔子は自分の知りたい情報を得て満足したのか、すぐに話と声のトーンを切り替えた。

「えー、美南、そんな親しくもない先生にもすぐ分かるくらいのすごい顔してたんだあ。どこで？」

「駅近くの道端で。自分では普通の顔してるつもりだったんだけどなあ」

「何に頭きてたの？」

「長峰さん」

　すると、みんな一瞬水を打ったように静かになった。

「ああ……」

「何であんなに私にばっかり絡んでくるのかと思って」

「自分勝手とかいわれてたもんなあ」

　日向があっけらかんといったので、かえってその場の雰囲気が和《なご》んだ。

「だって、長峰さんが持ってる不満って、私に何の関係もないんだよ？」

　翔子は小さいため息をついた。

「だーかーら、前にもいったでしょお？　美南が羨ましいんだよお」

「うん、あの人、自分が抑圧されてると強く感じてるみたいだからね」

　巻き込まれ事故の被害者、小倉がしみじみと頷いた。翔子が続ける。

「長峰さんの気持ち、私にも何となく分かるなあ。私も親が医者だから、どっちかってい
うと『医学部行くのが当たり前』的な流れで大学入ったからねえ。まあ、私の場合は自分
でも医師になりたいと思ってるけど」

「えー、でもおかしくない？　だってそれなら医学部で家族仲が良さそうな人みんな、長
峰さんの攻撃対象になっていいわけでしょ？　例えば小倉さんとか」

「ちょっと、何でそこで僕ですか！」

いきなり話題を振られた小倉が、驚いて周囲を見渡した。

「さっきからずっと奥さんにメッセージしてますもんね」

日向にそうからかわれて、冷静な小倉が珍《めずら》しく真っ赤になって慌てた。

「あれ？　尿路の通過障害の治療って何だったっけ？」

「尿管ステント、膀胱瘻《ぼうこうろう》の造設……あと何だっけ、もうひとつどっかの造設。あ、腎瘻。それから……ヤバい、頭が回らない」

「バルーンカテーテル。これ造設の字、間違えてるよ。『増える』じゃなくて『造る』だよ」

こんな風になんとなく雰囲気が勉強モードになると、休憩《きゅうけい》は終わりだ。みんな勉強に戻って、また誰も口をきかなくなる。

美南は納得いかないながらも、人によって医大に入るモチベーションが違うのは当たり前なんだろうな、と思った。素直に医師になりたいから医大にいるという自分は、幸せなのかも知れない。

「あー、寝なくて済む人間になりたい！」

それから二時間ほどした深夜、みんなの頭がいよいよ回らなくなってきた明けがた直前の三時半頃になって、眠気と闘っていた田中が突然大きな声を出した。そこで一斉にため息が漏れ、起きているみんなが背筋を伸ばした。休憩である。

「寝ないっていえば、景見先生がすごいって聞いた」

「すごいって？」

「一般人とは違う時間軸で生きてる人だって」

どういうことかというと、ある日景見が一五時間にわたる手術を終えたのが夜中の三時。その五時間半後、朝の八時半から次の手術に入ったというのである。一五時間も飲まず食わず、トイレも行かずに立ちっぱなしでいること自体不可能としか思えないのに、その間ずっと手先の細かい、集中力が必要な作業を続ける。何しろ人の心臓を扱っているのだ。ちょっとした手違いでも患者を殺してしまう。しかもそれだけの手術をしたわずか五時間半後、同じことがまたできるなんて、もう人間ではない。美南は手先も器用だし、心臓血管外科もいいなと思っていたのだが、これを聞いてやはり無理だと思った。

「でも、あの年齢ならまだ助手でしょ？」

「それに手術って、班でやるんじゃないの？」

「うん、でも他の班からでも景見先生にご指名があることもあるらしいよ。大きい手術でももう第一助手だろうし」

田中はペンを置いて本格的に話を始めた。

「あの先生結構ハイテンションでさ、手術中鼻歌歌ったりしてるんだって」

「へー、余裕なのかな？　それともリラックスしようとしてんのかな？」

「いや、長時間の手術はノーマルな精神状態じゃできないってことじゃない？　呼外（呼吸器外科）の梅田《うめだ》先生は、めっちゃつまんない漫談だか落語だか始めるんだって。で、オチのちょっと前に黙っちゃう」

「え？　一人で？」

「さあ……でも、ま、オペナースさんたちがリアクションしてくれるんじゃない？」

「オチの前に黙るって、聞いてるほうはイヤだわー」

「でも、すげーよなー。俺、景見先生みたいになりたいわー」

「いやあ、そんな生活してるなら、きっと結婚なんかできないよ。奥さんが医師って職業にものすごく理解があるか、あるいは全然興味ない人でないと」

日向が少し困った風にいうと、翔子が鼻で笑った。

「だーいじょうぶ、お金とステータスさえくれれば、おうちのなかのことはちゃんと守りますって女の人結構いるからあ。みんなお見合いすれば、ぜーったい相手は見つかる！」

自信満々にいう翔子に男性陣が一斉に引き、それを代表するように田中が呟いた。

「いや、それを女性の口から聞きたくないわ……」

8

そうこうしているうちに試験期間が無事終わり、クリスマスが近くなった。美南は大抵いくつか落として再試を受けるので、せっかく日向に試験明けデートに誘われても試験が終わっていないことが多い。そこで今回は日向が夜のカフェスペースにわざわざやってきて、デートの代わりに美南と食堂でご飯を食べようとした。

ところがこの日は美南が再試仲間の田中と勉強していたので、三人で大学の食堂に行くことになった。すでに夜だったせいか、ほとんど誰もいない。カウンターの奥には、背中を丸めた大竹が見えた。

「大竹さん、こんばんはー」

「寒いですねー」

田中と日向が大声で挨拶《あいさつ》するが、いつもの返事がない。美南が厨房の奥を覗き込むと、椅子に座った大竹が青白い顔で作り笑いを浮かべた。

「あー……どうも」

「え？　どっか悪いんですか？」

美南がその顔色に驚いて声をかけると、大竹は力なく笑った。

「え？　大丈夫、大丈夫。いや、まーったく、でぶは動きが鈍《にぶ》くてね。肉が重いから肩も凝るし、背中までバキバキだよ」

大竹は数回軽く胸を叩くと、ゆっくりと立ち上がる仕草《しぐさ》をした。だが手に力が入らなかったのか、オタマを落として「ごめんごめん」と苦笑した。

「大竹さん、相当疲れてるんじゃない？」

「あの身体だと、あっちこっち凝るだろうしね」

大竹のことを少し気にしながら券売機に向かい、美南が何気なく辺りを見回すと、少し離れたところで沙良が一人でスマホをいじっていた。目の前には、完食したうどん定食のトレイ。好きな具を載せたうどん、小さなかやくご飯、漬物という簡単なセットである。前のパスタには文句をつけて食べなかった沙良も、大竹の料理は食べるらしい。

「あ、長峰さんだ」

日向が手をあげると、沙良は小さく会釈した。お約束通り、美南は沙良に睨まれた。

「やっぱり、下の学年行っても友達できないんだね。いっつも一人だよ」

田中が呟いた。

その後、三人が券売機の前で注文に悩んでいた時である。厨房カウンターの奥で重い物が床に打ち付けられるような、バーン、という大きな音がした。棚が倒れたような感じだった。

三人は顔を見合わせ、それからおそるおそるカウンターに近づいていってなかを覗いた。

「大竹さん、大丈夫ですかー？」

だが、何の返事もない。

美南はイヤな予感がして、厨房のなかへ走り込んだ。日向たちも美南の後ろから走ってきた。

「大竹さん？　大丈夫ですか？」

大竹は厨房の奥で、両腕を下に伸ばしたままうつ伏せになって倒れている。顔を横に向けると、額と鼻の頭が真っ赤だ。まったく手をつかないで、そのまま倒れたらしい。つまり倒れる前に、もう意識がなかったということだ。

「大竹さん！」

美南たちが三人がかりで大きな大竹を仰向《あおむ》けに直すと、大竹は大きないびきのような音を立てた。顔が真っ青で、舌が落ち込んでいた。

「大竹さーん！　聞こえますか！　AED！　えーと、気道確保！」

美南は大竹の口に迷わず手を突っ込んで舌を引っ張りだし、口を開けさせた。

「ストレッチャー！　入口の脇にある！」

AEDを取りにいった日向がちょうどカウンターの向こうから覗こうとしていた沙良にそう叫ぶと、沙良は狼狽《ろうばい》した風にキョロキョロしてから走り去った。田中は「俺、救急呼んでくる！　走ったほうが早い！」といって走っていった。

間もなく沙良がストレッチャーを押して戻り、日向がAEDを抱えて走ってきた。AEDの電源を入れ、二か所に装着する。

「合ってる？」

「多分」

美南と日向は、AEDのいう通りにした。大竹の身体がショックを受けて飛び跳ねた瞬間、後ろにいた沙良が驚いて悲鳴をあげた。美南も日向も、その跳ねかたが思っていたより非人間的だったので恐怖を覚えた。

「ただちに胸骨圧迫と人工呼吸を始めてください」

ＡＥＤの声とともに、美南は心臓マッサージを始めた。

「位置はここでいいんだよね？」

「うん、多分」

「強さは合ってる？」

「胸が四、五センチ沈む程度」

「速さはいい？」

「いいと思う。三〇回！」

それから人工呼吸をする。だが大竹は口と薄目を開け、石のように固まったままだ。

「替わるよ！」

今度は日向が胸を押した。美南は汗だくになっていた。ちらりと沙良を見ると、硬直し微かに震えて大竹を凝視している。その姿はいつもの偉そうで憎たらしい女ではなく、恐怖と不安に怯《おび》える普通の人だった。

何をしても、大竹の心臓はとまったままだった。人工呼吸も心臓マッサージもし続けているが、やはり心臓は動かない。

「ねえこれ、やりかた合ってる？」

「分かんない。やりかた合ってる？」

日向が沙良に聞くと、「分かんないよ、私まだ一年だよ」と震える声で答える。

「その辺に上級生いない？」

美南が大竹の心臓を押しながら泣きそうな声でいうと、日向が廊下に走りでて辺りを見回し、「誰もいない！」とこれまた泣きそうな声でいいながら戻ってきた。

二人は交代で心臓マッサージをしながら、汗だくになった。それでも大竹の大きな顔は青白く、薄目が開いたままだ。

「ダメだ、救急に行こう！」

日向が諦めて立ち上がった時、ちょうど病院に行った田中が走って戻ってきた。

「先生たち、きてくれたぞ！」

「え？」

見ると、田中の後から救急診療科の医師と二人の看護師が走り込んできた。

「大竹さんは？」

「先生ー！」

美南と日向は驚きと安堵《あんど》で、絶叫のような大声を出してしまった。まさか救急の医師たちがここまで走ってきてくれるとは思わなかったのだ。医師は思わず腰砕けになった二人を「退《ど》け！」と押しのけ、少し大竹の身体を調べると、すぐに心臓マッサージを始めた。

ほっとして泣き崩れそうになっている美南は、祖母を救急車に乗せたあの時の自分と何も変わっていなかった。

「ダメだ、処置室へ運ぼう！」

心臓マッサージで汗だくになった医師がいった。大竹の心臓は動きださなかった。全員で大竹の巨体をストレッチャーに乗せ、走りだす。坂を下りながら遠目に病院が見えた。闇に浮かび上がって、煌々と輝く夜の病院だ。

——ああ、あそこだ！　あそこに飛び込めば、とりあえずどうにかなる！　絶対どうにかしてくれる！

美南は心配と安堵の狭間《はざま》でパニックのようになって、涙を流しながら集団の最後尾を必死で走った。

医師と看護師たちが病院の救急入口から、ストレッチャーごと処置室に飛び込んでいく。

三人はここでやっと安心して、倒れ込むようにソファに座って一息ついた。

「バイタルは？」

「そっち押さえてて！」

「酸素！」

救急処置室のなかから、さまざまな音や声が錯綜《さくそう》して聞こえてくる。急患が大竹一人ではないからだ。

「大竹さん、心筋梗塞《しんきんこうそく》かな」

「でも、あれ……」

——あれ、もうダメなんじゃ……。

三人はまだ落ち着かない呼吸とともに言葉を飲み込みながら、不安げに顔を見合わせた。

大竹だけでなく他にも救命救急で搬送されてきた患者がいるので、処置室のなかは地獄のように大騒ぎである。廊下からは、どれがどの患者に関係した音なのかあまり分からない。

「俺たちは戻ろうか」

田中がいった。

「え？　ここにいないの？」

「だって、もうすることないよ。ここにいても邪魔なだけだよ。これ以上は何もできないんだから、勉強に戻ったほうがいい」

それはそうなのだが、やはり大竹の病状を把握《はあく》したい。安心してから去りたい。

「私、もうちょっと様子見ていくよ」

美南がそういうと、日向も同意した。

「俺も、もう少しここにいる」

「じゃ、俺行くわ」

田中は、背中を丸めて急いで去った。勉強第一主義の人でもないので、ここにいるのが怖かったのかも知れない。ふと、美南は沙良のことを思いだした。

「そういえば、長峰さんは？」

「多分、教育棟からついてこなかった」

「そうなんだ」

二人は黙った。沙良のことだから、関係ないからこなかったのかも知れない。だがあの怯えかたからして、沙良もおそらくついてこれなかったのだ。「逃げた」というのがもっとも近いだろう。

日向が力なく椅子に座り込んだので、美南も隣に座った。急に腕に疲れを感じた。

大竹はどうして倒れた？　蘇生《そせい》できなかったのは、私たちが下手だったから？　例えば最初からまともな医師がやっていたら蘇生できた？　通り一遍の措置《そち》以外に、医師ならやったであろう処置がある？

ふと見ると、日向が震えていた。そうだった、この人は人一倍平和主義者で優しいのだ。医科大生として応急処置はおこなったが、本当は随分と怖かったに違いない。

「大丈夫？」

声をかけると日向はビクッとして、それから必死で作り笑いをした。

「何かさ、知ってる人だと思うと……ダメだね」

「分かるよ」

美南は静かに頷いた。

「ほら、俺らの前で倒れたじゃん？　なのに俺ら、蘇生できなかったじゃん？　何か申し訳なくて……前からよく知ってる人だから」

日向は次第に泣きそうな声になって、泣く寸前に突然美南の肩に顔をもたせてきた。美南が驚いて肩を避《よ》けようとすると、「ちょっとだけ、ちょっとだけだから！」と大きめの泣き声で縋《すが》るようにいいながら肩を両手で摑《つか》んできた。それで美南はたじろぎながら、仕方なく居心地悪そうに肩を貸した。

「大竹さん、ダメなのかなあ」

顔を美南の肩にうずめた日向から、そんな呟きと微かな嗚咽《おえつ》が聞こえた。

あの状態からすると、助からないような気がする。大竹は、すでに生きているようには見えなかった。だがそれを口に出すと、現実になってしまいそうだ。美南は落ち着きなく日向の背中をさすった。

しばらくすると、前のドアからさっきストレッチャーを運んだ看護師が出てきた。

「あ、あの、大竹さんは？」

美南が日向を退けて立ち上がると、看護師は首を横に振った。

美南は口を押さえた。

「ウソ……！」

「俺らのせい？　俺らが……うまくなかったから？」

日向が声を出して泣きだした。

「そんなことないのよ。AEDも心臓マッサージも人工呼吸も、やれることはしたんでしょ？　それでもしょうがないこともあるのよ」

看護師が日向を慰《なぐさ》めたが、日向は頭を抱えて泣いた。美南は逆に驚きと事の重大さへの慄《おのの》きで、涙を流すこともできなかった。

夜の闇に浮かぶ病院は、万能の神殿ではなかった。

大きな大竹が、息を荒くしながら汗だくで料理をカウンターに並べる姿が目に浮かぶ。それをぼんやり思いだしていると、突然美南の背中に戦慄《せんりつ》が走った。

——大竹さん、顔真っ青にして胸を叩いてた。苦しかったか、痛かったんだろう。あの時、なんでおかしいと思わなかった？　あそこですぐ救急に運んでいたら？

実際はそれでも大竹が助かったかどうかなど分からない。だが大竹と最後の言葉を交わしたのは美南であり、大竹が胸を押さえているのを見たのも美南だけだった。医師の卵を自負するくせに、患者の「大丈夫」の一言だけで素通りしてしまった。

——見てたのに。気づいてたのに！

数日もすると新しく中年の女性が厨房で働き始めて、食堂は何事もなかったかのように動きだしていた。大竹の葬儀は故郷の長野で行われたそうだが、数日して病院横の聖堂で偲《しの》ぶ会と称した大学葬が催《もよお》された。美南がそれを知ったのは、教員や医師たちが喪服を着て聖堂に出入りするのを見たからだった。

——そうか、偲ぶ会か。

美南はひとり坂の下でぼんやりと聖堂を眺めていたが、以前明るく慰めてくれた大竹の笑顔や父と同じ変な笑いかたを思いだして、胸がしめつけられるような息苦しさを覚えた。

——ごめんね、大竹さん。私があの時、ちゃんと気がついてあげられれば。

美南は目頭を押さえた。

手で顔を拭きながら振り返ると、喪服姿の景見が目の前で驚いたように目を丸くして、美南を見ながら立っていた。

「あ！　あ……こんにちは」

「どした？　大丈夫か？」

「いえ、その、大竹さんを偲ぶ会だったんですね。大竹さん、いつも楽しそうに美味しいご飯作ってくれてたなーって思ったら、なんか」

美南が泣き笑いしながら俯くと、景見はふと優しい表情になって頷いた。

「そうだなあ。うどんの硬さが絶妙だったな」

景見が穏やかに同意した時、ふわりとした空気が流れて美南の心が落ち着いた。その温かく静かな一瞬に触発されて、美南が口を開いた。

「私、大竹さんが倒れた時、食堂にいたんです」

この突然の告白に、景見が眉をひそめた。

「食堂に入っていった時大竹さん顔色悪かったし、胸を押さえて苦しそうにしてたんです。でも大丈夫だっていうから、そのまま食券売り場に行ったんです。そうしたらバーン、って大竹さんが倒れた音がして」

美南の脳裏に、あの時の光景が鮮明に浮かんだ。

「ＡＥＤも人工呼吸も心臓マッサージも、全部やりました。でもやりかたは合ってたのか？　もっと他にやることはなかったのか？って」

無表情のまま美南がそういうと、空高く鳶《とんび》が鳴いた。しばらくの沈黙のあと、景見が静かな声でいった。

「その場では、それ以上できることはなかった」

美南は景見を見た。自分の答えに丸印をもらってホッとした反面、どこかに猜疑心《さいぎしん》は残っている。

――そうか。やっぱりしょうがなかったか……本当に？

だがその後、景見が続けた。

「ただし、心筋梗塞の予兆を見逃した」

美南は驚いて景見を見た。やっぱり。

これが、今誰かにいって欲しい言葉だった。自分でもどこが間違っていたのか分かってはいたのだ。ただ、厳しい答え合わせがしたかった。

「はい……はい、そうです」

美南は深く頷いてから唇を噛んだ。空高く、もう一度鳶が鳴いた。

「ありがとうございます」

美南は景見に深く一礼して、走り去った。数歩走りだしたところで、涙がぽろっと落ちた。危うく、景見の前でまた泣き出すところだった。

――予兆を見逃した。そう、どうしてあの時辛そうに胸を押さえたり叩いたりしていた大竹さんを見て、そのままやり過ごしてしまったのだろう。

背中を丸めて目を擦《こす》りながら去る美南の後ろ姿を、景見はその場で眩しそうに目を細めて見送っていた。

9

正月が明けて、いよいよ家のなかがピリピリしてきた。孝美のセンター試験である。孝美はまだやりたいことは定まってはいないが、成績は申し分ないので多くの選択肢があり、一番興味がある国立の法学部を目指すことにしていた。余裕があるおかげか受験生としてはおそらくかなりリラックスしている部類に入るだろうが、それでも張りつめているのが見て取れた。

いっぽうで孝美のセンター試験の少し前、美南の成人式があった。

「昨日成人式だったー」

美南は田中のマンションでの後期期末試験直前勉強会で、クラスメートに話題を振った。ここにいるほとんどの学生は浪人なので、成人式は経験済みだ。

「あ、へー、おめでと！　私二浪だったから行けなかったんだー。羨ましい……ね、この字読めない。再……何性？」

「着物着たー」

「よかったねー！　今度写メ見せてよ。再じゃなくて両じゃない？　両側性《りょうそくせい》」

どうも、みんな口だけでそれほど興味がないらしい。当たり前のことながら、目の前の試験勉強のほうが大事なのである。日向だけが少し気を遣って、相手をしてくれた。

「そうか、現役なんだもんね。あれ、帯刀も現役だろ？」

帯刀はぴょこんと顔を上げると、細い首を長く伸ばして鳩が豆鉄砲を食らったような表情をした。

「忘れてた。成人式！」

これにはみんなが一斉に笑った。

「でも、男の子なんかそんなもんかもね。美南もいかにも忘れそうなのに、よく準備できたね」

愛美が感心すると、美南は嬉しそうに身体を乗りだした。

「うん、幼馴染《おさななじみ》が全部やっといてくれたんだ。それがね、その幼馴染、今年もう結婚するの！」

「えー！　早い！　学生じゃないの？」

「うん、高校卒業して働いてるの。で、勤め先で知り合ったお客さんと結婚するんだって！」

「いいなあ、結婚かあ。私も早くしたいなあ」

愛美が遠い目をした。

「学生か研修医の頃に子ども産んどかないと、もう育てる時間がないからねー」

「そうなんだ！」

美南は驚いた。そんなこと考えたこともなかったが、なるほど確かにそうかも知れない。

それからもう一息勉強を続けた深夜、みんなお腹が空いたというのでじゃんけんに負けた美南が買いだしに行くことになった。コンビニはマンションの向かいなのだが、日向が心配だからとついてきてくれた。

すると、偶然コンビニのドアから出ようとしていた沙良と鉢合《はちあ》わせした。派手《はで》な化粧とドレス風のワンピのせいで、夜の商売の人のようだった。大竹が亡くなったあの夜以来沙良とは会っていなかったので美南は一瞬ギクッとしたが、それから無言のまま少しだけ頭を下げた。

ところがそんな美南の苦悩を無駄にするかのように、日向が大きな声をかけた。

「長峰さん！　こんな夜中に一人？」

沙良は日向のほうだけ向いて返答した。

「そっちこそ、試験？」

「そう」

「大竹さん、やっぱりダメだったんだってね」

日向が少し口ごもった。すると沙良は、美南のほうを向いた。

「あんた、最期看取《さいごみと》ったの？」

「え？　ああそうか、最後までいなかったんだっけ？」

美南が何気なくそういうと、沙良は苛立《いらだ》ったように髪を掻《か》きあげた。

「そうよ、逃げたわよ、だから何よ?」

「え?」

そんなことはまるで考えていなかった美南は、いきなり怒鳴られたので怯えた声で聞き返した。だが徐々にスイッチが入った沙良は、コンビニ店員の目も憚《はばか》らずに大声で続ける。沙良は涙目になっていた。

「何も手を貸さなかったうえに、ビビってさっさと逃げたっていうんでしょ? その通りよ、だってどうせ何もできないんだから! あんなとこ見たくなかった! だから医者になんかなりたくないのよ!」

美南はこれを聞いてハッとした。

――そうか、長峰さんは怖くて逃げたのか。この人、私が思っていたよりずっと繊細《せんさい》なんだ。

涙目のまま目を逸らして俯いた沙良を見て、美南は知った。

沙良は人の死が、怖くてしょうがないのだ。大竹が倒れた時も自分は関係ないから逃げたのではなく、恐怖に耐えられなかったのだ。

沙良が洟《はな》をすすって顔をあげた。

「とにかく、今回のことでつくづく分かった。向いてないのはアンタじゃなかった。私が医者に向いてないんだ」

「え? いや、そういうのは時期尚早《しょうそう》じゃない?」

日向が慌ててそういった。

「大学ってところも向いてない」

今度は日向も黙っていた。もう沙良は決めているようで、これ以上何もいえないと感じたのである。

「じゃ、もう行くから」

沙良はコンビニ袋を片手に立ち去った。

――医師に向いてる、向いてない。どんなチェック項目があるんだろう。向いてない人が医師になったら、うまくやれないんだろうか。自分は、向いているんだろうか。

外に出ていく沙良を見遣ってから、美南は背を向けて奥へ入っていった。

第二章　レクチャー&トレーニング

1

立ち止まったまま迷い悩む美南《みなみ》をよそに季節は移り、冬が過ぎて春がきた。

孝美《たかみ》はセンター試験の国語でちょっと失敗したと心配していたが、第一志望の国立大学が二次試験重視型だったので、無事合格した。お祝いになけなしの貯金を叩《はた》いて少し大人っぽいネックレスを買ってやると、とても喜んだ。

そうして、三回目の桜が咲いた。

「そういえば、長峰《ながみね》さん辞めたんだって」

デートの時、日向《ひゅうが》が切り出した。最近美南は、日向とよくデートをする。クラスメートの何人かは、もう二人は付き合っていると思っている。美南にはその実感はあまりなかったが、そういわれても別に構わないとは思っていた。日向といると会話が途切れることはないし、優しいから心穏やかでいられるのだ。

「長峰さん……ああ、まあそうでしょうね」

「コンビニで会った時、もう辞めることに決めてた感じだったもんね」

美南は思った。どうあっても、沙良《さら》は医師にはなれなかっただろう。もしかしたら繊細で人の痛みも分かってしまう性格だから、時々異常なほど神経質な行動に出ていたのかも知れない。

――悪いことしたな。

美南の心に罪悪感が湧《わ》いた。

「でも、辞めてどうするのかな」

「あの人キャバ嬢やってんだよ。知ってる？」

「キャバ嬢！　そうか、あのコンビニ！　随分派手なカッコだと思ったら！」

日向がそうそう、という風に数回頷いた。

「大学辞めてそっちに専念するみたい」

医学部辞めてキャバ嬢に専念。すごい響きだ。沙良は親に強い嫌悪《けんお》と恨みを抱えていたが、また親が嫌がりそうなことを選んだものだ。

「二年は実習が多くて大変な年だし、続ける気がないなら潮時《しおどき》だったかもね」

日向が残念そうにため息をついた。

新年度になって、食堂には中年女性コックのほかにあと二人パートが入った。だがこの女性コックは大竹《おおたけ》ほど熱心ではなく、時間がくればいなくなったし、味も正直随分落ちた。

誰の家でも食べられる味だ。美南は大竹の件以来食堂へ行きづらくなってしまい、それもあってコンビニで軽く買って図書館前のカフェスペースで食べることが多くなった。

この日もいつものように翔子《しょうこ》とカフェスペースに行くと、田中《たなか》が小倉《おぐら》を少しきつめに慰めていて、その脇で帯刀《たてわき》がまるで他人事《ひとごと》のようにそれを見ていた。

「いつまで凹《へこ》んでんですか。しょうがないでしょ？」

小倉は年齢の割に子どものように、分かりやすく俯いていた。

「小倉さん、どうしたんですか？」

田中は二人を見ると、眉を八の字にして苦笑した。

「うん、実はね……こっぴどく怒られちゃったんだ」

「怒られた？　奥さんにですか？」

「そんなことで今さら凹みませんよ」

小倉は首を振ると、ため息をついた。

「須崎《すざき》先生に」

「え、午前中の内分泌の授業で？　須崎先生、いつ怒りました？」

翔子は驚いていたが、美南には少し思い当たることがあった。代謝内分泌の授業の時、少し離れたところで腕を組み、背中をピンと伸ばして授業を聞いていた小倉が、しばらくすると目をつぶって首をゆらゆらさせていたのを見たのである。小倉は背が高いしスーツでいることが多いので、不必要に目立つ。美南は「あー、小倉さん寝てるな」程度にしか思わなかったが、須崎がさり気なく傍に行って耳元で何かを呟き、小倉が飛び起きたのを知っていた。

「さっき小倉さんがうたた寝してた時ですか？」

小倉は一度深く頷くと、泣きだしそうなくらい情けない顔をした。

「最近ね、子どもとあんまり遊んであげてなかったから、この週末にがんばってアスレチックに行ったり、釣りに連れてったりしたんだよ。そしたら身体中が痛くて、疲れて……自分の体力のなさにびっくりしちゃったよ」

「いいパパじゃないですかー。お子さん喜んだでしょ？」

「そりゃ子どもは喜んだけど」

「だから寝ちゃったのか。小倉さんいつもチョー真面目なのに、具合でも悪いのかと思いましたもん。須崎先生、何かいってましたよね？」

「『寝るのは自由ですが、今のとこ聞いてなくて誤診したら、それ殺人ですからね』って」

小倉はいい終わると、クシャッとした泣き顔になった。そこにいたみんなが一斉に「うわー！」という悲鳴をあげた。

「きっついわー！」

「そりゃそうだけどイタいー！」

誰も慰めてくれないそのリアクションを見て、小倉の目がまた赤くなった。

須崎のいうことは間違いない。普通の大学生は、授業を聞いていなくても自分の成績と知識に影響するだけだ。マズい、知らない、間違えたと思って後から学び直すこともできる。

だが医師の場合マズい、知らない、間違えたは、人の生死に直結する。学び直しますといって、患者を生き返らせることもできない。小倉が涙したのは、須崎に自分の甘さを指摘されて情けなかったからだった。

「自信なくなった話なら、俺にもありますよ」

田中が力なく小倉の横に座った。

「こないだラグビーの試合で、新幹線で群馬のほうに行ったんですよ。そしたら、ほら、テレビでよく見るやつ！『お医者さまいらっしゃいませんか？』の放送が流れて」

みんなが目を輝かせて「おーおー」「へー」と興味津々で話に乗ってきた。

「俺ら、どうしたと思います？　みーんなで肩竦めて、小さくなりましたよ。だって医学部に三年いたって、何もできないんですもん」

美南や翔子が静かに頷いた。田中は、大竹が倒れた時にも美南と一緒にいた。だから、人一倍怖がってしまったのかも知れない。

「そうか……確かにねえ。行って分かんなかったら、バカみたいだもんね」

「で、多分分かんないんだよね」

「五年生の先輩たちもいたんだけどね。誰もいなかったら行くけど、医師免許がないから何もできないって。結局本物のお医者さんが見つかったからよかったけどさあ」

「スチューデント・ドクターの五年生でさえそうだもんね」

「病院実習であんなに毎日毎日生《なま》の診療を見てたって、まだ手が出せないんだもんね」

三年間の授業と試験と実習漬けの日々に疲れ果てても、美南たちの前にはまだまだ大変な後半の三年間が待ち受けている。それから卒業試験、国家試験。そしてその後研修医の期間を経《へ》て、やっと医師として始めることができるのだ。そしてその後もきっと、何年も自分の診断や処置に満足な自信なぞ持てないのだろう。目の前の道が果てしなく長い気がして憂鬱《ゆううつ》になったのは、美南だけではなかった。

ちなみにスチューデント・ドクターとは四年目のＣＢＴ（コンピューター・ベースト・テスティング、共用試験）とＯＳＣＥ《オスキー》（オブジェクティブ・ストラクチャード・クリニカル・エグザミネーション、客観的臨床能力試験）に合格して五年生になり、ＢＳＬ（ベッドサイド・ラーニング、臨床実習）、またはポリクリニックといわれる病院実習に参加することができる学生に対して付与される正規の資格である。平成二六年度から正式に導入された新しい制度で、スチューデント・ドクターになると本来医行為を認められていない医籍登録前の医学生が、実習の範囲内で医行為ができるようになる。つまりスチューデント・ドクターは、きたる病院実習のために必要不可欠な資格なのである。

ところがみんながそんな風にしんみりしていたのに、帯刀が眼鏡を直しながらケロッといった。

「よかったね、本物のお医者さんがいて」

みんなが一斉に帯刀を見ると、本人は「ん？」と不思議そうにした。

「そりゃそうだけどさ……帯刀よお」

「よかっただろ？　だって僕らなんかに診てもらったってしょうがないじゃないか」

「そりゃそうだけど、デリカシーないなあ」

「そういう自分らが情けないねって、今落ち込んでんのにさー」

「何で？　患者さんが助かればいいじゃないか」

患者さんが助かればいい。その通りだ。帯刀は時々、実にシンプルでいいことをいう。この人は人の命を救うという命題の前では、どんなプライドも簡単に捨てることができるのだろう。

美南が聞いた。

「帯刀君は、どうして医師になろうと思ったの？」

すると、帯刀はすかさず答えた。

「アウグスト・フォン・ロートムント」

「誰だよ」

「目薬作った眼科医。ロート製薬って知ってるでしょ？　あの名前の由来」

「帯刀君、眼科医になりたいの？」

「そう」

「へー！」

そこにいたみんなが一斉に驚きの声をあげた。意外だった。眼科というのは命にかかわることが少なく、長時間の手術もないため体力も要らないので、比較的女子が好む科だ。ずば抜けて優秀な成績を誇り、医師になる自覚もしっかりしている帯刀は、脳外科や心臓血管外科のような花形を目指しているとみんなが思っていた。

「何で目薬が好きなの？」

「目薬じゃない」

「何とかロート」

「目を治す医者になりたいから」

「どうして目？」

「え？　だって目が見えないと困るでしょ」

「いや、そりゃそうだけどさ」

「それいうなら手足も内臓も肺も、どこだって困るでしょ」

しかし帯刀はこう続けた。

「海が青いなーとか空が高いなーとかって見るだけでも、人間幸せになれるでしょ？　人って死ぬまで本を読んだり、テレビ観たりして過ごすでしょ？　そうなると、目ってものすごく大事じゃない？」

「……うーん！」

美南は感心して帯刀を見つめた。

「帯刀君って達観してて、何かお釈迦《しゃか》様みたい」

「それは何をいってるのかよく分からないが」

美南のストレートな視線と賛辞に、珍しく帯刀が照れて眼鏡を弄った。

「安月《あづき》さんは、どうして医師になろうと思った？」

小倉が聞いてきた。

「え……病院の雰囲気が好きだから」

「あ、分かる！　俺も！　何かホッとするんだよな」

田中はすぐに同意してくれた。

「そうそう、それ！」

「へー。看護師とかは考えなかった？」

「自分が治したかったから……かな？」

「なるほど。安月さんらしい」

みんなが納得した。美南も、詰まった血管の流れが少しよくなった気がした。

――うん、何となく自分が芯で考えていることに近いかな。私が安心を与えてあげる側になりたいと思ったから。自分が、治したかったから。

夏の初めのある日、美南は大学の帰りに病院に寄ってみた。ひとつ気になっていることがあったのである。

外来は基本的に午前中で終わっているので、この時間はさほど混んでいない。面会人か、検査など特別な用事でこの時間の予約をした患者がいるだけだ。

それでも人も少なく寂しげなバスターミナルを横切って病院のなかに入ると、どこからともなく湧き上がるざわめきが耳に入る。少し忙しないそのふわふわした空気のなか、看護師が、その後作業療法士が美南の脇を速足で横切った。

——ああ、いいなあ、この雰囲気。やっぱりホッとする。

入口の担当医師一覧表を眺めてみた。ここにはそれぞれの科の担当医師が、患者さんたちに分かるように曜日ごとにプレートで貼られていた。

やはり景見《かげみ》の名前がない。心臓血管外科だけでなく、どこにもない。普段美南は病院担当の景見と話すことも会うこともほとんどないのだが、たまに教育棟の廊下で教員と立ち話をしていたり、構内を忙しそうに速歩きしているところを見かけていた。でもこのところ、全然見ない。先日の夜グラウンドで教員たちがフットサルをしていたなかにもいなかったのでどうしたのかと思ったが、もしかしたら病院を辞めたのだろうか。

あの時、大竹のことで厳しい言葉ながらも慰めてくれた。そのお陰で、美南は自己嫌悪を前向きな目標に切り替えることができた。今度会ったらそのお礼をいおうと思っていたのに、あれきり全然会わなくなってしまった。

その時、ちょうど研修医の須田《すだ》友加《ゆか》がやってきた。美南が一年生の時の五年で、特待で留年して放校になった金髪菊池《きくち》のカノジョである。友加は何となく美南の顔を認識できたようだった。

「どうかした？　学生だよね？」

「え？　あ！　須田先輩」

「どっかで会ったっけ？」

「私、菊池君と同じバレー部で、一年の時クラスも一緒でした。安月といいます」

「あー、そうなんだ！」

「菊池君、元気ですか？」

「うーん、実はね、もう別れちゃってんの」

「え！　すいません」

美南は慌てたが、少しは予測していた。菊池はいささか遊び過ぎだし、当時友加は五、六年の大変な時で、とてもではないが菊池の手綱《たづな》を保つ余裕はなかっただろう。

「でも元気みたいよ、時々メッセージのやりとりはしてるから。理学療法士の学校通いだして」

「理学療法士！　へー、そうなんですか」

「ま、ろくに行ってないみたいだけど」

二人は苦笑した。

「行かないなら入らなきゃいいのに」

「どっかに所属してないとニートになるから、親が嫌がるんじゃない？」

「なるほど。でも何がしたいんでしょうね」

「うーん、まだ分かってないんじゃないのかな。あの子、甘やかされてるからねえ。で、どうしたの？」

「あ、そうだ。心臓血管外科の景見先生って、どこか他の病院に行かれたんですか？　ご存じですか？」

「景見先生？　今アメリカだよ」

「アメリカ？」

「うん、サンフランシスコ。USMLE（アメリカの医師国家試験）の最後のヤツを取りに行ってるんだって。もうほとんど取れてるんだよね、あの先生。一年って聞いてるけど」

「USMLE？」

「アメリカの国試よ」

「はー……」

そうか、どうりで全然会わないわけだ。腕の立つ医師だとは聞いていたが、アメリカの医師国家資格とは。

「景見先生に用だった？」

「あ、いえ。ちょっとお礼をいいたいと思って探してたんですが、このところずっと見かけなかったので」

美南は一抹《いちまつ》の寂しさを覚えた。もっとも織姫と彦星みたいなもので、景見とあんな風に会えるのは今までもほとんど年に一回くらいなものだった。いつもはどちらかが気がつかないか、たまに気づいても美南が軽く会釈して、景見が手を挙げるくらいしかコンタクトはなかった。でも景見にはまずお礼をいって、そして機会があればゆっくり話してみたいと思うのだ。

——何か理由があって医師になりたくて、だから医学部入ったんだろ？　じゃ、それが動機じゃないの？

——心筋梗塞の予兆を見逃した。

景見の声が頭をよぎる。いつだって景見の言葉は的確だ。

夏休みは部活三昧で忙しかったが、日向に誘われてデートする機会が何回かあった。ある日高速道路で渋滞に引っかかっている時、美南は思いだしたように日向に尋ねた。

「昔さ、日向君、親の仕事を継ぐために医師になりたいっていってたじゃない？」

「そんなこといったっけ？」

「いったよ。自営業だから家族が守るのは当たり前だって」

「すげー、俺そんなカッコいいこといったんだ」

日向は他人事のように笑った。

「親のどういうところを見て、継ぎたいと思ったの？」

「えー……どうだったっけな」

日向は困った顔で首を傾げた。

「あー、そうだ。親と道を歩いてたりするとさ、退院した患者さんやご家族が声をかけてくることがあるんだけど、みんな本当に嬉しそうでさ。満面の笑みの人や目を真っ赤にして何回も頭下げてくれる人を見ると、自分の親が誰かの役に立って、感謝されててすごいな、と思ったわけ」

恥ずかしそうに笑いながら、日向は丁寧に言葉を選んでそう自分の心情を説明した。

「医師って、ある意味人を喜ばせられる究極の仕事だと思わない？　人が喜ぶと、自分も嬉しくなるじゃない？」

これを聞いた時、美南はふと既視感に囚《とら》われた。確か昔、大竹がコックという仕事について そういっていた。幸せな顔を見て幸せになる、と。

食事は、食べたその瞬間に幸せになれる。だが治療のありがたみは、少し経ってから実感するものだ。治してもらったその時に持つ感情は幸福感ではなく安堵、助かったという安心感だ。

「なるほどねー」

美南は頷きながら前を向いた。日向もやはりしっかりとした自分だけの動機を持っているのだ。

車が少しずつ動き出した。

安心感。オレンジ色の病院のキーワード。

2

秋になって、クラスメートの何人かが勉強で失速し始めた。元来《がんらい》座学が好きではない美南も、やる気を失って辛くなってきた。

それもしょうがない。三年生は、ひたすら勉強と顕微鏡《けんびきょう》を覗くだけの実習の日々が続く。大きなイベントがない分、逆にメンタルには相当ハードな学年だ。デートや遊びで気分転換をしようとしても、「家に帰って勉強しなきゃ」という強迫観念に囚われているせいで心から楽しむことができない。それが一年間ずっとなのだから、秋ごろになると翔子のように負けず嫌いでいい成績を取ろうとしている学生には、本当にしんどくなってくる。この頃翔子はそれほど男の子と遊ぶこともなく、いやいや机に向かうだけの荒《すさ》んだ日々を送りがちなようだった。だがそのお陰で上位の成績を保っているのだから、何だかんだいって大したものである。

そんな秋深いある日、美南が教育棟へ向かっていると、前を足元のおぼつかない老人が小股で歩いていた。パジャマ姿なので入院患者だろうが、ちょっと怪しげだ。こんなところを真っ昼間にパジャマ姿で歩いているなんて。しかもこの先は教育棟と体育館と看護学校しかない。

美南の視線に気づいたのか、老人はふと振り返った。

「学生さんですか」

「あ、そうです」

「私がこんなところ歩いてるから、認知症かなと思ったでしょう」

「え、ああ……」

美南が言葉に詰まっていると、老人はにっこり笑った。

「お天気がいいんでね、散歩してるんですよ。ここを上がると体育館があるでしょ？　その脇をぐるーっと回ってあっちの駐車場のほうに出て、ここに戻ってこれるの。いい運動なんですよ」

「あ、そうですか。でもナースステーションにいってきましたか？　看護師さんたち、心配しますよ」

「知らない人が入ってくるからイヤなんだ」

「知らない人？」

老人は突然怒ったように、美南を無視して再び歩き始めた。美南は気にはなったが、早く図書館に行きたかったのでそのまま教育棟に入っていこうとした。

すると、前からきた看護学生が美南に声をかけた。教育棟の前に体育館があってその後ろに看護学校があるので、看護学生はよく教育棟前の道を通るのである。

「あー、美南ちゃん！」

以前日向と付き合っていた朝永《ともなが》茅里《ちさと》だ。美南はほとんどしゃべったことがないのだが、気さくな茅里は誰でもすぐちゃん付けで呼ぶ。サッカー部のマネージャーで、お母さんタイプで頼りになるのだろうと思うが、悪くいえば少々馴れ馴れしい。短大を出て家庭科の先生を一年ほどやったそうなので、三歳くらい歳上のはずだ。

「朝永さん、おはようございます。試験勉強どうですか？」

「死ぬほどがんばってるよお」

看護学生の勉強量は、座学も実習も想像を絶する。三年生の就職先は国家試験前に内定していることが多く、ＣＤの看護学生はＣＤで働き始めるのがほとんどらしい。ただ当たり前だが二月の看護師国家試験に落ちたらすべてパアになるのだから、背水の陣だ。

茅里はすぐ老人に気づいた。

「あのおじいさんは？」

「入院患者さんらしくて。散歩してるんですって。いつも構内ぐるっと回ってるそうですよ」

「一人で？　そんなはずないじゃん」

茅里が走って老人のところに行った。

「おじいさん、どこからきたの？　一人で勝手に出ちゃダメだよ。みんな心配するんだから」

老人はあれこれ説明していたが、茅里は二言三言会話するとすぐに背中をぐいぐい押して病棟のほうに連れ戻そうとする。美南も無関係ではなかったので、バツが悪くてついていった。

病棟の入口にくる頃には老人は怒りだした。

「何だあんたは、失敬だな！　ここの病院は散歩も自由にさせてくれんのか！」

茅里は平然としている。

「ナースステーションに行って、散歩行きたいっていえばいいの。そうしたら誰か一緒にきてくれるから」

「私は一人で散歩したいんだ！」

「一人の散歩は退院してからできるでしょ。今は、身体が悪いから病院にいるんでしょ？一人で裏のほうまで行っちゃって、もし何かあったらどうするの」

二人が揉めているので、数人の看護師がただならぬ気配を感じて寄ってきた。茅里は事情を説明し、老人を看護師たちに預けた。看護師たちが頷いて、老人をたしなめながら連れていく。美南はその一連の出来事を、後ろから眺めていただけだった。

病院から出てきた時、茅里が美南に怒った。

「ダメじゃない、患者さん放っておいたら！」

美南はびっくりして「いや、声はかけたんです」といったが、茅里は受けつけない。

「あの歳であの歩きかた、しかも知らない人が入ってくるっていってる。レビー小体型だったらどうする？　どこで事故にあうか、どこに行っちゃうか分からないじゃない！」

レビー小体型。アルツハイマー型に次いで多く、しかも男性の発症率が高い認知症だ。初期段階で幻視や誤認があり、パーキンソン病のような症状が出る。いわれてみると、あの老人に実によくあてはまる。

「あの、まだちゃんと習ってないんで……」

「同じ三年生！」

美南は肩を竦めたままだった。確かにここで同じ時間を過ごしてきているのだから、理屈からいえば同じ三年生だ。だがもちろん茅里のほうがはるかに大量の勉強と実習をこなしてきている。しかしながら最大の違いは茅里はすでに現場に出る覚悟ができており、美南はまだフワフワしているということだ。

――この認識の甘さ！　大竹さんの時に懲《こ》りたはずなのに、私はまだ茫漠としている。あの時もそうだった。少し「あれ？」と思っても、どこかで気が引けて、声をかけないでやり過ごしてしまうのだ。

美南の心が、ずんと重くなった。

「朝永さん、めっちゃしっかりしてる。もう病院で働いてる看護師さんみたいだった」

日向と六本木《ろっぽんぎ》でご飯を食べたあと駅まで歩いている時、この出来事を話すと日向は苦笑した。元カノの話題だけに、どうしていいか分からなかったらしい。

「気持ちよさそうに患者さんが歩いてたから、まさか認知症だなんて思いつかなかった。私、朝永さんと長峰さんのあいだでフラフラしてる感じ」

「長峰さん？　あ、そうだ、あの人、自分のお店出したんだって！」

日向が突然興奮気味に大声を出した。

「自分のお店?」

「そう、駅裏銀座《ぎんざ》に。『Sarah』ってスナックだって」

「駅裏銀座?」

「知らない? 駅の裏に、小さなバーとかスナックがダーッと並んでるとこ。昭和な感じの」

「へー……そんなにすぐにお店って出せるんだ」

この話題に美南があまり乗り気ではなかったので、日向は我に返ったようだ。

「うん。ごめん話の途中だった。で、美南は何で朝永さんと長峰さんのあいだでフラフラしてるって思ったたって?」

最近、日向は美南を呼び捨てにするようになった。美南にも魁人《かいと》と呼んでくれというので心がけてはいるが、どうも居心地が悪いので美南の呼び捨て率はまだ五割というところだ。

「うん。長峰さんは大竹さんが倒れたとき何もできなくて、そこで自分が向いてないってはっきり分かって辞めたじゃない? 動けない、だから辞める。反対に朝永さんは、患者さんの徘徊《はいかい》を瞬時に察知して見事に処理した。動ける、もうすぐ就職。二人は両極端。で、そのあいだで『医師になるぞー、でも何もできないままだよー』ってフラフラしてるのが私」

美南が身振り手振りで熱弁する姿を見て、日向は少し声を出して笑った。

「ねえ、ちゃんと聞いてる？」

美南が顔をしかめると、日向は口を押さえた。

「ごめんごめん。でも美南って、何かいつもいろんなことに一生懸命だよな」

「何それ？」

「いつも全力投球」

「そうかな？」

美南が少し不満そうにしたので、日向はまた笑った。

「うーん、でも、うちの病院の看護師さんたちもみんな朝永さんみたいな感じだよ。ホントにしっかりしてるよ」

それから日向はしばらく美南の出方を見ていたが、「そうなんだー」という反応しかしなかったので、ため息をついた。

「で、朝永さんとはそれだけ？」

「え？　そうよ」

「ふーん」

日向はちょっと口を尖らせた。

「どうして別れたの、とか聞かないの」

「いや別に」

この時、美南は心のなかで「そういえば、朝永さんは昔魁人と付き合ってたっけな」程度にしか考えていなかった。ところが日向がはっきりといった。

「俺が美南のこと好きになったからだよ」

美南はいきなり告白じみた台詞《せりふ》をいわれてビックリし、狼狽した。

「えーウソ、ウソ！　だって振られたっていってたじゃない」

「いや、だって『俺が振りました』っていうの、イヤらしくない？」

「え？　別れを切りだしたのは魁人なの？」

「そうだよ。好きな人ができたって」

「はー……」

なかなかイケメンな元カノのかばいかただ。でも、確か日向が茅里と別れたのは一年の中頃だった。

「魁人、そんな前から私を好きだったの？　何で？」

「何でって……」

日向は困ったように照れ笑いをした。

「その熱量かな。女の子には珍しいよね。それに素直だし、裏表もないし」

「えー？　ただの子どもみたくない、それ？」

「可愛い」

そういって微笑する日向の優しげな瞳を見て美南は急に胸が熱くなり、気恥ずかしくなって目を逸らした。すると、日向がふと顔を被せてキスしてきた。美南は飛びあがらんばかりにびっくりしたが、日向は軽く唇を触れただけでスッと離れた。美南は両手で口を押さえ、目も顔も鼻も真っ赤になった。

「え？　え？」

日向はそのまま照れ笑いすると、地下鉄駅への階段を先に降りていった。美南が顔を真っ赤にしたまま手で口を押さえて階段の上に立ち尽くしていたので、日向は階段の下で歩を止めて美南を見上げ、手を差しだしてきた。それを見て美南はにっこり笑い、勢いよく階段を降りて自分の手を元気よく伸ばした。

日向は美南の手を強く握って、嬉しそうに微笑んできた。美南はこの時、初めて日向にはっきりとときめいた。

３

軍艦島病院の前の桜が満開になり、美南もいよいよ四年になった。座学中心の三年生から一転して実習も試験もたっぷりで、これに部活が加わるため心身ともにとてつもなく忙しい学年である。

この学年の最後には筆記のＣＢＴと実技のＯＳＣＥがあり、これらに合格すると五年生になってＢＳＬ、すなわち病院実習に入ることができる。厳しいいいかたをすれば、おままごとから本格的な職業訓練に移行するための試練が四年生の一年間なのだ。

「僕には無理だよ」

ある日、小倉が食堂でぽろぽろと泣いていた。小倉だけではない。翔子も涙を流し、田中も日向も今にも泣きそうだった。美南は暗い顔をしていたし、ケロッとしていたのは帯刀だけだった。

薬理学の実習である。生きているマウスを斬首して、薬の血中濃度を測ったのだ。生きている小動物はフワフワで可愛らしく、無邪気だ。自分が殺されるとは夢にも思っていない。そのマウスを掴み、首を切る。その時、キューッという可愛らしい断末魔の声をあげる。それが耐えられないのである。もちろん血が出るのだから、小倉は触れなかった。でもその声を聞き、見ているだけで気が滅《め》入《い》ってしまったのである。

「あれは可哀想だったね」

「もっと他の方法ないのかな」

「わざわざ殺す必要ある？」

ところが、ここでいつものように帯刀がケロッといった。

「でも、イノシシとか普通あんな感じで殺すでしょ？」

「は？　イノシシ？」

「イノシシ普通に殺すとかしたことないんですけど」

クラスメートたちの視線と反論が鋭かったので、帯刀は怯えた。

「え、いや、えーと、魚、カツオとか。ほら、血腥《ちなまぐさ》いと美味《うま》くないから、一気にエラを抜

「いてシメるじゃないか」

「何でカツオのシメかたなんか知ってんの？　高知の人ってみんなカツオ釣るの？」

美南たちはそういって笑ったが、翔子だけは真剣に怒っていた。翔子は意外と堅いところがあって、こういった会話の空気抜きが好きではない。

「イノシシはともかく、魚とネズミは違うでしょ？」

「え、でもカツオのがネズミより大きいよ」

「大きさの話してないよ！　何いってんの？」

翔子がものすごい形相で帯刀を睨んだので帯刀は縮こまったが、小倉は噴きだした。

「その通りだ、帯刀君。こんなことで感傷的になってちゃいかんな、うん」

どの生き物は殺してもよくて、どの生き物は悪いということはない。食べるために殺された動物と、薬の血中濃度を調べるために殺される動物は同じか違うのか。食用ならよくて、実習なら可哀想なのか。世界で初めて全身麻酔による手術に成功した華岡青洲《はなおかせいしゅう》は、自分の家族で実験をして実母を死なせ、妻を失明させた末に結果を出すことができた。医学の進歩の陰には壮絶なまでの探究心がある。マウスの斬首も、ある意味その端くれなのだ。

食堂内がふと暗くなった。コックの帰宅時間になって、灯りが半分消されるのだ。外は夜になっていた。

「あ、もうこんな時間か」

「どっかで何か食べて帰る？」

「俺、今日これからラグビー部で飲み会あるんだ」

田中がいうと、翔子も「私ダイエット中だから」と断った。

「えー、全然太ってないのに」

「違うの、腿《もも》がヤバいの！　美南も気をつけないと、きてるよお！」

翔子は笑ってそういいながら「じゃね！」と去った。


「痩せなくたっていいんだよ」

美南が参考書を鞄に詰めながら日向と二人で教育棟から出ると、日向がいった。

「美南全然太ってないんだからさ」

「いやー、翔子のいう通り、腿がヤバいんだよなあ。あとお尻」

「そのままでいいんだからね」

「あ、肥《こ》えさせようとしてるな！　『ヘンゼルとグレーテル』の魔女みたいに！」

「おお！　じゃ、俺も美南食っちゃっていい？」

日向が美南の肩を抱いてきて、二人は笑いながら病院の前まで歩いた。

ふわりとした夏の気だるい空気が流れる。美南がふと坂の下を見ると、夜の暗闇に煌々と病院の灯りが輝いていた。

「夜の病院って、何かいいよねー」

「イヤだよ！　何いってんの！」

日向は跳び上がった。お化けが苦手だからだ。

「違うよ。暗い病院じゃなくて、ああやって灯りがついてて人がいっぱいいる病院」

「え、そう？　夜って救急とかちょっと緊迫したイメージない？」

「うん。だから救急できた人が、病院の灯りを見てホッとするの。あー、ここで助けてもらえるんだ、安心できるんだって」

「噂をすればだよ、ほら」

日向が救急入口を指した。ちょうどその時、救急車がサイレンを鳴らしながらターミナルへ入ってきて救急出入口につけた。院内からバラバラと医師や看護師が飛び出してきて、車内からストレッチャーが運ばれている。

「救急って、大変だけどカッコいいよなー」

「テレビドラマや映画になるくらいだからね」

「戦争中の軍医さんとかもすごいよね」

「このあいだの国境なき医師団とかね」

四年生は先日、外傷救急の授業で国境なき医師団の医師を招いて講義をしてもらった。彼らはさまざまな現場で器具もスタッフも衛生面も、時には安全すら確保できない状態で人の命を丸投げされる。すべての責任が自分に集結する状態が、ある意味日常茶飯事なのだ。この話を聞いて、ラグビー部の田中のような体育会系の学生はかなり感化されていた。

「一人でいろんなことするんだもんねー。それはやりがいがあるよ」

「でも俺はビビりだからダメだわー。決断力ないし」

　日向が苦笑した。

「大変そうだよねー。あ、でも私、実は救急が一番できた！」

「マジー？」

　四年生の前期には救急の授業があったが、この試験で美南は自己最高点をマークした。自分でも一番楽しかったし、一番分かった気がした。

「美南、決断力とか即応力とかありそうだもんなー」

「魁人は何が一番よかった？」

　この頃には、美南が日向を下の名前で魁人と呼ぶ確率は一〇〇％になっていた。

「俺は病理だったかな」

「へー意外。そっちか」

「脳外に憧れてたんだけどなー。向いてなかったわー」

　美南がふと救急出入口に再び目をやると、そこでお腹の大きな若い女性が、心配そうに看護師に付き添われてなかに入っていった。

「え？」

　それは幼馴染の黒木理佐《くろきりさ》だった。美南の成人式の準備を全部やってくれたのが、この理佐だ。昨年結婚したのだが、妊娠しているとは知らなかった。

「え、おい、美南？」

突然病院に向かって美南が走りだしたので、日向は面食らっていた。

「理佐！」

声をかけると、理佐は美南を見るなりくしゃくしゃの顔になった。

「あー、美南ー！　父さんが倒れたあ！」

「おじさん？　どうしたの？」

「お腹が痛いって、いきなり倒れた！」

「おばさんは？」

「それがさ、今おばあちゃんの具合が悪くて秋田に帰っちゃってるんだよお」

「理佐、旦那さんは？」

ふと理佐の泣き声がトーンダウンして、顔が無表情になった。

「別れた」

「え？」

「六月に別れた」

「え？　去年結婚したのに？」

「だって女と逃げちゃったんだもん」

美南が顔を上げると、日向が困った風に立ち竦んでいた。

「あ、あの、幼馴染なの。私ちょっとここに一緒に残るから、ごめんね」

「お、おう。あの、手が必要だったらいって？　すぐ車とか出せるし」

「うん、ありがと」

日向が理佐に軽く会釈して去ると、理佐が羨ましそうにいった。

「カレシ？　チョーイケメンじゃん！　優しそうだし。将来のお医者さん？」

「うん、まあ」

すると看護師が慌ただしく飛び出してきて「娘さん、早く！」と急《せ》かした。美南は理佐の背中を押して、病院に入っていった。

救急処置室のなかが大騒ぎになっている。理佐が不安げにいう。

「父さん、死んじゃったのかなあ？」

「亡くなってたらあんなにドタバタしてないよ。大丈夫だって」

「でも、倒れて痛がってたんだよ」

「お腹が痛いって？」

「うん、それでここに連れてこようと思って夜間診療に電話してたら、いきなり後ろで唸《うな》ってばったり倒れて。父さん、何の病気？」

「え、それだけじゃ分かんないよ。私まだ学生だし」

「私より分かるでしょぉ。ねえ、助けてあげてよお」

泣き崩れて美南にすがる理佐の、大きなお腹が美南に触れる。

「理佐、ちょっと！　あんたそんな心配してたら身体に悪いよ」

美南は、こういう時どうしたらいいんだろう、何をいったらいいんだろうと焦りながら理佐の背中をポンポン叩いていた。

理佐のお父さんがどんな病気か分かれば、できることもあるだろう。だが病気の見当すらつけられない。知識がないからだ。

——そうだ、大竹さんの時もこんな感じだった。いらいらして、不安で潰されそうになって、でも何をしていいのか分からない。そして結局、最後まで何もできなかった。

その時、前から医師が小走りにやってきた。それを見た美南の視野が一気にその医師に集中して、まるで画面が大きくズームインしたようだった。

「景見先生！」

アメリカへ行っていた景見である。美南が思わずそう声を出してしまったので景見は廊下を見遣って、美南を認めると驚いた風に目を丸くした。だが立ち止まることはなく、そのまま足早に救急処置室に入っていく。

一年ぶりか、一年半ぶりか。相変わらず肌の色も髪の色も濃くて、前より男っぽくなった。美南は自分では気がつかなかったが、第三者の理佐にも分かるくらいものすごく喜んでいた。理佐が茫然とするほど顔を紅潮させ、興奮していた。

「え、何、今の先生美南が好きな人？」

理佐の質問に驚いたのは美南のほうだ。

「えー？　何で？　違うよ、さっきカレシ見たでしょ」

理佐が何かいおうとすると、数人の看護師が走り出てきて、そのうちの一人が「ご家族ですか？　これから緊急手術になります」と声をかけてきた。

「手続きをお願いしたいんですが、お腹大丈夫ですか？　とにかく座って。何か月ですか？」

「九か月です」

「あら、じゃもういつ生まれてもいいんだ。少しでも痛かったら、すぐに声をかけてくださいね」

看護師がそうリードすると理佐は少し落ち着いたように長椅子に座り、手術や入院の手続きのしかたについての説明を聞き始めた。

「こちらは？」

「あ、私の友人です。ここの医学部の学生で、さっきばったり会って」

「あら、それは奇遇ね」

間もなく景見が速足で出てきた。美南が無言で駆け寄ると、立ち止まって美南と長椅子に座る理佐を見比べた。

「患者さんのご家族？　友達？」

「はい、幼馴染です」

「検査の結果まだ全部出てないけど、おそらく腹部大動脈瘤。俺がオペ入るから、あの子のほう気をつけてやって」

景見はそういいながら理佐を見た。大動脈瘤。破裂すれば致死率は九割にものぼり、救急搬送されてもその生存率は五割という。だが景見は、破裂したとはいっていない。

「はい」

不安そうに景見を見つめる美南に、景見は自信ありげに口元を緩め軽くウィンクして行った。

――うわ、この状況であの自信たっぷりの気障《きざ》な行動！　さすが！

それが腕がいいといわれている医師のやることだからこそ、患者に安心感を与えてくれる。しかもそういうことをしなさそうな、朴訥《ぼくとつ》な外見なのがさらにいい。美南はまたときめいて、真っ赤になった。

「美南、先生何だって？」

「大丈夫だよ理佐、おじさん助かるよきっと！　あの先生上手なんだから！　おじさん運がいいよ、先生アメリカから帰ってきたばっかりなんだよ！」

異常に興奮する美南に、理佐はひいていた。

それから理佐の父はすぐに手術室に運ばれ、二人も手術室の前に移動した。ところが一息ついてすぐに、理佐が腰を押さえて痛がりだした。

「い、いたたた……」

「どうした？　足ひねった？」

見ると、理佐が膨れたお腹を持ちあげるように押さえている。

「ウソ、まさか陣痛？」

「いた、痛い……」

理佐は返事もせず、顔を歪《ゆが》めて身体を曲げた。

「ホント？　ホントにそんなに痛いの？　ちょっと、ちょっと待ってて、理佐待ってて」

美南は大慌てで救急処置室まで走ったが、別の患者が運ばれててんやわんやになっていた。少し様子を見ていたがどうにもならなそうなので、待合室の隅っこにあった車椅子を広げ、押しながら全速力で理佐のもとに戻った。

理佐は身体をよじって唸りながら痛がっていた。

「ほら理佐、今産科に連れてくから、乗って！　動ける？」

「うーん、乗れる……いたたたた！」

夜の病院で幼馴染を車椅子に乗せ、全速力で走ることになるなんて夢にも思わなかった。この時の本心は「今産まれるな」と「早く産科に理佐を丸投げしたい」、ただそれだけである。

隣の本館に着いてエレベーターの扉が開くと、美南はナースステーションに顔を突っ込んだ。

「すいません、大動脈瘤で緊急手術中の患者さんのご家族なんですけど、陣痛始まっちゃって！　お願いします！」

「えーっ！　何それ！」

ナースステーションにいた数人の看護師が、驚いた声を出して一斉にこちらに出てきた。

車椅子で身体をよじりながら汗だくになっている理佐の膝に年配の看護師が素早く大型のタオルをかけ、覗いて確認する。

「分娩室《ぶんべんしつ》空いてる?」

「第三空いてます。準備します」

「助産師の先生残ってる?」

「声かけてきます」

その看護師の指示に、数人がサッサと散っていった。

——ここもカッコいい! みんな何をすべきか分かってるんだ。人を助けるためになすべきことをしている人たちって、どうしてこんなにカッコいいんだろう。

助からないかも知れないとか、そういった悲観的なことは一切考えてない。それが人を安心させるのだ。

——安心を人に与えられる存在って、すごい。

理佐がとりあえず分娩室に入り、やっと美南は一息ついて椅子に座った。車椅子を全速力で押したせいか汗だくで、髪の毛もボサボサだった。

若い看護師が美南に近づいてきた。

「ご家族ですか?」

「いいえ。幼馴染です」

「あら、そうですか。ご家族はいらっしゃってます?」

「さっきお父さんが救急搬送されてきて、今手術を受けてるんです。お母さんは今東京にいらっしゃらないそうです」

「あのかたのご主人は？」

「いません」

「じゃ、ご本人に……」

看護師はそういって背を向け、数歩歩きだすとくるりと振り向いた。

「あなた、ここの医学生さんじゃないですか？」

「はい」

「やっぱり、見たことがあったから。何年生？」

看護師がそう尋ねながら親しげにニッコリと笑うので、美南は嬉しくなった。

「今四年です」

「四年ていうと、私の一つ下だわ！　じゃ、これから大変になるのね」

「そうですね」

その時、もう一人の看護師さんが美南を呼びにきた。

「破水しました！　あなたにいて欲しいっていうから、ちょっとこられる？」

「私ですか？　はい！」

美南はそういうと若い看護師に一礼して、呼びにきた看護師を追った。

一つ上。ついこの間まで美南のように普通に学生として勉強していたのに、もうすっかり本物の看護師だ。現場では新米扱いされているのだろうが、美南からは全然そう見えない。

　その夜、美南は理佐についていた。理佐はこんなに痛いのかと思うほど痛がって、時々父親を心配して泣きそうになって、それからまたものすごい声を出して、部活の時以上に汗だくになって、それでも赤んぼうはまだ出てこない。少し休んでいる時でも理佐のほうに余裕がなく、ほとんどろくな会話もできない。美南は理佐が痛がったらただただ理佐の手を握って一緒に力み、「理佐、がんばって！」と繰り返すしかなかった。

　理佐が断末魔のような声をあげたと思うと、助産師が「あー！」というため息のような声を漏らし、それからすぐに赤んぼうの元気な泣き声が聞こえた。緊張で淀《よど》んだ湿気が充満していた部屋が、一気に明るく輝いた。

「がんばったねー。男の子よー」

　助産師の声が聞こえると、理佐は汗が目に入ったのか泣いているのか分からないくらいずぶ濡れの顔をほころばせた。すっぴんでひどい顔のはずなのに肌がつるつるに輝いて、今までで一番綺麗な笑顔だった。

「やったね！　理佐、産まれたよ！」

　美南がそういいながら赤んぼうのほうをみると、助産師が手際よく身体を拭いてやっている。赤んぼうの泣き声が、決まったリズムを刻む。あんなに小さい身体で一体何を訴えているのかと思うほど、全身全力で声をあげている。

「すっごい元気じゃん」

「ホントだ、元気だあー」

理佐は疲れ切った風に、達成感で満ち溢れた笑顔を見せた。

赤んぼうが落ち着いた頃、美南も赤んぼうを抱かせてもらった。肉団子のような小さな手が、ゆっくり開いて美南の服を巻き込むとまた拳を作る。それがまるで美南の服を握りしめているようで、母親と間違えて頼られているようで、何とも愛《いと》おしかった。

このまったく無力で無垢《むく》な赤んぼうは今、何の疑いもなく美南の胸のなかで居心地よさそうにうとうとしている。そう思うと不思議な気持ちになる。これが慈愛というものか。人は、こうやって自分のなかの母性に気がつくものなのか。

「父さん、どうなってる？」

「ちょっと見てくるよ」

美南は手術室前に様子を見に行ったが、まだ手術は終わっていなかった。それで仕方なく部屋に戻ると、間もなく若い看護師が入ってきた。

「黒木さん、お父さんも手術終えられて、今病棟に移られたそうですよ」

「助かったんですか？」

美南は、思わず食いつくように聞いてしまった。看護師がニッコリ笑って頷いた。

「よかったー。父さん、よかったあ」

理佐が目元を両手で覆《おお》った。

「だからいったでしょ、すごい先生だって」

「何で美南がドヤ顔してんだよ」

二人は声をあげて笑った。

朝方の病棟は何事もない限り静かで、穏やかだ。美南は理佐を連れて、外科のナースステーションで部屋番号を聞き理佐の父の病室に行った。ナースステーションの隣にある、術後や要観察患者用の個室である。

個室で寝ている理佐の父は酸素マスク、心電図モニター、点滴などに囲まれて、顔がよく見えなかった。だから白髪《しらが》が混じった短い毬栗《いがぐり》頭に目がいく。ドアを閉めると外の喧騒《けんそう》が急に聞こえなくなり、静寂のなかでモニターの電子音と点滴のモーター音が唸るのだけが耳に入ってくる。

理佐は父の姿を見ると、驚いて涙声になった。

「父さん！　こんないろんなものつけられて！」

「術後患者って、普通このくらいいろんなものつけてるよ」

ここで美南のいつも通りの冷静な一言を聞いて、理佐も「あ、そうなんだ」とすぐに落ち着いた。

「目が覚めたらびっくりするねー。おじいちゃんになってるんだもんね」

「私からしたら、赤ちゃん産んで数時間でそうやって平気で歩いてる理佐がびっくりだよ」

二人がベッド脇に座って小声で話していると、ノックの音がして、景見が病室に入ってきた。

「よう、どう？」

「先生、ありがとうございました！」

二人が揃《そろ》って立ち上がって大きな声をあげ、深々と頭を下げると、景見が自分の口に人差し指を立てて「朝早いから」といった。美南は理佐と顔を見合わせ、口を押さえた。景見は心電図を見、点滴の様子や脈を丁寧に確認して「安定してるね」といい、部屋を出て行こうとした。

「先生、本当にありがとうございました！　美南が先生の大ファンで、きっと先生なら大丈夫だっていってたけど、ホントでした！」

理佐がそういうので、美南はびっくりして理佐の袖を掴んだ。

「ちょっと何いってんの、やめてよ！」

すると景見はにやっと笑って「私失敗しないので」と答えた。理佐が声をあげて笑った。

「ウソウソ。破裂しちゃう前に手術室に入れたから、とにかくご家族の判断がよかったんだよ」

「父はいっつも運だけはいいんですよ」

「羨ましいなあ。それ、大事！」

会話が弾《はず》んだ理佐と景見は二人揃って笑ったが、それからふと景見が怪訝《けげん》そうな顔をして理佐の腹を指した。

「ごめん、変なこと聞くけど、その……お産、無事に終わった？」

「あ、はい、さっき！　男の子です！　新生児室にいます」

「おー、そうなんだ、おめでとう！　お父さんびっくりするな！」

美南はこの二人を見ながら、医師という職業は何と大きな達成感と満足感を得られる仕事なのだろうと思った。目の前に自分の仕事の結果がはっきりとあって、それを喜んでくれる人がお礼の言葉を口にする。これほど分かりやすい仕事があるだろうか。

そういえば、日向もお父さんが退院した患者さんに感謝されている姿を見て、医師は人を喜ばせられる究極の仕事だと思うといっていた。

「先生、これからお仕事ですか？」

理佐が聞いた。景見が「いや、腹減ったんでコンビニ行って、ちょっと寝ます」と外を指すと、理佐は美南と景見を見比べた。

「あ、じゃ美南そこまで先生と一緒に行きなよ。もう帰るでしょ？　まだ朝早くて人通りがないから、誰かといたほうが安全だよ。もううちは大丈夫だから」

夏だから日が昇るのは早い。もうとっくに空は明けているのに、また理佐は変な気を回して、と思いつつ、美南はその言葉に対する景見の反応を見た。

——先生相手に何ときめいてんの、私？　突然一年ぶりに現れた先生がカッコよく難題を解決してくれたからって、これじゃ正義のヒーロー相手に興奮してる子どもと一緒じゃない。

美南は自分をそうやって笑いながら、この興奮を正当化した。

——いや、むしろそれでいいんだ。景見先生は正義の味方なのだ。

医局のある本館まで、美南は景見としゃべりながら歩いた。

「アメリカ、どうでしたか？」

「え？　何で知ってるの？」

「先輩から聞きました」

「あー、そう。うん、まあおもしろかったよ。今はもう技術的にこっちが大幅に遅れてるってことはないけど、新しい手法や医療器具を導入してみようっていうチャレンジ精神は、やっぱあっちのが逞《たくま》しいんだよな。もちろん、いろんな規制が日本とは違うんだけど」

「じゃ、いろいろ新しいことやってきました？」

「研修医みたいなもんだったけどね」

「でもあっちの免許取ったんですよね。すごいです。誰も知らないところにいって、新しいことを学びながら働くなんて。私なんかとてもできそうにない」

美南が頰を紅潮させていうと、景見が少し意地悪な笑みを浮かべた。

「まー、英語落としてるくらいじゃねー」

「何で分かったんですか！」

美南が慌てて真っ赤になると、景見が噴きだしそうになりながら美南の手元にあるファイルを指した。堂々と『四年前期　英語再試験』と書いてあるプリントがクリアファイルから透けて見えている。美南はもっと真っ赤になって、大慌てでプリントをひっくり返してファイルのなかに押し込んだ。景見は楽しそうに笑った。

「で、いつかの問題の解決はついた？」

「え？」

「ほら、食堂で悩んでたヤツ。『私は何で医師になりたいんだろう』って」

「え、あ、うーん」

美南は首を傾げた。

「私、昔から漠然と病院の雰囲気が好きで、それで医師になろうと思ったんです」

「病院の雰囲気？」

「はい。真っ暗な夜中にそこだけ明るく電灯が照ってる大きなオレンジ色の病院があって、そのなかに入ると医師や看護師が速足で行きかってて……それが私の安心の象徴《しょうちょう》なんです」

「ふーん……家族の誰かが夜中に緊急入院したことある？」

「それが、よく覚えてないんです」

美南が難しい顔をして首を傾げている間、景見はずっと優しい視線を向けていた。そういえばこの人は大竹を偲ぶ会の時にも、厳しい言葉を吐きながら優しい視線で美南を見てくれていた。

「そういうのって大事だよね」

「え？」

「病院は、人を安心させる場所じゃなきゃいけないんだよね」

景見が前を向いたまま、何か思い当たったように呟いた。美南が話の先を促すように顔を覗き込むので、景見は微かに苦笑した。

「俺、昔は『医師に必要なのは絶対的に技術だ！』って思ってたんだよな。医師は疾病《しっぺい》を治療するもんだから、担当の患者さんとのコミュニケーションも必要最小限でいいって」

「先生、無口だったんですか？」

美南が素っ頓狂な声を出すので、景見は噴きだした。

「俺、今そんなにおしゃべりか？」

「いえ、そんなこともないですけど、いつも誰かとお話しされてるイメージが」

「努力の賜物《たまもの》かな」

景見は微笑した。二人は赤信号で立ち止まった。

「昔の俺は、患者さんに優しくなかったからね。手術の腕を高めることばっかりに夢中で。その頃出したマッチング（研修の受け入れ先医療機関）の希望が今になって通ったから、今回アメリカに行ってきたわけだけど……」

信号が青になり、景見は苦笑して歩きだした。美南は小走りであとを追った。

「技術が高いのが悪いってことは絶対ないでしょう？　医師は腕がいいのが一番大事じゃ

ないですか？」

「そうだけど、治るのだけが目的じゃない患者さんもいるんだよ」

話の途中で、コンビニの前に着いた。美南はもう少し話していたかったが、景見が急いでいると思ったので頭を下げた。

「あー、ええと……今日はありがとうございました」

「ん、じゃ。その話はまたな」

片手を挙げて走り去る景見の背中は大きくて、逞しかった。美南はそれを見て胸をときめかせている自分に薄々気づきながら、言葉にして考えないようにした。

――先生は、あくまでも正義の味方だから。

それにしても、あの病院のイメージをすらすらと景見にいえたのは意外だった。それにこんな与太話《よたばなし》を、あんなにちゃんと聞いてくれるとも思わなかった。

そう、いつも景見と会った後はスッキリして、少しドキドキしている。この精神状態がクセになって、また会いたいと思うのかも知れない。

考えてみれば、景見は医師に一番必要なのは技術であることなど百も承知のはずだ。そのうえで、治るのだけが目的ではない患者もいるという。例えば、治る見込みがない患者。緩和ケアのように、痛みをできるだけ少なくすることに重点を置いた治療もあるくらいだ。

景見は自分より一段も二段も上のレベルで話をしているのに、幼稚なことをいってしまった。そう思うと、美南はいたたまれないくらい恥ずかしくなった。

教育棟に戻ると正面玄関がすでに開いていて、図書館で勉強する学生たちがぼちぼち登校していた。美南が図書館前のカフェスペースに行ってスマホを見ると、日向から何回かメッセージがきていた。

「友達のお父さんどうなった？」

「まだ病院にいる？　迎えに行こうか？」

「今日の授業大丈夫？」

そうか、授業だ。美南は返信した。

「返信できなくてごめん」

「お父さん無事だった」

「友達男の子産んだ！」

「今まだ病院」

「このまま時間までここにいて直接授業行く！」

「ありがと」

色気のないふきだしの連続。だが日向の優しさに慰みを感じて、美南はスマホを見ながら微笑した。

第三章　ベッドサイド・ラーニング

1

秋も終わって夜が冷え込むようになった頃、夜遅く帰宅すると美穂《みほ》がいきなり健診結果表を見せてきた。

「見て」

「何これ」

「お父さんがね、この間の人間ドックで再検査っていわれちゃったんだって」

美穂が神妙な顔をしていった。

「人間ドック？」

「うん、会社が毎年お金払ってやってくれるやつ」

「で、何の再検査？」

「何だろう？　血液検査？」

「何がおかしかったって？」

なっていた。

美南《みなみ》が見たって、そんな簡単に分かるわけがない。ただLDHが、基準値の三倍以上に
「分かんないよ」

――え？　高くない？

美南は一瞬ギクッとした。LDHは乳酸脱水素酵素といって、これが高いと白血病や悪性リンパ腫、肝炎、心不全などいろいろな可能性が疑われる。

「ヤだなあ、お父さん気をつけてよ。まだ美南は二年残ってるし、孝美《たかみ》だってお金かかる時期なんだから」

美穂が冗談《じょうだん》めかしていうと、知宏《ともひろ》がちょっと心配そうな顔で苦笑した。

「おいおい、俺はATMじゃないぞ」

「そういえば最近ちょっと痩せてきてない？　ねえ美南、何だと思う？」

美穂の質問に、美南が表を突っ返しながらいった。

「これだけで分かるわけないでしょ、まだスチューデント・ドクターにもなってないんだから。とにかくちゃんと再検査受けなよ」

その話はそこで終わった。

知宏のことが心配でないわけではないが、今の美南は素直にそれどころではなかった。

美南は最近、明け方まで黙々と『QB』（「クエスチョン・バンク」、練習問題集）や「病みえ」（「病気がみえる」シリーズ、参考書）を開いて勉強している。

ＣＢＴでは一つのことを聞かれても他の病態を知らないと答えられない問題が多いので、ヤマを張ったりピンポイントで覚えておくということができない。とにかく知識の引き出しを、一つでも多く持っていなければいけない。しかもこれに受からないとスチューデント・ドクターになれないのだから、人によってはこの頃になるとそれこそ吐きそうなくらい勉強をする。

「こんなに勉強ばっかりしてるんだしさ、ＣＢＴとＯＳＣＥ終わったら、ご褒美《ほうび》にどっか旅行かない？」

ある日、日向《ひゅうが》がそういった。

「いいね！」

美南はすかさずそう答えた。試験後の楽しみがあれば、勉強にも身が入る。

「まだ寒い時期だから、温泉とか？」

「スキーは？」

「のんびりしたいな」

「二人で？」

日向がいたずらっ子のように顔を覗いてきた。美南はドキッとした。

——二人で旅行。当然、同じ部屋に泊まって。

普段は仲のいい友達のような感覚で日向とデートを重ねる美南だが、先日のキスした後のときめきといい、二人は紛《まぎ》れもなく男と女なのだ。美南は気恥ずかしさを覚えて、「他の人誘ってもいいけど」といってしまった。

すると、日向が重ねて尋ねた。

「二人でもいい？」

「え……うん」

そう答えた美南は、自分の顔が真っ赤になっていることを知っていた。日向は満足そうに美南の肩を抱き寄せた。

「どこにしようかなー。ね、お弁当作ってきてくれる？」

「お弁当？　温泉に？」

「初日のお昼だよ。サービスエリアかどっかで食べるの。えーとね、おにぎり！」

日向が子どものようにはしゃぐので、美南は照れ笑いをして頷いた。


立春も過ぎていよいよCBT当日になった。極寒の朝九時前に学生は大学に集合し、マルチメディア教室で受験する。みんな前日に体験テストを受けているので、ある程度の流れは理解しているはずだ。だがそれでも、テストというだけでガチガチに緊張する学生もいた。例えば田中《たなか》である。大きな図体の全身に力を入れて、顔は蒼白になっている。

「田中君、大丈夫？」

試験前美南が聞いた瞬間、田中は立ち上がって何回目かのトイレに走った。

「もう出すもんもないだろうに」

小倉《おぐら》が苦笑した。

試験は一時間ずつ六ブロックに分かれ、それに最後のアンケートブロックが加わる。早く終わったら出ていってよい。各ブロックの間にはそれぞれ一五分の休憩が入り、ブロック三が終わると一時間の昼休みがある。ＴＯＥＦＬのように休みなく長時間にわたるものと比べると、時間的にはそれほどハードな試験に聞こえないかも知れない。しかしとてつもない集中力を一時間保つことを続けて六回も強要されるのだから、精神的にひどく摩耗《まもう》する。

ところがブロック一が始まって一五分もすると、帯刀《たてわき》がスラッと立ち上がって教室から出ていった。クラス全員があっけにとられ、口を開けた。

「帯刀、お前あんなに早く終わったの？」

ブロック一終了後、開口一番日向が聞くと、帯刀は素っ頓狂な顔で「あー、うん」と答えた。

「マジか！　お前頭おかしいのか！」

「見直すって作業を知らないの？」

帯刀は一斉にみんなに責められてオロオロしていたが、何しろ座学が大好きな超秀才、しかも出題形式は五択である。帯刀はクイズ本を読むかのように問題を解き進め、終わったら出た、それだけであった。

「こいつ、マジ天才だわ」

全員が口をあんぐりと開けた。

いっぽう翔子《しょうこ》はブロック一終了後すぐトイレに籠り、ブロック二開始ギリギリまで出てこなかった。

「翔子、お腹の調子悪いのかな？」

美南がトイレから出てきた愛美《まなみ》に心配そうに聞くと、愛美が耳打ちした。

「トイレで泣いてるみたい」

「え！　何で！」

勝気な翔子は帯刀が開始一五分で教室を出たことにひどく動揺し、集中することができなくなってしまったのである。結果分かるはずの問題の答えを見失うという凡ミスを、いくつも犯してしまったらしい。

美南は、昔から試験が苦手ではない。しかもCBTは選択問題だから、どうしても分からなくて適当に選んでも正解する可能性はゼロではない。何となく頭に入っているだけでも、選択肢のなかに正解があれば「あ、これだこれだ」と気づく。そんな曖昧な記憶でいいのかと思う人もいるかも知れないが、奥のほうの引き出しから記憶を引き出す作業は今後病院実習などの実地で何回も繰り返すうちに得意になって、経験という接着剤で脳に定着してくるものだ。だから、今はとりあえず受かればいい。

美南の昼ごはんは、久しぶりに母が作ったおにぎりだった。美南は、塩をつけた手で握っただけの塩むすびがことのほか好きだ。

「真っ白なおにぎり、うまそうだなあ。僕も奥さんにおにぎり頼めばよかった」

小倉がサンドイッチを片手にいった。小倉も今日は奥さんの手作りだった。

「シンプル・イズ・ベストですよ」

「でも最近はさ、人の握ったおにぎりが食べられないって子が多いんだよ。知ってる？　ほら、うちの奥さん小学校の先生でしょ？　遠足とか校外学習でお弁当忘れても、人からもらって食べられないんだって」

「俺ダメですよ」

日向が少し恥ずかしそうにそういった。

「え、そうなの？」

小倉が目を丸くして聞き返した。美南も驚いた。

――旅行に行く時、おにぎりのお弁当欲しいっていってなかった？

日向は頷いて続けた。

「母親が作ったのは食べられますよ、もちろん。でも他人が握ったのはダメかな」

「へー、意外と繊細なんだ」

「でも安月《あづき》さんが握ったのは食べるでしょ？」

小倉が冷やかすと、日向は「そりゃ、はい」と照れながら答えた。だが美南はこの会話に、違和感を覚えた。

――私のおにぎりは食べられるんだ、特別だから。でもきっと付き合ってなかったら食べてくれないんだ。

CBTが夕方六時前に終わった頃には、外は真冬の真っ暗で寒い夜になっていた。大抵の学生はやり遂《と》げた清々《すがすが》しさでホッとしていたが、翔子は最後までどんよりとして口数も少なかったうえ、終わった途端さっさと帰ってしまった。

「翔子、大丈夫かな」

「ねえ、あの子病院の先生と付き合ってるとか何とかいってたけど、ホントなのかなあ」

心配する美南に愛美がそういった時、美南の心臓はハンマーで殴られたのではないかと思うくらい衝撃を受けた。

「え、病院の先生って……誰？」

「誰かは知らない。翔子の『付き合ってる』は、半分デマだからなあ」

愛美は昔から翔子と合わない。翔子はいつもカレシを一人に定めないが、愛美はずっと三学年上だった及川《おいかわ》という研修医と付き合っている。翔子は派手でインパクトがあるが、愛美は清楚《せいそ》系で女子力が高い。二人ともかなり勝気で、成績もどっこいどっこいで、そこでも反目し合っている。どちらも美南とは親しいが、三人一緒にいるということは今までもなかった。

だが美南はそれどころではなかった。翔子が付き合っている病院の先生とは、誰のことなのか。プライドの高い翔子が好みそうな、適齢期で優秀な医師はそうたくさんいるわけではない。それに色気のある翔子は、大人の男性ととても合う気がした。

ＣＢＴが終わった時点でＯＳＣＥまでわずか二週間弱。それなのにこれを聞いてから当分のあいだ、美南の心はザワついていた。ＣＢＴの失敗が尾を引いて自信喪失《そうしつ》していた翔子に、美南は誰と付き合っているのかを聞くタイミングしか窺っていなかった。日向は美南のイライラはＯＳＣＥへの緊張からきているのだと思っていて、会うたびに必死で慰めてくれた。

「大丈夫だよ、ちゃんと準備して臨むんだし。美南って意外と繊細なんだね」

日向は優しいのだ。優しいのだが、少し的外《まとはず》れで、今はそれが申し訳なかった。

ＯＳＣＥのためには、国試対策委員会が直前の三日間朝から夜まで模擬《もぎ》試験のようなものをしてくれる。だから学生たちは当日まっさらの状態ではなく、それほどパニックになることもないので、落ちる学生はほとんどいない。

「どんなことやるの？」

夜、リビングダイニングで母の美穂が尋ねた。

「実技だよ。身体診察して所見をいうとか」

「へー、ホントのお医者さんっぽいことやるんだね」

「まあ、来年からいよいよＢＳＬが始まるからね」

風呂上がりの父の知宏が、青白い顔をして部屋に入ってきた。

「落ちたら再試か」

「うん、再試あるよ。滅多に落ちないらしいけど。ね、お風呂上がりなのに顔色悪くない？」

「うん、のぼせたかな。頭痛いからもう寝るよ」

「熱測った？」

「ないない」

知宏は疲れた風に寝室に向かった。美南はふと、そういえば血液検査の再検査はどうなったのかと疑問に思った。

「男性更年期かな。最近お父さん、すっごく寝汗かいたとかいって朝もシャワー浴びてたりしてるんだよ」

美穂が不思議そうにいった。

「それで具合悪くしたんじゃないの？」

「いろいろ気になることあるのかもよ。お父さん、最近食が細くなってさ。だから痩せちゃったでしょ。早期退職勧《すす》められてんのよ」

「えー、もう？」

「技術屋とはいえ、メーカーだからね。早い人はもっと早く辞めるよ。あんたが医者になるまでは何としても辞めないっていってるけど、もう五五だもんねえ」

そんなことをいわれたところで、美南が学年をスキップできるわけでも学費が安くなるわけでもない。それだけお前には金がかかっているんだよ、と改めて諭しているのだろうが、そんなことは重々承知だ。ただ、それをいわれてもどうしようもない。

「お父さんだって、本当は楽したいんじゃない？　実際さっさと退職して、適当に非常勤しながら旅行三昧って人もいるからね」

こういった美穂のさり気ない一言が、美南のプレッシャーになる。

「孝美は？」

「今日はバイト」

妹の孝美は小中学生相手に、個別指導塾で講師のアルバイトをしている。どの教科も教えられるし、真面目だし、労働時間も長いのでありがたがられているらしく、受け持ちのコマ数が随分と増えた。最近は定期代など必要最小限の経費以外は親に請求せず、服代や飲食費は全部自分で支払っているくらいだ。

真夜中、部屋で勉強しながら日向からの電話を受けた。そこでこの話をすると、日向がいった。

「うちは逆に、誰でも国試簡単に受かって医者になるのが当然だと思ってる。それが辛いわー」

日向の家では全員が医師、つまりみんながＣＢＴやＯＳＣＥのプロなわけだ。勉強に追われる不規則な日々にもバイトをしない大学生活にも理解があるだろうし、そういう意味では医師の家庭にいて医師になるのは楽だ。特別な説明を要さずとも、価値観や生活習慣を共有できるのだから。

「それより旅行だけどさ、金沢《かなざわ》とかどう？　うちの親が入ってる医師会で契約してるとこ行くと、いいホテルとか料亭が安くなるんだって」

「いいね、金沢で豪華な料亭！」

「じゃ、日にちだけ押さえておくよ。終わったら細かい予定立てよう。がんばろうね」

「うん」

——金沢か、楽しみだ。五年生になる前にのんびり金沢へ温泉旅行、贅沢《ぜいたく》だけど、少しはいいよね。

最初は躊躇《ちゅうちょ》していたというのに、美南は楽しみでニヤついた。

2

OSCEの日になった。学生は昼近くに集合し、決められた順番に八個のブースを五分ずつですべて回り、最後に十分ほどの医療面接を受ける。学内は試験を終えた人とこれからの人が絶対に交わらない動線で動くように工夫され、仲間と試験の様子などの話をすることはできなくなっている。

「膝窩《しっか》動脈を触診しなさい」

「甲状腺の検査をしなさい」

そういった問題に対し、学生は的確に行動しなければならない。

前々から、救急処置は恥ずかしいといわれている。目の前に横たわる患者役の人形相手に、試験官の前で「大丈夫ですかー！」とやらなければならないからだ。だが美南は、違う意味でこれが怖かった。大竹《おおたけ》のことを思いだしてしまうのだ。

あの時、大竹は人形のように倒れていた。美南たちが三人がかりで大きな大竹を仰向けに直すと、大竹は大きないびきのような音を立てた。顔が真っ青で、舌が落ち込んでいた。

今となっては、あの時美南はどうあっても大竹を助けることはできなかっただろうと思っている。でもそれすら判断できなかったこと、ただ狼狽しているだけだったことに罪悪感と惨《みじ》めさを感じる。もっともトラウマになっているこの経験のお陰で、美南はＯＳＣＥの救急処置は大真面目に行うことができた。

最後の医療面接は、プロの模擬患者相手に行われる。つまり、ここでは完璧な医師を演じる必要があるわけだ。患者の椅子との角度を九〇度にし、アイコンタクトをしっかりとり、適切な相槌《あいづち》を打つ。「今日はどうされましたか？」というような患者にしゃべらせるオープン・クエスチョンというタイプの質問と、「アレルギーはどうですか？」といった風に疾患《しっかん》を絞り込んでいくクローズド・クエスチョンと呼ばれるタイプの質問を上手い具合につなげていかなければならない。

長い一日が終わり、やっとロッカーに荷物を取りに行った。これで重かった四年生の勉強が終わるのである。今日のＯＳＣＥに合格さえすれば日向と金沢に贅沢旅行をして、いよいよ来年はＢＳＬだ。

ふと見ると、スマホの画面が着信履歴でいっぱいだった。スマホはロッカーに置いておかなければならなかったため美南はそれに気づかず、今になって初めて知った。そして、その異常な呼び出し回数に胸騒ぎを覚えた。すべて孝美からだった。

「お姉ちゃん？　何やってたの、何ですぐ出ないのよ！」

電話口で、孝美がかつてないくらいの怒号を響かせた。

「いや、だってOSCEだよ？　出れ……」

「お父さんが倒れた！」

孝美が被せるようにいったその言葉は、美南の全身を落雷のように貫いた。美南は、自分の耳が聞こえなくなったか言葉が理解できなくなったような気がした。

「え？」

「朝、駅に行く途中倒れた。都立病院に救急搬送されて、そこから電話がきたの！」

「何で、え？　何で？」

「それが分かんないんだけど……でもICUからはもう出た」

「じゃ、とりあえず無事なのね？」

「だから分かんない！　いいからすぐ病院きて！」

美南は電話を切ると、教育棟からタクシー乗り場まで全力で坂を駆け下りた。

——倒れた？

でも集中治療室を出たなら、大事には至っていないはずだ。最近の知宏はどこか悪かったたろうか。

——LDH！　高過ぎるというわけではなかったけれど……再検査には行ったんだろう

か？　そういえばダイエットをしている風でもなかったのに、どんどん痩せてたかも知れない。最近元気も食欲もなくて、疲れた感じだった。母はそれを早期退職を勧められているせいで凹んでいるのだといっていたけども。それから、夜寝苦しかったたって？

美南は髪を掻き上げた。

——結構いろいろあるじゃない。私、何やってんの？　大竹さんの時と同じ失敗を、父親相手に何繰り返してんの？　OSCE受けて実地が理解できてる気になって、何調子に乗っちゃってんの？　自分の家族の病気の予兆にも気づけないんじゃない！

走りながら自分を責め続け、ターミナルまで降りてきてタクシー乗り場にいくと、ちょうど最後の一台が出ていったところだった。数分待てば次がくるのだろうが、なぜかたまたまこの時は客待ちが一台もなかった。バスもきていない。少し前に面会時間が終わり、急にバスの本数が少なくなる時間帯だ。美南は今にも泣きそうな顔をしながら、病院下の道路に走った。交通量が多い道路に出れば、少しでも早くタクシーが捕まるのではないかと思ったのだ。

その時、向こうからやってきた黒いSUVが目の前に停まり、車窓から景見《かげみ》が顔を出した。

「何やってんだ？」

「景見先生……！」

「OSCEだったんだろ？　終わったの？」

景見の顔を見て、美南のなかで急に不安で泣きたい気持ちが溢れだした。

「あ、あの、父が救急搬送されたって」

「お父さんが？　どこに」

「うちの近くの都立病院です。それでタクシーで駅まで行こうと思ったら、病院の乗り場に一台もなくて」

景見は車の時計を見た。

「駅までなら送ってやれる。乗れ」

「え、でも先生仕事の時間が」

「だから駅までだ、早く！」

美南は慌てて助手席側に走った。一瞬助手席でいいのか、それとも後部座席に乗るものなのかと迷ったが、急いでいたこともあり、思い切って助手席に乗った。景見はすぐに車を走らせた。まだかなり新しくて、綺麗な車だった。

「どうして救急搬送された？　事故？」

「いえ、事故じゃないです、倒れたらしくて。でもよく分からなくて……ＯＳＣＥの最中に何回も電話が入ってたみたいなんですが、私気がつかなくて」

「処置は？」

「ああ、えっと、ＩＣＵは出たそうです」

「そう」

ふと美南の気が緩んだ。特別優しい言葉でもないのに、この人の話しかたか落ち着いた音程か、少し掠《かす》れめの声だろうか。その空気感のようなものがいつも安心を与えてくれて、力みが取れる。変に気を遣わなくてもいい沈黙を作ってくれるのだ。美南の喉《のど》の辺りが痛くなった。

――いや、ここで泣くなよ！　カレシでも何でもない、先生でしょ！　どんだけ甘えてんの！

「父、人間ドックで血液の再検査だったんです。LDHの値が高くて」

美南は必死で唾を飲み込み、涙を堪《こら》えて口を開いた。

「最近痩せてきてたし、食欲も減ってるって母がいってました。夜は寝汗をすごくかくって。調子悪かったんだろうに……」

美南は俯いた。

「父、何の病気なんでしょう」

「それだけじゃ分からないよ。再検査の結果出てないんだろ？　盗汗《とうかん》、体重の減少……血液かリンパか……」

景見が難しそうな表情をした。美南が見て不安になる。だが、景見はその視線に気がつき、いきなり怖い顔になった。

「それだけ気になる点が羅列《られつ》できるなら、もっと前に検査受けさせることもできたよね。ただ不安がってるだけじゃ意味ないよ。もうスチューデント・ドクターになるんだろ？」

そういわれた美南は、身体が急速に固められた気がした。頭にのぼっていた血が一気に降りて、目が大きく開いた。

車が駅に着いた。

「ほら、早くしろ！」

「あ、はい、ありがとうございました」

美南は頭のどこかがボーッとしたまま、慌てて車から降りて駅に走った。駅の階段を上りながら気になって振り返ったが、景見の車はもうなかった。

——もうスチューデント・ドクターになるんだろ？

電車のなかで父のことを考えようとすると、さっきの景見の言葉が頭をよぎった。もうすぐ問診だって触診だってできるし、血を採《と》れといわれれば採れるようにすらなる。電車や飛行機の「お医者様はいらっしゃいませんか」や大竹の件もそうだが、どこで医療行為が求められるか分からない。それが医師だ。年がら年中それを考えていろとはいわなくても、医療行為が必要な場合にはそれが必要だと気がつかなくてはならないのだ。

四年間もそうなるべく勉強してきたのに、自分の親の異変すら気づかないなんて、自分は一体何をやっていたのか。大竹の件で懲《こ》りたんじゃなかったのか。美南は自分を責めた。

——挙句《あげく》の果てに景見先生を捕まえて「何の病気なんでしょう？」って、バカじゃないの？　話をちょっと聞いただけの先生に分かるわけないでしょ！

美南は後悔《こうかい》と恥ずかしさで、頭を抱えた。

駅から都立病院まではバスもあるが、タクシーは駅に専用の乗り場がないので捕まえにくい。次のバスがくるのを待つより走れば一〇分かからないので、美南は一気に走りだした。走りながら、自分を責め続けた。

自分の父親がおかしいことに気がつかなかった。いつもギリギリで進級して、それでいいと思っていたから。これが例えば帯刀なら、すぐいくつかの病名を頭に浮かべただろう。つまり美南の頭は、まだ医学生のそれになっていないのだ。実践的な医学というものを、理解していなかった。そのしわ寄せが父にいった。父は、美南の甘さの犠牲になったのだ。

都立病院は坂の上にある。美南は坂を駆け上りながら、夜間診療の出入口を探した。暗いのでよく分からず、病院の外周をしばらく走った。

夜間診療の出入口が見つかった時、美南は「えっ！」という声をあげて立ち竦んだ。

「ここ……！」

そこは紛れもなく、美南がいつも思い描く、夜に煌々と灯りを照らすオレンジ色の病院そのものだったのである。あの景色は、ここから見たものだったのだ。

――ここだったんだ！　こんなに家の傍にあったんだ。

この都立病院は全面薄い赤色をしているが、夜間診療と救急の出入口があるところだけ屋外灯が黄色っぽく、それが赤い壁に当たってオレンジに見えていた。いつもは昼間に通常の病院玄関から出入りするので、脇にある夜間診療の出入口の夜の姿など、見たことがなかったのだ。

——ここだ、このオレンジだ。オレンジ色の病院だ。

夜間診療の出入口から入って待合室の前を通ったついでに、近くの長椅子に座ってみた。そして天井のほうを見上げた。やはりここだ。こんな感じの色と広さだった。ここを奥から出入口に向かって医師と看護師が走ってきたのを、美南は覚えていたのだった。

美南は自分のルーツを見つけた感動で、目に涙がジワリと浮かんできたのを感じた。待合室に座っていた数人が、心配そうに美南を見た。

——そうだ、お父さん！

美南はいきなり我に返って、涙を拭くと立ち上がった。

知宏は個室で静かに寝ていた。

「お姉ちゃん！」

「美南！」

美穂と孝美が立ち上がって美南を迎えた。二人ともはっきりと安堵を身体と声で表した。

父は、酸素吸入器と心電図モニターと点滴をつけて寝ていた。

「こんなにいろんなものつけられてんだよ」

「うん、でもこれ緊急入院したらとりあえず誰でもつけるものだから、心配することないよ」

不安そうな美穂に、美南は知ったかぶって冷静に答えた。

知宏が倒れたのは貧血のためだった。だが、検査のためにしばらく入院するという。医師は「微熱があるのが気になる」といっていたそうだ。

「微熱があると何なの？　あんた、お父さん何だと思う？」

心配そうに美穂が尋ねた。

「LDH値が高くて発熱、発汗、体重の減少……リンパ腫？」

美南は景見の見立てを拝借した。

「え？　リンパ腫って、がんみたいなのでしょ？」

「まあそうだけど程度にもよるし、どこに由来するのかとか、いろいろあるから検査結果が出ないと」

「医学部行ってたって、何の役にも立たないじゃん」

孝美が吐き捨てるように呟いた。

「どんな医者だって、検査の結果出ないと診断も治療もしないから」

「毎日お父さんと会ってたくせに、いつもと違うとか何にも分からなかったじゃん。それに肝心な時連絡すら取れないし」

孝美は不安のはけ口を美南に求めただけだったのかも知れない。だが、美南はたまらずいい返した。

「だってOSCEだったんだよ、しょうがないでしょ？　試験場にはスマホ持ち込めなかったし」

「何今回だけ言い訳できるからって、偉そうにしてんの？　いっつもいないくせに」

「孝美、しょうがないでしょ」

美穂が口を挟んだのが、孝美には気に障ったらしい。

「お母さんもお姉ちゃんが医者になるからってありがたがってるけどさ、これからもこうやっていつもいないだけだよ？　家のためには掃除ひとつやらないでただ偉そうに金遣うだけで、何の役にも立たないんだからね」

「じゃあ、孝美は何ができるのよ？」

精いっぱいいい返すと、今度は美穂が孝美の代わりに答えた。

「病院から電話があった時お母さんもう働きに出てて、電話受けてくれたの孝美なんだよ。お母さんにすぐ連絡くれて、印鑑とか持って最初に病院に行って手術や入院の手続きしてくれたのも孝美」

妹はもうそういった手続きができる歳、二〇歳になっていた。そういえばついこのあいだ成人式で、お祝いの食事をしたばかりだった。美南は今回のお祝いには大学の合格祝いにあげたネックレスと一緒に身に着けられるデザインの、ちょっと高価なピアスをあげた。その時孝美は本当に嬉しそうにしていた。なのにどうして今は敵を見るような目をして、こんなに嫌なことをいうのだろう。

美穂が孝美を労《いた》わっていった。

「ホントに助かった。孝美、もう帰って寝ていいよ。明日試験なんでしょ？」

「え？　明日試験なの？」

美南が驚くと、孝美は美南を軽蔑《けいべつ》するような目で睨んで去った。取り付く島もない感じだった。

「あの子、寂しいんだよ」

「何で」

「あんたの目が全然うちに向いてないから」

モニターの電気と酸素吸入の音が低く唸る部屋で、美穂が呟いた。見ると、美穂の目の下にクマができている。

「お母さんも帰って寝なよ。会社行かなきゃいけないんでしょ？　私明日大学ないし、部活は休ませてもらうから」

「あー、そうか……明日会社あるのか」

母は会社で働くことがあまり好きではない。もういつでも辞めたいみたいなことをいっていた。だが父がもし深刻な病気なら、母に会社を辞められたら困る。美南の頭に、そういう打算が働いた。何といっても、ここまできておいてCDを退学したくはない。

結局その夜は美南が知宏に付き添った。夜深くなって知宏は目を覚まし、自分が病院のベッドにいることに驚いていた。美南が分かる範囲で説明をすると、知宏の表情は暗くなった。

「そんな曖昧な説明じゃ、全然分からないな。それより会社だ。そんなに何日も休めないよ」

「でも何で倒れたのか、はっきり分からないんだから。少しぐらい有休使ってでも、ゆっくり休んでよ」

「そんなこといってられるか。お前たちの学費に生活費……出費は次々あるんだぞ。稼《かせ》がないと」

「それはそうだけど、お父さんの命のほうが大切でしょ？」

「そんな簡単に死ぬもんか」

父は美南を安心させるためにそういったのだろうが、美南には逆にそれが真剣味がないように聞こえた。

「何も分からないくせに、何知ったかぶってんの？　いいから黙って寝てなよ！」

美南は怒鳴るようにそういうと、部屋を出た。それから少し頭を冷やしたかったので、暇つぶしに夜の病院内をウロウロと歩いた。どこも照明が落としてあって、当然ながらほとんど人影はない。だが建物が新しいせいか、不気味さはほとんど感じられない。

知宏も不安なのだ。自分の病状だけでも怖いのに、ここでもし自分が働かなくなったら家族がどうなるかを考えたら、それこそ寝てなんかいられないのだろう。

――どうか、お父さんが重い病気ではありませんように。

いつもは大好きな夜の病院を歩き回っても、美南は不安をぬぐい去ることができなかった。なるほど、病院とは自分がそこにいるだけではダメなのだ。不安を除去するために誰かが具体的な何かをしてくれている、それが分かって初めて病院は安心できるところになるのだ。

美南がしばらくして知宏の病室に戻ると、知宏は再び寝入っていた。それで美南もベッドに突っ伏して目を閉じると、そのまま明るくなるまで寝てしまった。

翌朝、寝られなかったといって美穂がやってきた。医師と話をしてから会社に行くという。

「お母さんは何だかんだいってパートだから、融通《ゆうずう》がきくんだよ」

美穂は同じ会社でもうかなり長いあいだパートとして働いているが、基本的には一日六時間の週三回というサイクルでやっている。仕事が立て込んでいる時は週四日や五日働き、昔は逆に暇な時は休みをとって、よく旅行をしていた。そういえば美南の学費を支払うようになってからは、ほとんど旅行していないかも知れない。

朝回診にやってきた主治医が知宏に説明した内容は、美南がいったことと大差なかった。だが年齢的に経験も豊富そうだし、何より口調が優しい。内科医は患者やその家族との付き合いが長くなることもあり、しょっちゅうこういった話をするのだから、やはり貫禄《かんろく》と、そして安心感を与える優しさがあるといい。

――安心感。そういえば。

「ね、お母さん、私前にもここの救急にきたことあるよね？」

美南が病院玄関のところで尋ねると、母は少し考えてから「あー、うん、ずいぶん前ね」と曖昧に答えた。

「幼稚園の頃だよ。何か覚えてるの？」

「覚えてるよ。夜のここの救急の風景と、廊下を医師や看護師が速足で通り過ぎていったこと。何で私ここにいたの？」

美穂はため息をつき、言葉を選ぶように答えた。

「おばあちゃんが、心筋梗塞で倒れたんだよ」

「あー、やっぱりおばあちゃんか……でも、夜なのに付き添い私一人だったイメージあるんだけど」

「そんなことまで覚えてる？」

「やっぱりそうか。何で？　お母さんとかどこにいたの？」

「うん……あの頃はお母さん違う会社でフルタイムで働いてて、お父さんもお母さんも残業が当たり前でね。夜遅くまで面倒みてくれる保育園なんてなかったから、お母さんが帰ってくるまで毎日おばあちゃんがお前のことみてくれてたの」

祖母が美南と一緒にいた時間が長いことは、もちろん美南の記憶にもあった。一緒に折り紙を折ったり絵を描いてみたり、手先が器用な人だった。

「孝美は？」

「孝美はあの日、友達のおうちにお泊まりしてた。ほら、陽菜《はるな》ちゃんち。でもおばあちゃんが倒れた時、お前はしっかりしてたよー。ちゃんと救急車呼んで、おばあちゃんと一緒に救急車で病院にきて、いつも持たせてたお父さんとお母さんの連絡先をここの看護婦さんに渡して」

「電話したりとか、何となくは覚えてるんだけどね」

「お母さんがここにきた時、お前は夜間診療の待合室の長椅子の一番前に座ってね。きっと怖かったのをがんばってたんだろうね。帰ろうっていっても、病院の外に行くのを嫌がって」

美南の目頭が熱くなってきた。はっきりとは何も覚えていない。ただぼんやりとした感覚として、外は怖いからここにいたかった。病院のなかは怖くなかった。

「怖い思いさせたね。ごめんね」

母が済まなそうに美南の肩を寄せた。

「今度は孝美に怖い思いさせちゃったんだね。ホントにお母さんは、まったく……」

美穂は自分を責めるように、自分の額をポン、と叩いた。

「しょうがないじゃん。お母さんだって、おばあちゃんやお父さんがいつ倒れるか分からなかったんだから。それで罪悪感持つことないよ」

そういうと、美穂は弱々しく微笑んで頷いた。

美穂が会社に行ってしまい、美南は昼頃まで知宏の傍についていることにした。知宏は時々目を覚ますが、この日はずっとうとうとしていた。美南もベッド脇に座って、教科書を読みながら時々うたた寝する。電気機器と酸素吸入器の音、廊下で病院スタッフや面会人がしゃべる声が聞こえる他は、この個室はとても静かだ。こんなに静かな時間を過ごすのは、いつぶりだろう。

病院を出る時、美南は振り向いて夜間救急出入口を見た。

――やっと分かった、私が何で病院の雰囲気が好きか。かつて、自分が救われたからだ。みんながおばあちゃんを助けようとしてくれて、その姿に自分が心から安心したからだ。私は自分が安心していたいから、病院にいたいのだ。

皮肉なことに父が倒れて先が見えなくなった今になってようやく、長いあいだ言葉にできなかった医師になりたい動機がはっきりと形になった。だがこうなって分かったことがある。後ろは見えたが、前が見えない。美南は医師になって、病院にいて、そして何がしたいのだろうか。

美南は暗闇のなかで幽光を見た。だが、まだそれがどこからきているのかは分からない。

3

翌日美南は日向に事情を説明し、金沢旅行のキャンセルを願いでた。日向は文句ひとついわずに受け入れ、美南の今後の心配もしてくれた。

「もしお父さんが長期入院なんてことになると、いろいろ大変になってくるね」

「うん、どうなるか全然分かんないんだ」

「俺に何かできることあったら、遠慮なくいって」

日向は美南の頭を優しく撫《な》でた。美南の涙腺が緩んで、慌てて笑ってごまかした。

一番大変なのは学費だろう。今までは生活費はすべて母が出し、父の給料が美南の学費に回っていた。生命保険には入っているはずだが、それがどういう種類のものなのかは全然知らない。こうなってみると、妹の孝美の大学が学費が格安な国立大学なのは本当にありがたかった。

「せめて自分のお小遣いくらい負担かけないように、何かバイトしたいんだけど……BSLになると割と時間的にヒマになるから、バイトやってる先輩も結構いたよね」

「うん。何かいいバイトあるか、いろいろ聞いといてあげるよ。これからご飯でも食べる？」

「あー、ううん。病院に行くから。ごめんね」

日向は残念そうに「そうか」と苦笑した。

美南はそれから一人ターミナルに向かって坂を下りながら、ふと夜の闇に浮かぶ病院を見渡した。灯りが煌々と照っている。まるで「あなたの目指しているところはここですよ」とでもいわんばかりに明るくて、どんなに暗くても迷わずに進む道を照らしてくれているかのようだった。

「何か劇的……」

美南は自分が考えていることがカッコよ過ぎると思うと、おかしくなって少し笑った。

父が何かの病気なのか全然分からなくて、これからいろいろ簡単ではなさそうだけど、こんななかでも感動することはあるんだな。

ちょうどその時、遠目に病院脇の細い道に入っていく人影が見えた。道の先には職員用の駐車場がある。少し背を丸めた大股のあの歩きかたを、美南はよく知っていた。景見だ。美南はその後ろ姿を追って、駐車場に走った。

「景見先生！」

美南が景見を見つけて声をかけた時、景見は黒いSUVのキーをアンロックし、ドアを開けていた。

「おう」

「先生、一昨日はありがとうございました」

美南は丁寧に頭を下げた。

「お父さんどうだった？」

「まだ検査結果が出てないんで分かりませんが、貧血で倒れたみたいです。でもとりあえず一昨日の夜中に目を覚まして、意識はしっかりしています」

「そう、それはよかった」

景見は車に荷物を積み、少し間を置いてから気まずそうにいった。

「一昨日は、少し強くいい過ぎたね」

美南は慌ててしまった。自分では景見の言葉が強過ぎるなどと全然思わなかったし、教員に教えられたと思えばきつくいわれるのも当然だったからだ。

「え？　いいえ！　私が甘かったんです、ああいっていただいてよかったです」

景見はそれを見て、安心したように軽く頷いた。

「人には優しく接しようとしてるつもりなんだけどな。ごめんな」

少し照れた顔で素直に謝る景見に、美南は非常に近い距離感を持った。美南は景見のことを冷酷《れいこく》だとも口下手だとも思ったことがないのだが、今のいいかたからすると、昔よほど困ったことでもあったのだろうか。

私的な話もできそうな雰囲気だった。少し迷ったが、珍しく景見がそれほど急いでいない風だったので、思い切って話をつづけた。

「先生、この前私がオレンジ色の病院の話したの、覚えてますか？」

「うん、覚えてるよ」

「あれ、どこか分かりました！　うちの近くの都立病院だったんです。私が小さい頃祖母が倒れて救急で運ばれたことがあって、その時見た風景でした。その時は祖母と私だけだったそうで、きっとよほど安心したからあのイメージが焼きついてるんだと思います」

美南は嬉しさと興奮で、一気にそうしゃべった。景見はどこまで美南の話を覚えているのか、微笑しながら頷いた。

「私はオレンジ色の病院で安心していたいから、医師になりたいと考えるようになったんだと思います。あ……でも、まだ父親の異変にも気がつかないほど自覚も知識もないですけど」

美南は自虐のつもりでそういいながら、急に冷《さ》めた気がした。思ったよりも自分で凹んでいるのだな、と知った。

「大竹さんの時に学んだつもりだったんですが、やっぱりダメですね……認知症の患者さんが徘徊していた時も、それがおかしいって気がつかなくて、看護の先輩に怒られたこともありました」

美南の喉と鼻先が痛くなった。それで、作り笑いをしながら俯いた。

「そういうのに気がつかない自分が不甲斐《ふがい》なくて」

だがその時、景見が太い腕で美南を自分の胸に抱きよせたのである。美南は泣くのも忘れるくらいビックリして、一瞬でいろんなことを考えた。

――え？　これはこのままでいていいヤツ？　それじゃ図々しいと思われちゃわない？　私が泣いてるから、同情してくれた？　誰か見てない？　大丈夫？

この一瞬で怒濤《どとう》のようにさまざまな考えが巡《めぐ》ったが、景見の大きな胸と両腕は美南をすっぽり隠せるくらいで、人肌のぬくもりがものすごく居心地がいい。まるで大きな布団《ふとん》に包まれている、小さな子どもになったみたいだった。美南の力が抜けた。

――何て気持ちがいいんだろう。こんなにとてつもなく安心感を与えてくれるものがあったんだ。

美南はいろいろ考えるのをやめにして、ちょっとの間このまま甘えていようと思った。

――私は、ホッとするのが好きなんだ。

景見が優しく美南を抱きながら頭を撫でる手が温かい。

「俺も、いまだに自分のことよくそう思う」

美南の喉が熱くなって、涙が溢れ出てきた。それから景見は、聞こえるか聞こえないかというほど微かな声で呟いた。

「がんばれ」

弁が外れたかのように、美南の目から涙が溢れた。微かに嗚咽が漏れた。

本当は、美南は依存心の強い甘えん坊なのだ。おそらく美南の周りの誰もが、親も、そして美南本人も自分はドライで、独立心も旺盛《おうせい》で、自己解決型だと信じている。だから医師のように精神力を求められる仕事に向いていると、みんなが思っている。確かにそういうところもあるだろう。甘えたいのに甘えられないとか、そういう不器用なところも全然ないつもりだ。

でも本当は誰かが支えてくれるから、好きなように生きているのだ。一人で突っ走ってどこかにぶつかっても、こうして抱きしめて頭を撫でてくれる手があるから、どんどん前に進むことができるのだ。それを今、美南は初めて認識した気がした。

暗い夜道を長い間彷徨《さまよ》っていて、今、煌々と灯りが照るオレンジ色の病院を見つけてやっとなかに入ったようだった。ホッとする場所。守ってくれる、助けてくれるであろう場所。そこからまた、自分が飛びだして行ける場所。

しばらくして美南は泣き止んだ。泣き顔を景見に見せたくなくて、俯いたまま必死で顔を擦った。

「すみません、服濡れちゃった」

「いいよ。あ、でもひとつ聞きたいことがある」

「はい？」

景見は、美南の腰に手を回したまま離さなかった。

「名前」

「え、えー？　今さら？」

二人は声をあげて笑った。その姿は、傍《はた》から見ると恋人同士にしか見えなかった。

正義の味方は、美南のなかでオレンジ色の病院になった。

4

春休みの頃、時間のかかった知宏の検査結果が出た。ステージⅢの原発不明がん。原発巣、すなわちがんが最初に発生した臓器がどこかはっきりしないが、がんだということは分かる、というものだ。ステージⅢというのは腫瘍《しゅよう》が筋肉の層を越えて浸潤《しんじゅん》し、リンパ節転移もみられるというレベル。これからは治療しつつ、原発巣を探す検査を続けることになる。知宏は薄々感じていたのだろう、検査結果を冷静に受け止めているように見えた。

それからも知宏はいつも通り淡々と会社で働いていたが、随分痩せて疲れやすくなっていた。早期退職こそ嫌がってはいたものの、検査の結果が出てからは出張や残業が多い部で無理をさせたくないという美穂の強い願いもあって、結局退職し、非常勤として週に三回ほど勤務することにした。当然給料は大きく落ち込むし、ボーナスもなくなる。

　幸いCDには経済的に学業継続が困難になった者対象の奨学金が複数あり、また学務課が温情で美南の成績でも「成績優秀」という条件を満たしていることにしてくれたので、知宏の給料と学内奨学金や貸与金で学費の半分はどうにかなった。それに知宏の医療保険が生活費を賄《まかな》う程度には下りるので、美穂が今のままの給料を確保できさえすれば、来年もこの生活を維持して卒業までなんとか乗り切れそうだった。

　小遣いのことを考えて、美南は部活がない時には妹の孝美と同じ個別指導塾で講師のバイトをすることにした。それに暇があれば大学の図書館に通っていたので、いよいよ家にいる時間がなくなってきた。

「何とかなるもんだよ。段々よくなってくれるしさ」

　日曜日の午前中、子どもを連れて遊びにきた理佐《りさ》が、スーパーで買ってきた寿司《すし》を頬張りながらいった。理佐の父親は、昨年大動脈瘤を景見に手術してもらった。その後多少の麻痺《まひ》は残っているもののほぼ回復し、今は職場復帰を果たしている。

　理佐の父親はとてつもなく運がよかった。病院に行くのも処置してもらうのも、非常に早かった。正直美南はその回復ぶりが羨ましいし、父の変調に理佐は気づいたのに自分は気づかなかったことを思うと、敗北感のようないたたまれなさを覚えた。

　新聞を丸めたり破いたりビニール袋に詰めたりして遊ぶ赤ん坊が、美南と目が合うとすぐ前にいるのにニコニコと手を振ってくる。理佐の父親の手術中にCDで生まれた、あの男の子である。

「きゃー、アイドルみたいー。はーい」

美南はデレデレの顔をしながら手を振り返す。美南は小さい子どもにとてつもなく弱いのだ。

「可愛いなー。早く私も子ども欲しいなー」

「結婚すりゃいいじゃん。あのイケメンカレシと」

すると美南が黙ってしまったので、理佐はすぐに食いついた。

「え、別れたの？」

「いや、別れたっていうか……もともとちゃんと付き合ってたのかっていうと」

「はー？　何調子のいいこといっちゃってんの？　つまり他に男ができたわけ？」

理佐が声を荒らげた。

「要するに、もう好きでもないのにちゃんと別れてないだけ？　ダメだよそんなサイテーなことしちゃ！」

「いや、好きじゃないわけではなくて……」

口ごもる美南に、理佐は盛大なため息をついた。

理佐の元夫が、これに似たパターンだった。優柔不断な人で、カノジョがいたのだが理佐が惚《ほ》れ込みグイグイ攻めて結婚。挙句「お前のことを好きなのかよく分からなかったのに結婚させられた」といい残して、子どもが生まれる前に元カノのところに戻ってしまった。しかもすでにその元カノとは別れ、今は別の女性と付き合っているらしい。

「父さんが倒れた頃は同情して二、三回養育費まともに払ってきたけど、それからまた滞納だよ。ダメだね、ただ表向き優しいだけの男は。本当の優しさってものを知らないよ」

美南はこれが何となく分かった。日向がこのタイプだ。おそらく、理佐の元夫は優しいのだ。だが意志が強くないので、人のために良かれと思って何か引き受けても続かない。結果、口ばかりに思われてしまう。

「で、どんな人なの」

「え？」

「美南がせっかくできたカレシを振ってまで行っちゃう人って、どんな人なの？」

美南は、昔からあまり男女関係に興味を持たないタイプだった。やや堅めの中高一貫校だったせいもあるが、オクテ云々よりカレシの必要性を感じていなかったのである。アイドルを好きになっても一過性、いいなと思う人はいつも理佐にいわせれば「ハズレ」だった。

「いや、振ったわけでも行ったわけでも……」

「先生？　何、相手はじじいなの？」

「じじいじゃないよ、失礼な！　私が入学した時ＣＤ二年目だったから……大学違うから研修を他で終わってからきたとして、現役なら……今三二、三歳か」

「一〇歳上か。まあ、ありっちゃありか」

「見た目若いから」

「当たり前じゃん！　一〇歳上で見た目じじいなら、美南の趣味に問題あるわ！」

これに二人で大笑いしてから、理佐が一息ついていった。

「あの先生か、うちの父さん手術してくれた」

これに美南は飛びあがった。そういえば、理佐はガッツリ先生と会っている。それどころか、父親が術後内科に移るまで主治医だったではないか。

「うまくいったんだ？」

「え、いや。よく分からなくて、でも」

美南が顔を真っ赤にして首を傾げると、理佐は嬉しそうに笑った。

「よかったよかった、あの時の美南まるでアイドルみたいにあの先生崇《あが》めてたから、『あーあ』と思ってたんだ」

「何、その『あーあ』って」

「一人で盛りあがって、何もしないで、結局一人で諦めて終わりなのかなって」

「何それ？　クラスメートに片思いの中学生じゃん！」

「だっていっつもそうだったじゃん」

二人は昔を思いだし、笑いながらお互いの肩を叩き合った。

「でもさ、大丈夫？」

「そんなに優秀な医者で、見た目そんな悪くないわけでしょ？　ホントに独り？」

「何が」

「え？」

「私がいうのも何だけどさ、離婚歴とかない？」

「えー、ないでしょ」

「いや、あってもいいんだけどさ。前妻が未練たらたらとか、いきなり子ども引き取る羽目になるとか、その手の話結構聞くから」

「やめてよ、リアルな話」

「あんたリアルな恋愛してるんだからね」

理佐に説教されて、美南はシュンとしてしまった。

だが実際、美南がリアルな恋愛をしているのかどうかは甚《はなは》だ疑問だ。あれから景見とは時折メッセージの交換をするが、「さっき医局の前で見かけました。声をかけられませんでした」のような報告じみた話を美南がして、景見が「気がつかなかったゴメン」と返事をしてくるという程度で、色気も何もないコンタクトが続いた。しかも景見の返信は、大抵半日以上経ってからである。忙しいところにしつこく意味もないメッセージをするのも気がひけたので、美南もそれほど頻繁には連絡しなかった。

逆に、日向はかなりマメに連絡をくれた。だが美南は罪悪感を覚えていて、デートどころか食事に行くのも気がひけるようになってしまった。もちろん景見と人にいえない何かがあったわけではない。ただ、自分のなかで二人の比重がはっきりと異なり始めているのが分かった。

「今週いつ空いてる?」

日向からのメッセージに、美南はいつもこう返信した。

「バイトと看病と勉強があるから、予定が立たない」

それは嘘ではないが、優しさのないはねつけかただった。日向が異変に気づかないはずはなかった。

5

五年生になると、BSL(ベッドサイド・ラーニング、臨床実習)が始まる。大学によってはポリクリニックといわれる病院実習で、医学部六年間のメイン行事の一つだ。

同じ敷地内とはいえ、このBSLが始まるまで実は医学生はほとんど病院と縁がない。それが突然患者を受け持たされて、まるで医師のようにさまざまな対応を求められる。もちろん後ろに先生がいつもいるが、それでも二十代前半の学生たちにとっては非常に恐ろしい。何しろ本当に生の臓器を触ったり患者の大量出血を見るだけでなく、患者が亡くなるのも生まれるのも、何なら生き返るのも経験するのである。

BSLは学生が六人ずつ、またはこれをさらに細分化して三人ずつの班に分かれ、一週間か二週間ごとにすべての科を回る。そして各自本物の医師のように一人の患者を担当し、毎朝その患者についてのプレゼンテーションを行う。これで大体自分がどの科の専門医になりたいのか、具体的な将来像が描けるようになるのである。美南は帯刀、田中と同じ班になった。超秀才の帯刀と同じ班になったのは、非常に心強かった。

内科系で手技の少ない科は、病棟業務見学とクルズスといわれる講義が中心になる。そのためBSLも九時から始まって結構ゆっくり昼食をとり、終わりも予定の五時を大幅に過ぎることはない。だから美南はこういう週には、ほぼ毎晩個別指導塾のアルバイトを入れた。

「この薬、いくらすると思う？」

先輩に聞いてはいたが、ほとんどの科に行っても先生たちにこの質問をされる。

「さあー、一万円くらいですかね」

「ハズレ！　三〇万もするんだよー、すごいよね！」

ここまでが会話の一セットだ。想像より薬剤価格を低めにいい、先生の答えに感心するところまででひとまとまりなのである。

ところが、帯刀はそうはいかない。腫瘍内科の医師が、嬉しそうに尋ねた時だった。

「この薬、いくらすると思う？」

「セヴァリンイットリウム静注用ですね。二〇〇万を超えるはずです」

医師は「あ……そう。よく知ってるね」とつまらなそうな顔をした。帯刀には何の悪気もないのだが、これを抜群の滑舌でいうものだから、医師にしてみれば小憎たらしい学生である。

「やっぱり小倉さん、やったよ」

小倉と一緒に救急診療科を回っている愛美が苦笑した。

「交通事故の子どもが搬送されてきてさ、重傷でもなかったんだけど、出血がひどかったんだよ。そしたら小倉さん、患者さんのお母さんがパニック起こしてる目の前で、バターン！」

「ありゃー、それはどっちにも可哀想な」

「お母さん、お医者さんが気絶するほど大変なことになってるのかと思ってもっと取り乱しちゃって、ベテランの看護師さんが必死に慰めてたけどさ。ドン引いたのは、小倉さんの扱いよ」

狭い救急処置室で背の高い小倉が倒れたら、それはただの邪魔である。看護師は「これ、どかして！」と小倉を足蹴《あしげ》にし、医師も迷惑そうに「出しちゃって」と指導。結果、クラスメートと研修医が小倉を抱えて外に出した。研修医はついこの間まで大学の先輩だった人たちなので、顔も知っているし、みな学生の味方だ。その後目が覚めた小倉はこれ以上ないくらい落ち込んだそうだが、師長さんにもガッツリ説教されたらしい。

「あー、昔小倉さん、学外実習で病院に行った時も倒れてさ、やっぱりそんな感じの扱い受けてたわ」

美南が思い出し笑いをすると、愛美も「本人必死だから可哀想なんだけどね」と一緒に笑った。

そんな風にBSLの期間を過ごしていたある晩、美南がカフェスペースで患者プレゼンテーションの資料を作っていると、向こうから疲れ果てた顔の日向がやってきた。

「あれ？　もう終わったの？」

日向は苦笑しながら頷いた。今は整形外科にいて、ほぼ一日立ったまま手術や処置を見ているそうだ。

「今日は手術ばっかりだった。膝の裏が痛いよ」

「いいなー。私も早く手術見たい」

「美南は外科向きだもんな。でも整形の手術って、土木とかDIYとかそっちに近いよ。ね、今度映画行かない？」

「映画かー。爆睡しそうだなー。特に観たいのないし」

「じゃ、ご飯だけでも食べようか」

「んー」

日向は優しい。いつも気を遣ってくれるし、一緒にいて苦痛もない。それに景見とは美南が気にしているだけで、別にどうともなっていない。日向の優しさに甘えて結論を先延ばしにするかのように、美南ははぐらかした。

すると、日向がため息をついた。

「美南さ、俺とデートしたくないみたい」

「え？」

美南はぎょっとした。

「いや、そういうんじゃないけど」

すると日向は寂しそうに苦笑しながらいった。

「俺はさ、美南のこと好きだよ」

「え、うん」

「でも、美南が好きなのは俺じゃないね？」

日向が珍しく美南の表情を探るように見たので、美南は狼狽《うろた》えて目を逸らし、言葉に詰まってしまった。

「あの、魁人《かいと》」

「いいよ、今は聞きたくない」

日向は少し怒った風に立ち上がり、そのまま去った。美南は茫然とした。

日向は一方的にいいたいことをいって去ったのに、腹が立たない。むしろショックだった。当然だ。あの優しい日向が、少し怒った風に去ってしまった。やはり、美南の不誠実さは日向を傷つけていたのだ。分かっていたのに、逃げていた。

それからすぐ田中がやってきて、一緒にプレゼンの資料を作った。それに思ったより時間がかかってしまい、翌日も朝から手術見学があったため美南は日向に連絡するタイミングを逸してしまった。いや、無理に時間を作ろうとすれば作れたのだろうが、美南は自分にそういう言い訳をしていたのかも知れない。

逆に美南には話したい人がいた。もちろん景見だ。次に回る科が心臓血管外科なので、一言いっておこうと思ったのである。なにしろ景見は忙しい。あれからほとんど話す機会がなく、病院の廊下で会って軽く視線を送り合うていどで、あとは尻切れトンボの短いメッセージ交換だけ。尻切れトンボなのは、いつも話の途中で「ごめん呼出」とか「これから手術」という景見の短い文章で終わるからである。

今回も「至急お話ししたいことがあるので、五分でも会えませんか」とメッセージしたのだが、全然既読がつかない。そこで「来週から心臓血管外科を回ります」とまで書いたが、これもまた既読がついていない。おそらく忙しいだけではなく、景見にはそれほどスマホを見るクセがないのだ。それに以前コンビニに行く道でいっていたように、本当はそれほどコミュニケーションが上手な人ではないのかも知れない。

そうなるとこれはもう景見のせいだから、しょうがない。美南はその日カンファレンスと患者プレゼンテーションのあと景見の朝回診と手術を見学する予定だったので、あっちがどんな顔をするかと思って楽しみにしていた。

カンファレンスはその日にやることや患者の病状についての医師の簡単な説明と、先生によってはちょっとした講義のようなことをしてくれる。患者プレゼンテーションは、自分たちが受けもつ患者についての発表のことだ。一週間か二週間交代とはいえ、学生たちは一人につき一人の患者を専門に担当して、毎日その患者の病状や治療予定を話し合う。もちろんその患者には、ちゃんと本物の担当医もついているので心配はない。

さて、朝回診の時自己紹介と説明に立った景見は、目の前に美南がいるのを見て思ったよりビックリしていた。もちろんその時は他に学生がいるので平静を装《よそお》ってはいたが、変に視線が上擦《うわず》っていて、それがおかしくて美南はずっとニヤニヤしていた。

「僕、景見先生の手術拝見するの楽しみだったんです！」

田中が張り切って話しかけた。

「え、あ、そう？　そりゃ嬉しいね」

「帰国されてすぐ出された人工弁置換術についての論文も読みました！　そのお話もぜひ聞きたいです！」

田中は、ずっと景見の真後ろの位置を占領していた。

それにしても、景見は患者と話すのが上手だった。声のトーンか言葉の選びかたか、とにかくまるで長年の知り合いのように話しかけ、相手を緊張させせないのである。

「先生、うちの人内科に移るんだって聞いたけど何でですか？　先生じゃダメなのかしら？」

患者の老《お》いた妻が、細い手で景見の手を取る。景見は老女の手をしっかりと握り返して、さらに左手を添えてやる。

「そうなんだよー、これからは薬でもっとよくしていくの。薬のことだったら内科にもっといい先生がいるから、そっち行ったほうが絶対健作《けんさく》さんのためになるからね」

「でも今まで診ていただいてたんだし、このまま景見先生がいいわー」

「だーいじょうぶだって！　何かあったら僕いつもここにいるから。どう？　健作さん、まだ痛がってる？」

「ううん、だいぶ楽になったみたいよ。よくしゃべるようになったわ」

「そりゃよかった！」

景見は、少しオーバーなくらいに老女の肩を抱いて背中を叩いてやる。老女は安心して笑顔になった。

二人を見ながら、美南は感心した。景見は老若男女を問わず、人と接するのがとても上手なのだ。これで、どうしてコミュニケーションに苦手意識を持っているのだろう。

それからふと、知宏のことも考えた。この患者さんのように悪いところをちょこちょこ切除して、それから薬で治めることが何とかできないものだろうか。原発不明がんなどと得体の知れない病名がついているが、要はどこ発祥《はっしょう》なのかが分からないだけで、がんには変わりない。

最近の知宏は体力がどんどん落ちているうえに気力もあまりなく、週三回の会社通いも精いっぱいのようだ。ただ時間とともに病状が悪化していくのを、こんな風に指をくわえて見ているしかないのだろうか。

「おい！」

景見が声をかけてきたのでハッとすると、帯刀と田中もこちらを見ている。

「え？　え？」

「聞いてないのかよ？　心臓の興奮伝導系で、洞結節《どうけっせつ》の次に興奮が伝わるのは？」

「え、あー、えーと、ヒス束《そく》です」

帯刀が顔を歪めたが、田中もさらに自信なげに「え？　……プルキンエ線維……？」といった。すると帯刀が見かねたように訂正する。

「洞結節、房室結節、ヒス束、プルキンエ線維の順に伝わります」

「正解」

景見は帯刀を指してニッコリしてから、明らかに美南を見て「アホかお前らは」といった。美南はちょっといじられた気分になっただけだったが、田中はたいそう落ち込んでいた。ＢＳＬの間はこんな風にいつどんな状況でどんな質問が医師から飛んでくるか分からないので、学生たちは常にドキドキしている。

朝回診の後、ほとんどすぐに手術の見学に入った。手術室に入るのは初めてではないが、心臓血管外科は時間的に長いこともあるので、その前の学生たちの緊張も半端ない。

「もう一回トイレ行っといたほうがいいかな」

「最後まで立っていられないいんじゃないかな、俺」

「集中力続かないで寝ちゃったら、ぜーったい起こしてよ」

三人はわちゃわちゃしながら手術室に入っていく。

「大丈夫だよ。今日のは簡単な弁置換だからすぐ終わるから」

研修医が、優しげな微笑でそういって迎えてくれた。短時間の手術はだいたい景見のような若い医師が担当するので、室内の雰囲気も随分ラフだ。それでもはっきりと迷惑そうな顔をする、オペナースと呼ばれる手術室看護師たち。そしてテレビドラマによくあるように、助手たちが配置についてから景見がラスボス感満載で登場する……のかと思ったら、景見は意外と準備の早い段階で「じゃ、今日もよろしくお願いしまーす」と、営業マンのごとく一人ひとりに挨拶しながら現れた。それから美南たちをチラ見し、研修医に顎《あご》で示しながら「みてやってよ」と小声で指示を出した。

患者の確認も開始の合図も、景見の性格なのか荘厳《そうごん》さはまるでなく、むしろフランクな雰囲気のなかでなされた。それから慣れた手つきで、迷いもなく患者の皮膚を切り開く。その素早さに田中が感心して「はー！」と大きく息を吸ったのでチーム全員が一瞬驚いて手をとめ、傍《かたわ》らのナースが田中を睨んで「うるさい！」と注意した。そういえば、前に誰かが景見は手術の時鼻歌を歌うといっていた。今日はＢＳＬの学生たちがいるから、意識して歌わないようにしているらしい。

折をみて説明をしながらやってくれているせいかも知れないが、景見の手術は手際がいいので今現在何をやっているのか分かりやすく、見ていて危なげがない。

——すごいなあ。この先生、ホントに器用だな。

美南は何の付加的感情もなしに、素直にその手先を見て尊敬した。

しばらくして景見に呼ばれて三人が患者の開いた胸のなかを覗いてみると、露出した心臓が力強く鼓動を打っていた。美南は感動さえした。

——うわ！　こんなに鼓動って強いものなのか！　まるで、誰かが叩いて揺れているみたいだ。これを人間は何十年も、一時も休みなくやってるのか。

「触ってみ」

そういわれてみんな一瞬怯《ひる》んだので、美南が真っ先に手を出した。少しくらい指が触っても、心臓はお構いなしにブルッ、ブルッと動いている。

——人の生きる力って、本当に強いんだなあ。心臓壁を切るのって、どういう感覚なんだろう？

「次に替われ」

景見に耳元でいわれてハッと我に返り、美南は慌てて後ろに下がった。

「やっぱり外科に向いている人と向いていない人ってはっきりあると思う」

夕回診も終わって解散した時、帯刀がいった。

「安月さんは外科だと思う。平気で心臓を押してた」

「押してない、触ってたの！」

「僕はあんまり得意じゃない。それに体力的に辛い。今日の手術は短かったっていうけど、こんなのそうしょっちゅうはやれない」

確かに、心臓血管外科や脳外科の手術は長いことが多い。学生たちはＢＳＬで初めて、人は八時間も九時間も飲まず食わずでトイレにも行かずに立ち続けることができるのだと実感する。だが、敢《あ》えてその苦難の日々を毎日過ごそうとは思わない。その苦難を差し引いても手術をしたいという強い興味と意志がないと、なかなか選べる道ではない。

外はすっかり暗くなった。班の人たちと病院の入口を出て少し歩いていると、景見が追いかけてきた。

「安月さん、ちょっと」

帯刀と田中は「忘れ物じゃない？」などと気にもせずに、先に帰っていった。でも美南は何をいわれるのか分かっていたので、ニヤニヤしながらついていった。

景見は美南を職員用駐車場の人目につかないところへ連れだして、周囲に誰もいないのを確認してから困ったようにいった。

「今週俺んとこならそういっとけよ」

「いいましたけど。メッセージで何度も」

「ウソ」

美南が平然と答えると景見は慌ててスマホを取り出し、ものすごい勢いで指を滑らせた。メッセージが何百件と溜まっている風だった。しばらくして美南のメッセージを見つけ、読んでからすぐに謝ってきた。

「ホントだ、ごめん」

「いいです、別に。忙しかったの分かってますし」

それから、美南は景見の様子を窺うように上目遣いで尋ねた。

「私がいるの、やりづらいですか」

「ん？　いや、そんなこともないけど。終わる時間合わせれば飯ぐらい一緒に食えたのに、と思ってさ」

スマホをしまいながらさり気なく景見がいうので、美南は嬉しくなった。

「今からでも、合わせられる？」

「はい、あ……」

ふと日向の人のいい顔を思いだして、気まずくなった。

その瞬間、少し離れたところで誰かが停めてある車にぶつかるような、バンという音がした。二人はビックリして、音のほうに目を凝らした。暗がりのなかに人影が見える。美南は「あ、あそこ」といって数歩近づき、人影の正体を認識すると仰天して口を押さえた。

美南が暗闇のなかに見たものは、白衣の及川とキスしている翔子だった。翔子と反目し合っている愛美が五年間付き合っている、研修医の及川だ。美南は一瞬、自分がとんでもない場面を見てしまったと思った。

すると翔子が美南たちに気づいて、ものすごい形相で怒鳴った。

「美南！　何やってんのこんなとこで！　覗き見してたの？　え？　ちょっとお、美南って景見先生と付き合ってたの？　何で？　えー、やばーい、こんなとこで何しようとしてたの？」

単語は同じだったが、明らかにいつもの翔子の女っぽいしゃべりかたとは違っていた。語尾がとげとげしくて、かなり怒っているのが伝わってくる。

「待って待って！　いろいろ違う」

「呆れたあ！　美南って実は、チョーちゃっかりしてんだあ。何だかまんまと騙《だま》されてた感じー！　すごーい、どうやって景見先生と付き合い始めたの？」

翔子は作り笑いをしてはいるものの、相当怖い顔つきで責めてきた。これは百戦錬磨の翔子の手で、こうやって畳《たた》みかけるように美南を責めることによって、自分への非難を美南に掏《す》り替えようとしたのである。

だが美南が怯んで視線を逸らすと、その先で及川が肩を竦めて凍りついていた。及川の真っすぐ前では、景見が腕を組んで及川を睨んでいる。こういう時の景見の視線は、本当に怖い。

「申し訳……ありません」

及川が消えそうな声で謝った。

「持ち場に戻れ」

景見が顎で指示すると、及川は深く一礼して慌てて走り去った。

「えー、何なに、パワハラですかあ？　逆に先生と美南は、ここで何しようとしてたんですかあ？」

翔子がわざとらしい大声でいった。

「ちょっと待ってよ！　私たちは今ちょっと話があって、ここにきたばっかりだよ」

「『私たち』？　へー、やっぱり先生と親しいんだあ」

「翔子、あんたこそ及川さんが愛美のカレシだって分かってんでしょ？」

二人が揉めていると、景見は無言で去ろうとした。

「あ、先生」

「俺、仕事あるから行くわ」

それから景見は翔子を睨み、ドスを利かせた声でいった。

「おい、そこの。アメリカの医療ドラマみたいなことしたいんなら、医学部やめて女優にでもなれ。病院を舐《な》めるな」

翔子が口ごもると、景見はそのままチラリと美南を見遣ってから去っていった。

美南がふと隣を見ると、翔子は明らかに嫉妬《しっと》の表情をして美南を睨んだ。

「ずるーい、自分たちだってここで同じことやろうとしてたくせに！　先生ならよくて、研修医ならダメなのお？　人によって差別するなんて、マジサイテー！」

可愛らしい話しかたとは裏腹に、全然目が笑っていない。美南は翔子のその顔にゾッとした。

「美南もさあ、実は裏で先生にいい寄ってたとか、ズル過ぎ！　まさかそんな子じゃないと思ってた！　何だかもう、信じられなくなっちゃったあ！」

そういい放つと、翔子はターミナルのほうへ逃げるように去った。

——え？　何、翔子どうしたの？　何、あのいいかた？

一瞬驚愕《きょうがく》で頭が真っ白になった。だが一人取り残された美南はふと我に返って少しキョロキョロしてから、急いで景見を追いかけた。前のほうを歩いていた景見は、美南の足音を聞いて立ち止まった。

「古坂、どうした？」

「ターミナルのほうへ……って、先生、翔子のこと知ってるんですか？」

「だって俺も迫られたことあるもん」

「ウソ！」

するると景見はニヤッと笑って顔を近づけてきた。

「びっくりした？」

「え、冗談ですか？」

「いーや。ホント」

美南が露骨にショックな顔をするので、景見は声を出して笑いながら美南の頭をクシャッと撫で、優しく笑った。

「俺、意外とモテんのよ？」

「分かってます」

ふざけたつもりだったのだろうが、美南が真顔ですかさずそういうので、景見は拍子抜けしたような顔で美南を見た。

「ん？　え？　何ですか？」

「いや、可愛いなと思ってさ」

「はっ？」

景見はそう笑ってから「じゃ、気をつけてな」と病院のなかに入っていった。美南は真っ赤になって、口を手で隠しながらその場を去った。

——それにしてもびっくりした。翔子が及川さんと。ということは、愛美は及川さんと別れたのかな？　翔子と愛美は仲が悪かったけど、まさかそのせいで翔子が及川さんを横恋慕したんじゃないよね。

翌日の朝、ロッカールームや廊下で会った同学年の学生たちが、どうも妙な視線を美南に投げかけてきている気がして、イヤな予感がした。

すると、カンファレンスルームに向かいながら田中が教えてくれた。

「あー、朝、古坂さんがいろいろいってた。安月さんが景見先生と付き合ってるとか、自分は及川さんに押し倒されそうになったとか」

やはりそうだったか。美南はため息をつきながら、そこに日向はいたのだろうか、と思った。この話を耳にしたら、どう思うのだろう。そう考えると申し訳なくなる。

いっぽうで、美南は及川の件については眉根を寄せた。あの時は、どちらかといえば翔子が及川に迫っていた。なのに、及川が悪者になっている。

——そういえば、景見先生も翔子に迫られたことがあるといっていた。どうやって迫られたんだろう?

　そもそも、どうして翔子は次から次へいろんな男の人に手を出すのだろう。いろんな男の人は、どうして翔子に引っかかるんだろう。お互いゲームのような感覚なのだろうか。それともむしろ、ラブコメディを演じている気分にでもなるのだろうか。

　残りの心臓血管外科の日程は他の医師が担当して、景見とはあと一日だけしか一緒ではなかった。田中は最初は二人に気を遣っているようだったが、景見も美南もいつもと変わらないようにしていたので、すぐに気にしなくなった。

　心臓血管外科の最終日、田中が「景見先生飲みに行けないか誘ったけど、今日夜勤だから無理だっていわれた」と苦笑した。

「安月さん、先生あんなに忙しくて一緒にいる時間なんてあるの?」

　美南は素直に答えた。

「そもそも付き合ってないから。先生と駐車場で立ち話してた時、翔子のほうがヤバいことしてて、それを私が目撃したから逆ギレされてるだけ」

「あ、そ、そうなんだ」

　田中は、そんな話を聞いてもどうしていいのか分からない、という風だった。第三者からしたら、他人の痴話《ちわ》などどうでもよいのである。

翔子は自己弁護のために嘘をついた挙句、先手を打って噂まで広めた。その行為自体は最低である。ただ一つ分からないのは、翔子がなぜそんなに美南たちにキレたかということだった。

それにしても、景見は本当に時間のない人間だ。そしてたまに自由な時間があったら同僚や後輩とご飯に行くか、家で寝ている。美南もやがてそうなるだろう。勤務医の多くはこれと大差ない日々を過ごしている。その生活のどこに、色恋沙汰《ざた》が優先される隙があるのだろうか。

ただ、美南がBSLのあいだ学生として景見を見ていて思ったことがある。この人は、人の懐《ふところ》に入っていくのがとても上手だ。医師というものに不信感を持っている患者ですら、しばらくすると景見に腹を割って話している。社交の間口がとても広い。これを意識的に身に付けたのだとすると、そこには大変な努力があったのだろう。

だが、どこか最後の一歩が近づけない。自分の核には人に見えないバリアを張っていて、そのなかにある誰にも見せない自分だけの世界を、本当はとても大切にしている人なのではないだろうか。

6

「先週は安月さんの独壇場《どくだんじょう》だったもんな。今週はがんばらないと」

田中がいった。先週は消化器内科だった。ここは毎日朝回診のあと内視鏡検査や治療を行うが、これを内山《うちやま》講師はしばしば五年生にやらせる。患者には申し訳ないことだが、臆《おく》病《びょう》な学生に当たると悲惨だ。かなりの太さの内視鏡があっちこっち当たりながらおそるおそる喉に入っていくのだから、患者がえずかないわけがない。

おもしろいことに、こういう作業で臆病なのはたいてい男子学生だ。美南はもともと器用だったし、最近はBSLにも慣れてこういうことは手際が命だと分かっている。手際とは、すなわち思い切りのよさである。

「安月さん、うまいね」

内山はほとんど毎日のように褒めてくれた。

BSLはすべての科を回る。人が生まれる瞬間にも亡くなる瞬間にも、このBSLで初めて出くわす学生がほとんどだ。ただし美南は幸か不幸か、大学に入ってから医療現場以外のところでそのどちらも経験していた。

その美南が、ついに医療現場での人の死というものに出くわした。救急医療科を回っていたある日、夕方になってまさに解散しましょうという時である。車に撥《は》ねられ、大量出血した老女が運ばれてきた。

医師も看護師も、汗だくでなりふり構わず処置をした。最後には鬼のような形相で、患者の上に馬乗りになって心臓マッサージをしていた。人を本気で救おうとする人の顔は、鬼のそれのように怖くて切ない。

やがて医師は手をとめ、ペンライトで対光反射などがないことを、聴診器で心音がないことを、呼吸音がないことを、頸動脈が触れないことを、そして心電図モニターがフラットであることを確認した。人の死というものは、こうやって実にすべての機能がとまることなのである。そして静かに壁時計を見た。患者の時間は、この時以降進むことはない。

ところが、この老女には一〇歳くらいの女の子の孫が一緒にいた。救急車に乗ってきた時は半泣きで、不安で心配でたまらなそうな顔をしていた。処置のあいだじゅう、ICUの外に立ったままずーっとウロウロしていた。そして最後に廊下で看護師が死亡を伝えた時、「きゃー!」という悲鳴にも似た声をあげて泣いていた。

「おばあちゃん! おばあちゃーん! いやだー! いやだよー!」

美南はこの子に自分を投影して、耐えられずにボロボロと泣いてしまった。あまりにもあの時の自分と似ていたのだ。この子も闇のなか、煌々と光る病院に救われることを願っていたに違いない。だが、救われなかった。この子は救われなかったのだ。見ると、隣で田中も号泣していた。

オレンジ色の病院は安心の象徴。そこにいれば、自分は安心。美南はそうだった。だが、そうじゃない人もいる。

美南はこの話を、自分にとってのオレンジ色の病院である景見にしたかった。喉の奥に刺さった棘《とげ》のようなものが、そうすることによって取れるような気がしたからだ。だが景見はこの日は朝九時から一〇時間を超える予定の手術に入っているそうで、当然のことながらまだ終わっていなかった。

たまたま今週は、日向が心臓血管外科のBSLに入っていた。美南はこのバッティングに慌てて逃げようと思ったが、運悪く日向と鉢合わせしてしまった。

「手術時間が俺らには長過ぎるから、今日は手術見学できなかったんだ。景見先生に会う約束してたの？」

日向は誘導尋問をしたつもりで、明らかに美南の反応を見ていた。いつものように笑顔を作っていたが、目が笑っていなかった。

「会う約束なんかしてないよ」

美南は力なく無愛想に答えた。自分の予定がうまくいかなかった苛立ちと日向への罪悪感で、疲れてしまった。

ただ会いたかっただけなのに、いつもこうだ。雑音が多くて、本人は忙し過ぎる。食堂でたまたますぐ傍でうどんを食べていたり、タクシーを探している時たまたま通りかかって駅まで送ってくれたり、オレンジ色の病院の話をしたい時にたまたま駐車場にいたり、偶然が続いたので景見は何となく都合のいい時に現れる正義の味方になっていた。だが、あれは本当に偶然だったのだ。

もし美南が景見と本当に一緒にいたいのなら、こういう環境に慣れなければいけない。どんなに寂しくても心細くても、おそらく一番いて欲しいタイミングで景見が寄り添ってくれることはない。だから大抵の感情は、一人で処理しなくてはいけないのだ。そして逆に景見が美南に傍にいて欲しい時にも、美南はきっと傍にはいないのだろう。

人の生死などという一番キツいものを扱っていながら、誰かと感情を共有する時間すらろくにない。何とも孤独な職業だ。

「もう遅いから、駅まで送るよ。車できてるから」

日向がそういったので、お言葉に甘えて日向の車に乗せてもらうことにして、駐車場に行った。日向なら、今のように静かに隣にいて話を聞いてくれるだろうか。

車の助手席に座ってからも、あの女の子の絶叫に似た泣き声が頭から離れなかった。確かに患者は、医師たちが絶句するような状態で搬送されてきた。おそらく上半身と頭部そのものが、車体に当たったのだろう。身体はえぐられ、ねじ曲がり、体内の部分が露出していた。一見して、これは無理だと分かった。あれを助けられなかったといって、医師を責める人はいない。病院は全能の神の神殿ではない。だが救いを求めて縋りつくように救急車に乗ったあの女の子は、行き場のないやりきれなさをどうすればいい？

美南はその話を日向にし始めた。日向は、心配そうに美南を見ていた。

「助からないものは助からない、それは分かってるんだけど」

「うん」

「でもあの子は全身全霊で頼っていた病院とか医師とかに裏切られて、大事なおばあちゃんを失って、どうやって精神のバランスを保つのかなって」

日向は優しく笑った。

「美南が心配しなくたって大丈夫だよ」

「うん……」

美南は俯いたまま、洟をすすった。

――何だろう、スッキリしない。欲しいのはこういう言葉ではなかった。

すると、いきなり日向がキスしてきた。美南は一瞬何が起こったのか分からなかったが、それからビックリして何とか日向を押しのけようとした。だが日向は美南を抱え込む手を緩めず、それどころか自分の体重を乗せながら、シートを押し倒そうとする。

美南がもがきながらドアに手を伸ばして思い切りドアハンドルを引っ張ると、ドアが開いた。それに驚いた日向を足で蹴り飛ばして、美南は車から転げるように這《は》いでた。

「美南……！」

「何すんのよ、バカ！」

美南は真っ赤な顔で怒鳴った。

「いや違うよ、だって美南があまりにも悲しそうで」

日向はいつもの日向に戻って、少しオドオドしながら困った顔をした。だが、美南の怒りは収まらない。息も荒く何回も深呼吸をしたが、声を発せば不用意に日向を罵倒《ばとう》しそうで何もいえなかった。

「美南」

「こないで！」

「何で？　先生に会いたかったんだろ？　俺じゃダメなの？」

美南は、これに何もいえなかった。躊躇がそのまま答えになった。

「こんな……こんなこと、何でするの？」

美南は少し泣き声になって、手とお腹の辺りと膝に泥をつけたまま走り去った。背後で「美南！」と少し気弱に日向が叫んでいるのが聞こえた。

少し冷めてみると、怒りだと思っていた自分の身体を震わせるものは実は驚きと恐怖だったと気づいた。日向が想定外の行動に出たので、気が動転してしまったのだ。

日向はいつも自分の都合がいいように振る舞ってくれると、美南は甘くみていた。優しくて甘えさせてくれるとか、稔やかそうとか、こちらの都合で一方的に日向を型にはめて見ていたのだ。いろいろ我慢していた日向の気持ちなど、本当に思いやったことがあっただろうか。美南がいつも感じていた罪悪感は日向のための気持ちではなく、あくまでも自分のなかのことでしかないのだ。

曖昧な態度が日向をこんな風にさせてしまった。それは分かる。だが、だからといって欲してもいないキスをされてもいいわけではない。

――分かった、はっきりしよう。

こうなったら、景見を待ってやろうと思った。偶然が味方してくれないなら、必然を設定するしかないじゃないか。今、時間は夜の七時半。朝九時入りで一〇時間の手術なら、そろそろ終わるはずだ。美南はそのまま駐車場に行って景見の黒いSUVを探した。

職員用の駐車場はガラガラで、景見の車はすぐに見つかった。どうして待っててやろうかと思ったが、立っているのが嫌だったのでボンネットに乗っかってフロントガラスに凭《もた》れ、足を投げ出して座った。少し寒いが空を見上げたらなかなか綺麗な星空で、車の上にいるのが何となくいい気持ちになった。

――おもしろい。先生のものなら何でも安心するんだ、私。

いきなりきた日向には驚いたが、考えてみれば美南も随分日向に不実なことをしている。日向は、いつも優しかったのに。

美南がそんなことを考えながらそのままウトウトと寝入りそうになると、ふとまたさっきの女の子が号泣する姿と声が頭に浮かんだ。

「きゃー！　おばあちゃん！　おばあちゃーん！　いやだー！　いやだよー！」

夜の病院の灯りのなかで美南は安心できたのに、病院はあの子には安心を与えてあげることができなかった。

――安心させてあげたかった。すべての人を助けるなんてことは無理なんだけども、せめておばあちゃんを助けようとする努力くらいしたかった。ただ立って見ていただけなんて。完全に蚊帳《かや》の外だったなんて。

「おいこら！　どこでやさぐれてんだ！」

声と同時に頭をポン、と叩かれて、美南の目が覚めた。

「あ？」

「『あ？』じゃねーよ。何こんなとこで寝てんだよ」

見ると私服の景見が、呆れ顔で苦笑しながらボンネットに片肘《かたひじ》をついている。美南は起き上がってキョロキョロした。

──あ、そうか。景見先生を待ってたんだ。

景見は、すぐに美南の服が汚れているのに気づいた。

「何、転んだの？」

「え？　あ、いや、まあ」

景見は眉間《みけん》に皺を寄せながら美南の服をつまみ、泥を確認する。それから美南の前髪をあげて、目が真っ赤に腫《は》れあがっているのを見た。

「ちょ、やめてください。検死じゃないんだから」

「何があった？」

声が怖かった。

「何もない。転んだだけ。それで頭にきたから、ここでいじけてたんです」

美南がボンネットから降りたが、景見はボンネットに手をついたまま美南に正答を促すかのように睨んでいる。この人の前では、嘘がうまくつけそうになかった。

「そしたら、寝ちゃったんです。ごめんなさい。帰ります」

「帰るの？　俺を待ってたのに？」

美南は少したじろいだ。景見を待っていたのは間違いないし、何しろ本人の車の上にい向の件のあとだけに、我ながらあまりにも無神経な気がした。

「はい。でも顔が見られたからもういいです」

「送るから乗ってけよ」

「え……」

美南は少し迷った。もちろん、いつもなら景見の車に乗るのは嬉しい。だがさっきの日たのだから違うともいえない。


とはいえ、結局美南は「はい」といって景見の車に乗った。

車のなかで、景見はほとんど何も聞いてこなかった。かなり疲れているようで、運転しながら目を擦っていた。美南はその横顔を見て、景見が作る壁を少し理解した。とてつもなく話しかけにくい排他的な雰囲気、話しかけるなと訴える強いオーラが、景見を包んでいる。疲れているだけではない。何か考えているのだろう。

美南の視線を感じて、景見がふと美南を見た。その瞬間景見を取り囲む壁が消えて、いつものふわりとした温かさに包まれた。美南には、景見ががんばって明るく振る舞ってくれているのが分かった。

「どした?」

「あー、ええと、今日の手術は大変だったんですか」

「んー、いや。別に特別大変ってことはなかったけど、ちょっとここ数日長いのが続いたからな」

「すみません、そんな疲れてる時に」

するとと景見は微笑した。

「そういう気回すなよ。こんな風に待っててでもくれないと、全然会えないんだから。ま、ボンネットはないけどな」

「すみません」

「な、怖いことがあったんじゃないよな？」

景見が心配そうに首を傾げて聞くと、美南はビックリして一瞬黙った。

――この人、ホント鋭い。

「おい」

「違う違う、違います。ちょっと転んだだけ」

「……信じていいんだな」

「はい、何もないです」

景見は大体何があったのか勘づいたようだったが、それ以上は聞いてこなかった。こういう距離感が美南は好きだ。

「で、これからどうするの」

「え？」

「俺んちくる？」

「え」

美南の心臓が、一メートルくらい前に飛び出た気がした。

——どうしよう？　明日は朝特別早くもないから、今日は泊まっても大丈夫なはずだ。でもいいのか？　それは今日なのか？

「でも、先生手術のあとで疲れてるし」

「うん、だから俺すぐ寝るよ」

——なんだ。

美南はそう思いながらもホッとした。

景見は川を渡った都内の、意外と閑静《かんせい》な住宅街にある低層マンションに住んでいた。駐車場に至るまでセキュリティがちゃんとしていてちょっと高級感はあるが、セレブセレブした建物ではない。部屋は大きめの２ＬＤＫで、リビングは壁も家具も白っぽく、観葉植物もあって南国の雰囲気を醸しだしていた。掃除も綺麗にしてある。

「ハワイかどっかみたい」

「そ。南国っぽくしたいの。何か飲む？」

景見は冷蔵庫を開けて「あ、ビールと麦茶しかない」といった。

「いいです、先生、気を遣わないでください」

「じゃ、シャワー浴びてくるわ。適当に休んでて」

景見がシャワーに入っている間、美南は本棚やテーブルの上の本やコピーを覗いた。英語の専門書、英語の論文。そうか、アメリカの医師免許を持っているのだから、こんなの抵抗なく読めるんだ。

景見は、アメリカでどんな生活をしていたんだろう。美南は少し疑心暗鬼になった。カノジョはいなかったのだろうか。あの歳であれだけ有能で、しかも見た目も決して悪くない。モテなかったはずがない。

「先生って、何でカノジョいなかったんですか」

シャワーから出てきて、バスローブ姿のままタオルで頭を拭いている景見に聞いた。

「いなかったなんていった？　俺」

「いたんですか！」

「そりゃこの歳にもなりゃ、カノジョいたことくらいあるよ」

「いやそうじゃなくて、その」

「分かるよ、何聞いてるか。でも見てりゃ分かるでしょ」

景見は微笑してビール缶を開け、ビールを呷った。

「とにかく続かない！　デートする時間がない。そうするといろんな憶測されて、気がついたらカノジョがいなくなってる。何かこう、俺が何もしてないのにいろんなことが目の前を通り過ぎてく感じ」

美南がクスクス笑うと、景見も笑いながら続けた。

「いや、笑いごとじゃないって。時間がないってことを、いつも分かってもらえなかったね。『私と仕事とどっちが大事？』なんて言葉、ドラマのなかだけだと思うでしょ？　でもホントにいわれるんだなー、これが」

景見が軽快に語るので、美南は声をあげて笑った。すると景見は普通に美南の隣に座った。美南は笑うのをやめた。

「……何があった？」

景見が美南を覗き込んで、思わぬ優しい声で尋ねてきた。それだけで美南の喉の奥が痛くなった。日向のことはともかく、美南には景見に聞いて欲しいことは確かにあった。

「救急搬送されてきた患者さんに、小学生くらいのお孫さんがついてきて……そのかた、その時もう心肺停止状態で……」

病院にきたのに、助からなかった。あの時のあの子の絶望は、どれほどだっただろう。あの子は一体、何のために病院にきたのか。安心したかったのではないのか。

その時、美南は思った。自分がオレンジ色の病院側にいる限り、安心を求めてきた人に安心を与えるのは自分なのではないのか。

頭のなかで、大きなクラッカーがパーンと鳴った。

——そうか！　そういうことだったのか！　だから私はオレンジ色の病院になりたかったのだ！

美南はいきなり景見に向き直ると、興奮して景見の胸に縋った。

「先生、私何で医師になりたいか、はっきり分かりました！　私、不安で潰れそうになっている人を救ってあげたいんです。それがどんなにありがたいことか、よく分かるから！」

景見は少し驚いたように笑うと、「うん」と頷いた。

「この間技術が一番大事だっていったのは、私自身への戒《いまし》めというか、いい聞かせたかったんです。不安な人に手を差し伸べたって、その手が救いにならなきゃ意味がないでしょ？」

大発見をしたかのように嬉しそうにそう語る美南を、景見は珍しいものを見るかのように目を輝かせて見つめていた。

「私、変なことといってますか？」

「いや。なるほどなと思って。俺とは逆のアプローチだから」

「逆？」

「いっただろ？　俺は技術ばっかり追いかけてたって」

景見は俯いて苦笑した。その顔が妙に寂しげだった。

「でも……やっぱり医師に一番大事なのは腕っていうか、技術と経験じゃないかと思うんですけど」

「うん……」

景見は、どこか納得しない風に口を尖らせた。そこで、美南は自分の考えを伝えた。

「大竹さんが目の前で倒れた時、私、ものすごく助けたかったですよ。涙ボロボロ流して、大声で叫んで、思いつく限りのやれることをやりました。でも」

美南は景見を慰めようとして、大竹の話を始めた。

「でも、そんなことやったって、助かるわけなんかない。それに私なんかに思いつくことはたかが知れてるんです。元気づけようにも、大竹さんには意識がないし」

話しながら美南の脳裏にあの時動かなくなった大竹が目に浮かんで、焦燥《しょうそう》と恐怖が身体を包んだ。

「もしかしたら、もっとちゃんとした応急処置がとれたかも知れない……ううん、それ以前にあの時厨房の椅子に座り込んでいた大竹さんを見たのが、私じゃなくて景見先生だったら絶対何かできてたはずなんです。でもそれが私だったから、私だったから大竹さんは死んじゃったんです！」

美南は最後にはほとんど泣き叫びそうになって、熱弁をふるっていた。

「技術がないって、こういうことなんですよ！　何もできなきゃ、不安の結末がこれなんです！　あんなの……あんなのもう」

その時、景見が「もういい」とでもいうように美南を抱きしめた。美南は一瞬驚いたが、そのまま景見の大きな胸板に縋って子どものように声をあげた。

「分かる。いってることはよく分かるから」

少し感情が収まっても、美南はそのまま景見の胸に縋っていた。景見が美南の涙を指で何回か拭った。美南はその指を手で触った。

それから景見を見上げると目が合い、景見がゆっくりと唇を寄せてきた。美南はそのまま流れに任せた。

明け方。

スマホの聞きなれないバイブレーションが鳴った。すると美南を抱えるようにして寝ていた景見が、枕元に手を伸ばしてスマホを取った。

――そうだ、今私、先生んちにいるんだ。

美南の目がいきなり覚めた。

「尿量は？　はい、すぐ行きます」

眠そうな声で景見は起き上がると、「ごめん呼び出し」といった。

「あ、じゃ、帰ります」

「寝てていいよ。まだ始発まで一時間あるから」

景見は寝起きのカサカサ声の割に素早く服を着てキャップを被ると、ベッドの上に座り込んでいる美南に唇を合わせ、顎を指で軽くつまんだ。

「出ていく時にここ閉めたら、鍵は下の郵便受けに入れといてくれればいいから」

「はい。あの、駅ってどう行けばいいんですか」

「えーとね、ここの玄関出て、右に一五分くらいのとこ」

「はい」

それから景見は、出がけにすまなそうに振り向いた。

「ごめんな、送れなくて」

美南は落ち着いていった。

それから、閉まったドアをしばらく眺めていた。余韻《よいん》に浸りながら、先生はろくに寝てないで大丈夫なんだろうか、と思った。

その後は一日中まったく景見に会わず、ＢＳＬが終わるとビデオ講座を受けて帰宅した。ずっと眠くてしょうがなくて、何もできなかった。

「鍵、郵便受けに入れておきました。お邪魔しました」

朝出がけにそうメッセージしておいたら、夕方やっと既読がついた。

「いいえ」

第四章　スチューデント・ドクター

1

「オセロ症候群？」

「パラノイアかな」

美南《みなみ》と帯刀《たてわき》が呟く。

「嫉妬妄想《もうそう》の一種で、この患者さんの場合アルコール乱用との因果関係が強いと思われます。えーと、境界性パーソナリティ障害で」

必死で説明する田中《たなか》に、医師が苦笑する。

「そりゃもう分かってるんだよ」

朝の患者プレゼンテーションである。今週は精神科だ。田中が担当する患者は三〇代の女性で、とにかく何にでも嫉妬する。昨日は通りすがりの看護師が横目で見ていたとかで、「自分のほうが綺麗だと思って、私をバカにした」と爪《つめ》で掌《てのひら》が切れるほど強く拳を握りしめていた。

美南の担当患者は六〇代の女性で、気持ちよさそうに歌っていたと思うと突然叫びだす。この患者の治療プログラムに参加したり、医師が処方する抗うつ薬や精神安定薬を飲む時に付き添ったりするのだが、普段は穏やかでいい人なだけに、突然豹変《ひょうへん》した時に人間の裏を見るようで怖い。

昼食時にその話をすると、田中がカレーライスを食べながらいった。

「それは裏っていうか、いうなれば隣じゃない？」

「隣！　なるほど、それはいいね。裏っていうと何かその人が隠し持ってるみたいで怖いもんね」

「よく二面性っていうけどさ、人間って普通でも二面じゃ済まないと思う。いくつかの面がさ、こう隣り合って、ぐるっと円《まる》くなって」

「円陣組んでるみたいな？」

「そうそう。だけどある一面だけやたら突出してると、そこが目立つだけで。だって俺の患者さんとか、あいつと同じだもん。ほら、あれ、古坂《こさか》」

美南はぎょっとして黙った。自分以外にも似たようなことを感じている人がいたのだ。

「普段はめっちゃ可愛い女の子ですーって感じで振る舞ってるけどさ、比較されたり下に見られたりすると、もうしつこくずーっと恨むじゃん」

確かに翔子《しょうこ》は『誰々は美人だ』とか『誰々は成績がいい』などと聞くとその人に必ずライバル意識を剝きだしにする。プライドが非常に高く、一番でいたいタイプの分かりやすい野望家だ。

「あー、安月《あづき》さん結構仲いいんだっけ。ごめん、でもこれホント」

美南は何もいわず苦笑した。夜の駐車場で目をむいて嫉妬した、翔子のあの病的な顔が忘れられない。声や話しかたが可愛らしいだけに、余計にその異様さが怖かった。いまだに見てはいけない一面を見てしまった気がしている。

いっぽう、帯刀は疲れた顔で呟いた。

「僕は、患者さんとどう接していいか分からない」

帯刀の患者は統合失調症で、間もなく世界が滅亡するという世界没落体験妄想と、自分はキリストだという宗教妄想を持っている若い男性だ。ＢＳＬの学生が受け持つ患者はおそらく病状が分かりやすく、それほど重度でもなく、危険性も少ない例だけなのだろうが、それでもまだ二〇代前半で、人というものに慣れていない世間知らずの学生には難しい。

「自分はキリストだっていってるのに、父親の名前も知らないんだよ」

「お父さんは神さまでしょ？」

「弟子《でし》の名前もいえない。『私の周りにいます』っていつもいってるのに。しかもユダヤ人なのに、自分が日本語をしゃべっているという矛盾《むじゅん》は無視」

「そんなに論理的じゃないんじゃない？」

「帯刀は誰設定？」

「罰当たりなローマ人」

二人は噴きだして口を押さえた。

ＢＳＬは科によっては早く終わるので、その後バイトしたり勉強したりする時間がある。美南はバイト日数を増やしてはいたが、最低限試験に受かるための勉強時間は確保しようと、バイトの後でもまめに図書館に戻るようにしていた。

ある夜、美南が学会から戻ってくる景見《かげみ》を大学で待とうと思って図書館に行くと、ほぼ満席だった。六年生はともかく、美南の学年の人たちも結構いる。みんなちゃんと勉強してるんだと改めて実感し、美南の心に焦燥感が溢れた。

それから少しボックス席で勉強していると、愛美《まなみ》がきて肩をポン、と叩き、外を軽く指して教えてくれた。それで急いで片付けて図書館の外に出ると、景見が壁に寄りかかってこちらを見ていた。京都の学会帰りなので、トレンチコートにキャリーバッグ、お土産《みやげ》の入った紙袋といういで立ちだ。美南が嬉しそうに手を振ると、景見もニッコリ笑って片手を挙げた。

車のなかで、景見から学会の話をいろいろ聞いた。発表がうまくないので発表の最中にみんなが席を立ってしまい、司会者すら質問しない大学院生の話。発表直前、会場で必死にパワーポイントを作る院生の話。やたら長々と質問をして、司会者が困り果てる大御所教授。ＰＣばかりいじっていて全然聞いていないのかと思ったら、突然めちゃくちゃ鋭い質問をする天才肌研究者。真面目な顔で指し示すパワーポイントの先にあるイラストが、やたらと可愛らしい講師。

「先生、学会に人間観察に行ってるんですか」

美南が笑うと、景見は「いや、でも本当に個性的な人が多くておもしろいんだよ」と一緒に笑った。その後に他の大学の先生や学生と飲みに行くのも、また楽しみのひとつだそうだ。

——この人は、本来人というものが好きなんだろうなあ。でも自分がそれほど話し上手ではないと思っているから、余計意識して雰囲気づくりをする。だから患者相手だろうが学生相手だろうが、いつでも話しやすいのだな。

壁を作ってしまうタイプだから、誰に対しても壁を感じさせないよう意識して接している。つまり、今までのカノジョからするとおそらく「自分だけ特別に壁のなか」という例外感がなかったのだ。「私と仕事とどっちが大事?」という質問は時間をもっと割《さ》いてくれということではなく、景見のなかでの自分の存在はどれほど特別な意味をなしているのか、という言葉通りの疑問なのだ。

「先生、昔は無口だったんですよね?　その時も人に会うのは好きだったんですか?」

「いや、いうほど無口じゃなかったけど」

景見が困った風に笑った。

「話し下手っていうのはあったよ。学会でも、同期に会うたびに丸くなったっていわれるけど、ま、歳のせいかな」

「見てみたかったなあ、愛想のない景見先生」

するとと、景見が子どものように口を尖らせた。

「それはいやだ」

「えー？　何でですか？」

「絶対好きになってくれないから。俺、とんがってたもん」

景見はそういうと微笑して美南を見た。美南は赤くなって、口ごもってしまった。

景見のマンションに行くと、まずお土産をくれた。美南が欲しがっていた、有名処の和菓子である。

「うわー、ありがとうございます！　家族みんな今旅行できないから、喜ぶだろうなあー。特に父は嬉しがると思います」

「よかった。お父さんどう？」

「抗がん剤治療と、いろんな検査受けてます。体調は可もなく不可もなく……かな？」

「治療が長いとそれだけで滅入るから、気を配ってやんなよ」

「はい」

嬉しそうにお土産をしまっている美南を、景見は微笑しながら眺めていた。

それから、景見がコーヒーを出してくれた。だがコーヒーを飲みながら、ちょっと落ち着きなくコップやスプーンをいじっている。

「何ですか」

「ん？」

「何かいいにくいことありますか」

「え？　あ、いや」

美南の大きな目が景見から逸れないので、景見は困った風に口をきゅっとさせ、それから丁寧に言葉を選んで話しだした。

「俺の実家大阪でね、学会のついでに帰ったわけ。その時幼馴染の親が遊びにきてね」

——何の話だろう？

美南は首を傾げて聞いていた。

「その幼馴染の妹が看護師なんだけど、今度東京に行くから面倒みてくれと」

「旅行で？　仕事で？」

「あー、旅行……かな？」

「何日くらい？」

景見が首を傾げた。美南が軽く頷いた。

——そういう話か。

「断りました？」

「まだ」

「ここに泊めるんですか？」

「さすがにそれはマズいかなーと」

「誰に対して？」

「誰って」

美南が少し苛立った風に尋ねると、景見がいたずらっ子のように口元を緩めた。

「分かる？」

「分かりますよ、ズルいですよ！　先生はどうしたいんですか？」

景見は観念したように笑った。

「正直、ちょっとくらいは泊めるのは構わないんだよ。俺どうせいないし、あっちからするとホテル代浮くし、手出さない自信はあるし。でもまあ、親がそういうことというからには、そういうこと期待してるわけで」

美南は呆れた。

――何それ、人身売買じゃあるまいし。娘を預けてとっとと手をつけてもらおうって、いつの時代？　それに乗っかる娘も娘だけど。

「先生は、泊めるのは構わないんですか？」

「……構う？」

「イヤですね。家族でもない女の人が先生のうちに泊まるのは」

美南がむくれて目を逸らすと、景見が笑いながら美南をハグしてきた。

「それが聞きたかった。じゃ、断る」

「はー？」

美南は必死に冷たさを装いながら、顔が真っ赤になってデレデレになっていた。どうも美南はツンデレに向いていない。感情が分かりやす過ぎる。

でもきっと景見には今までも、これからもこういう話が舞い込み続けるんだろう。ただ、美南と景見は非常にいいタイミングで付き合っている。うまい具合にお互いの感情が付き合いたいな、と思うピークに達したところで付き合い始めることができたので、どちらかがどちらかに依存したり不安がったりするような上下関係をほとんど感じていないのかも知れない。

美南は景見が大好きだ。それには、迷いがない。だが自分の気持ちのほうが相手より強いからってへつらって、相手に尽くして、それで自分が幸せでいられるかと思うと、おそらくそれはない。そういうと意志が強い自立した女性のように聞こえるが、悪くいえば我が強くて、譲ったり相手に合わせたりすることができないのだ。だから美南はきっと、よほどいいタイミングでいい人がいなければ結婚なんかできないのだろう。

夜中、大きい上等なベッドでぐっすり寝込んでいた美南は、耳元でふと紙をめくる音がして目を覚ました。見ると隣で仰向けに寝ている景見が、左手で美南に腕枕をしながら右手だけで英語論文を不自由そうにめくっていた。この前と同じ横顔だ。何かに没頭していて、分厚い壁で自分を囲っている顔だ。

だが、美南は妹の孝美《たかみ》のお陰で、この手の壁には慣れていた。実は本人は排他的なオーラを出しているつもりなどおそらくないのだ。それで、美南は普通に話しかけた。

「先生、寝ないんですか」

「あ、起こした？　ごめん」

景見がそういうと、ふわりと温かい空気が流れた。論文に心臓の図版が載っているのが見えた。

「先生、どうして心臓血管外科を選んだんですか」

「えー……シンプルだからかな」

「シンプルですか？」

「心臓って分かりやすい臓器じゃない？　部屋が四つしかなくてさ」

「はー……なるほど」

「美南はどうするの？」

――美南。

呼び捨てにされたことに、くすぐったい嬉しさを感じた。

「えー……消化器外科にしようかなと思ってます」

「何、心臓血管外科こないの？」

景見が少し身体を起こして美南のほうに向きなおった。

「おもしろそうだとは思いますけど、ちょっと体力的にも私には無理ですよ」

「あー、まあ、そういわれるとな」

「先生、またアメリカ行きたいんですか？」

景見はこの質問に一瞬黙った。図星だな、と美南は感じた。医師は技術だけではないといってはいるものの、強い向上心は持っている人だ。多分そちらにばかり夢中になってはいけないと、自戒《じかい》を込めていつもいっているのだろう。

「手術の手数をもっと増やしたいからなあ」

手術というものは、どんなに器用でも論理的思考と豊富な経験には勝てない。景見は年齢的にも立場的にも、日本では助手として入ることがほとんどだ。だから若手でも、使えると思ったらガンガン執刀させてくれる場所に魅力を感じるのは当然だ。

でも、嫌だった。ただでさえあまり会えないのに、アメリカなんかに行ってしまったら、もう先生の生活サイクルに入り込めなくなってしまう。美南が大学を卒業して研修を終えて、やっとアメリカに行ったら先生はあっちで花形外科医として脚光を浴びていて……などということになったら、とてつもない距離感を覚えて落ち込みそうだ。できるだけ先生を見ながら、先生と一緒に上達していきたい。

それに心配は、それだけではない。父の知宏《ともひろ》があとどのくらい生きられるのか、その見当が皆目《かいもく》つかない状態の不安が、思っていたより大きくのしかかっていた。そのストレスから解放されたくて、心のどこかでまだ何とかならないか、意外と治ってしまうなんてことがないかと根拠のない期待をしているくらいだった。

美南の葛藤を知ってか知らずか、景見は自虐風に笑った。

「技術第一主義に批判的なくせに、いってることが矛盾してるだろ？」

「え？　いいえ」

そう答えると、天井を見ながら景見が噴きだした。

「美南に影響されてるなあ」

「私？　何で？」

「この間の話さ。覚えてない？」

美南が不思議そうな顔をした。景見は意地悪な視線を美南に投げかけて微笑するだけだった。

2

秋になって次第に気温が下がってくると、知宏の体調も悪くなった。

「来年は非常勤も取れないかもなー。自分の治療費と検査代くらいは賄いたいけどな……ま、生きていれば、の話か」

呟きながら苦笑する知宏を見て、美南は怒った。

「あのさ、精神力って大事だからね」

そうはいっても投薬、点滴注射、放射線療法とさまざまな抗がん治療で万年口内炎と下痢《げり》、倦怠感《けんたい》に悩まされているのだから、いつも通り元気でいろというのも難しい。しかもこれから先、どれだけ我慢すればいいのか分からない。さらにそれだけ我慢した先に、明るい未来があるのかどうかも見えない。がん治療で鬱になる人がいると聞くが、それも不思議ではないくらい道のりは険しく、そして暗い。

ある日、教育棟の玄関ホールで久しぶりに日向《ひゅうが》を見かけた。その瞬間、美南はギクッとした。景見とこうなったからには、日向にちゃんと話をしなければならないのは分かっている。だが、まだ覚悟が決まらない。申し訳ないなどと思いながら、心の奥底では実は嫌なことを避けて通りたいだけだった。

だが驚くことに、日向のほうがスッと視線を逸らして廊下を曲がっていってしまった。それはまるで美南のことなど見たくない、という風だった。美南はそれを見て最初にホッとして、次の瞬間に日向に嫌われたのではないかと不安になった。勝手なものだ。はっきりと別れたいが、嫌われたくはない。

だが、二人の関係を壊してしまったのは自分だ。なのに割れた関係の破片を拾うことすらしていない。傷つけてしまったあの優しい男に、「この傷をつけたのは私です、ごめんなさい」ということすらできていない。美南は、自分がひどく卑怯《ひきょう》な人間であることにいたたまれなさを感じた。

――ちゃんといわなきゃ。でもいつ、どうやって？

秋から冬にかけてのBSLは外科系が続き、帰宅の遅い日が続いた。この頃、夜母がリビングで一人よく酒を飲んでいた。

「何か寝られないんだよねー。お父さんのいびきって、あんな大きかったかな」

「呼吸がうまくいってないのかも」

多分、美穂《みほ》は知宏の隣に寝たくなかったのだろう。会社から疲れて帰ってきてさあ寝ましょうという時に見る鶏ガラのような夫のことを心配すればするほど、自分の気力が削がれてしまう。それに知宏は最近真夜中にトイレに行きたい時、動くのが大変だから手を貸して欲しいと美穂を起こす。トイレから戻ってきてやれやれと思うと、今度はびっくりするくらいの大いびきである。さらに知宏は週三日しか会社に行かず、昼間は家にいて眠い時に寝るので、翌朝はなかなか早く目が覚めてしまう。結局いろんな物音を立てて、夜中頻繁に美穂を起こしているのである。

「客間に寝たらいいじゃん」

「いや、だってそれは可哀想だよ。夜中トイレに行きたい時困るだろうし」

普段から小綺麗にしていた美穂は次第に肌の手入れもしなくなり、化粧も雑になり、髪の毛も適当にまとめるだけになった。美穂も更年期である。女性として体調の変化が辛い時に精神的ストレスが重なり、さらに冬の寒さもあって、疲れや頭痛、肩こりや腰痛がひどくなっていた。

「ねえ、洗濯物くらい畳んでやりなよ」

ある日の夕方、美穂が知宏を駅まで迎えに行っている時、孝美が美南に怒った。

「あ、ごめん。気がついたらやるようにはしてるんだけど」

「ウソつきなよ、やってんの見たことないわ」

この言葉に美南は痛いところを突かれ、口を尖らせて小さな声で反論した。

「何であんたにそんなことといわれなきゃいけないのよ。あんただって何もやってないじゃん」

「家にいる時はやってます。お姉ちゃんが家にいないから見てないだけ」

「しょうがないでしょ、忙しいんだから」

「じゃーもう帰ってこなければいいじゃん！」

孝美がいきなり大きな声で怒鳴った。

「いるだけ邪魔なんだよ！　どっこも具合なんか悪くないくせに何もしないで、金だけ搾《しぼ》り取って、そんなに医大生が偉いなら一人で勝手にやってればいいじゃん！　医者になるまで帰ってこないで！」

美南は突然の孝美の剣幕に驚くとともに、どうしてそんなことをいわれなければならないのかと困惑した。

「何でそんなことというの？　私だって私なりにがんばってるよ！　親の金搾り取って遊び暮らしてなんかいない。医者になるにはお金がかかるんだから、しょうがないじゃない」

「医者になりたいです、金出してください！　医者になったら稼げるから、家のことはやりません、だって忙しいから！　親が病気だろうと関係ありません！　どんだけ好き放題してるのよ？」

孝美の口撃に美南はたじろいだ。

「だって学費はしょうがないでしょ？　稼いで返すっていってんだから、その何がダメなの？」

「だからその発想だよ！　金がないのは今なんだよ！　なのに無理やり今の自分に周りを合わせさせようとして！　いつだって自分は好きなことやって、そのために周りがお姉ちゃんに振り回されながら必死で支えてんの分かってんの？」

「分かってるよ、そんなこと。だけどしょうがないじゃん。私に何ができんのよ？」

「何ができるか、ちゃんとアタマ使って考えたことあんのかよ？　金ばっかり遣って申し訳ないと思ってるなら、洗濯物を畳むとか皿洗いするとか、家族のためにやれることあるでしょ？　そんなんだから、いつまで経っても進級ギリギリの点しか取れないんだよ！」

　孝美は、そのまま走り去って部屋に閉じこもってしまった。美南は唖然とした。自分が母や妹と比べてそんなに家族のために何もやっていないとは思わなかったし、不在が多いだけで遊んでいるといわれるのもひどく理不尽《りふじん》に思えた。

　帰宅した美穂が事情を察知して、美南に説明してくれた。孝美は二年生になった頃から弁護士になることに興味を持っていて、法科大学院に進んで司法試験を受けることも考えていた。そのための情報も収集しているし、最近は個別指導塾のバイトを減らし、司法試験のための予備校で事務のバイトも始めたそうだ。だが知宏がこういうことになって、孝美は法科大学院に行くか、それとも家の経済状態を考えて就職するべきか悩んでいるというのである。

美南はこれを聞いて反省した。孝美はいろいろ考えて、自分の将来を模索しているのだ。それを全然評価してあげなかった。いつまでも文句はいうが依存はする高校生のままの孝美だと思っていた。だがこの時美南は、自立心に進歩がなかったのは自分だったということにはまだ気づいていなかった。

3

孝美と険悪なままBSLが終わり、春休みになった。これからいよいよ遊べないというのでクラスのみんなはあちこち旅行に行ったが、美南はお金がなくて行けなかった。

「うちの鍵、持っとく?」

久しぶりに景見の部屋を訪ねた時、景見がそういってカードキーを差しだしてきた。

「え?」

「俺、これから学会続きで部屋空けること多いからさ。一人で勉強に集中したい時とか、勝手に使っていいよ」

「ホントに?」

「そしたら、いちいち時間合わせなくても家に帰ってくりゃ会えるし」

——いいのかな、ホントにこれ?

景見がくれた鍵を凝視しながら、美南は躍《おど》りあがりたいほど嬉しかった。

そもそも付き合っているといえるのか疑うほど、普段は二人の時間が合わない。美南は五年のあいだはBSLで毎日の終業時間が予測不能だったうえ、その後はアルバイトに行くことが多かった。時間があれば勉強しなければならなかったし、翌日の患者プレゼンの準備などもあった。さらに知宏の件や学費問題もあって、ストレスフルな生活がずっと続いていた。

いっぽうの景見も相変わらずで、学会か、長時間の手術か、目が離せない患者がいるか、夜勤。そうでなければ、病院の先生たちとフットサルをしたり飲みに行ったりしている。

これでは本当に会う日がない。

「でも、そんなにしょっちゅう来られるわけじゃないと思う。親のこともあるし」

「うん、だからセカンドハウスみたいな感じで使えばいいよ。下の共同玄関もそれだから」

美南は頷きながらニヤニヤしてしまった。

――先生のところにいていいんだ。こんな広々としたステキなマンションで一人で勉強に集中して、夜先生が帰ってきて、二人で今日あったことを話してご飯食べて。あー、そんなだったら毎日が楽しいだろうなあ。先生と一緒に住めたらいいのに。そうしたらなかなか会えない寂しさもなくなるのに。実際この学年になると、同棲《どうせい》している学生もいるし。

だが、現実はそうもいかない。知宏の病状も芳《かんば》しくない。それに自分の学費のためにそれこそ命をかけて働く知宏、働きながら知宏の世話もする美穂を平然と見捨てて別居し、でも学費だけは払えといえるはずがない。さらに、家の懐事情のせいで自分の将来について悩む妹の孝美。自分だけが家を出て、好きなことを好きなようにするわけになどいくはずがない。

さらに悪いことに、春休みに合わせたように知宏が会社の非常勤の契約を打ち切られた。それも当然といえば当然だ。この頃の知宏は随分と弱々しく、口内炎のせいもあってろくに食事もとらず、しかもしょっちゅう熱を出していた。仕事どころか、通勤列車に乗ることすら今の父には過酷そうだった。おそらく体力というよりは、気力が弱っていたのだろう。検査の数値は、まだそこまで悪くなってはいなかった。

都立病院はもともと急性期向けの病院なので、長期の治療はしてもらえない。そこを今まで近くて便利だからなんとか引っぱってきたのだが、そろそろ無理なようだ。そこで知宏はバスで通えるホスピス兼用の病院に通院しながら、自宅で療養することにした。

知宏が非常勤になってからは稼いでいたのは大した額ではなかったし、新しい病院の治療はさほど高額ではない。それでも収入が減るのは今の安月家には痛かった。そんな状態で、小遣いを母にせびることはできない。春休み中はせめて個別指導塾のアルバイトをできるだけ入れようと思ったが、自分と生徒の希望時間が合わないと入れられない。居酒屋やレストランなどは個別指導塾よりも時給が低いし、せっかく時間が作れる春休みの間だけでも、フルでできる稼ぎのいいバイトはないだろうか、と美南は考えあぐねた。

「夜しかバイトできないなら、もう水商売しかないじゃん。あと、夜間工事現場の交通整理とか」

幼馴染の理佐《りさ》が、山菜のお裾分《すそわ》けを持ってきてくれていた。理佐の父母と息子が山菜採りに行ったとかで、タラやフキノトウ、ツクシ、ノビルなどがビニール袋にパンパンに詰まっている。

理佐は高校を出たあとしょっちゅう仕事を替えたので、職業経験はかなり豊富だ。最近はまだ幼い息子を夜は父母に預け、スナックで働いている。子どもが起きているあいだは、少しでも一緒にいてやりたいそうだ。

「でも工事現場は寝れないでしょ？　次の日、朝から授業あるし」

「寝る時間確保したいなら、やっぱりスナックやキャバクラ系じゃない？　一応深夜には閉める店多いから、それから少し寝れるでしょ」

美南は黙った。何しろ何の経験も情報もない職種だ。

「そんなことより、その先生と入籍しちゃうとかできないの？」

「え？」

「そしたら就職するまでのあんたの生活費、先生に出してもらえばいいじゃん。先生、稼いでんでしょ？」

確かにそうだ。だが、あまりにも直球過ぎる。

「お金のために結婚するみたいになっちゃうよ」

「就職するまでなんだから、しょうがないでしょ？　そういう話してないの？」

美南は黙った。そんな話は全然したことがない。美南にとって恋愛は、あまりリアリティのないドラマのような世界だった。世の中で最重要度を占めそうな経済的・社会的問題も関係がない、学生特有の世界である。

「そういう話もちゃんとできない相手なら、結婚しないほうがいいよ」

理佐のいうことは、間違ってはいない。

その数日後美南がアルバイトのことで思い悩みながら歩いていると、前を歩く男性にカードを渡しているキャバ嬢がいた。そういえば、あの沙良《さら》は大学を辞めてキャバ嬢になり、その後すぐに自分の店を持った。

——キャバクラって、お金になるのかな。夜の仕事だから大学が始まってからでも授業に影響ないし、居酒屋より割は良さそうだけど。お客さんの相手じゃなくてカウンターでお酒作るとか、そういうバイトないのかな。

美南は、沙良に以前ひどくバカにされたのがずっと引っかかっていた。

そう、引っかかっていたのである。不思議と、頭にきているのとはちょっと違っていた。

——あんた、自分は運がいいしうまく生きてると思ってるでしょ。でもそれ、周りがあんたのせいでいろんな我慢を強いられてんのに気がつかないだけだから。

沙良は、孝美と同じようなことをいっている気がした。

4

それからほどなくしてもうすぐ春休みも終わるという頃、一日中アルバイトをして帰宅すると、美穂がうつろな表情でテーブルに肘をついていた。やっと身体を支えて座っているという風体で、髪の毛はボサボサ、目の下にはクマ、しかし落ちまくってはいるが化粧はしているし、服も会社に行く時のスーツだ。

「あれ？　今日会社行ったよね？　早いね」

美穂はボーッとしたまま、返事もしない。

「お父さんは？」

「えー？　あー……今、病院行ってる」

「どうしたの？　何かあった？」

そのただならぬ風体に美南が驚いて声をかけると、美穂は茫然とした顔のまま「美南ー、お母さん」というと、突然大声で泣きながらいった。

「お母さん、クビになっちゃったー！　どうしようー！」

「え！　クビ？　何で？」

美穂は美南に縋って号泣したが、美南も負けずに大きな声を出した。美南の目の前が真っ暗になった。知宏も仕事を完全に辞めたばかりなのに、クビ！

美穂は長いあいだ、同じ会社でパートとして働いていた。そこは美穂が働きだした頃は日本資本の小さな非鉄金属貿易会社で、社長のほかは営業数人とバックオフィス一人、そして総務係がフルタイム、その他はパートで賄っているという、家族的で和気あいあいとした会社だった。取引先も関東近郊のスクラップ工場が多く、いろんな融通がきいた。

その後この会社をフランスの鉄鋼貿易会社が買い、事業を拡大して雇用者も急増した。それでも前の社長は副社長として残留したし、美穂は少しフランス語ができるので引き続いてパート社員として働いていた。

ところが今度、中国の総合商社への日本支社の全面売却が正式決定した。ここ数年フランス本社のほうの経営が苦しく、日本からの完全撤退を検討していた時だったので、条件がうまく合致したこともあって売却劇は即行だったそうだ。

中国の新しい経営陣は膨れ上がった日本支社を閉鎖し、小さな駐在員事務所だけを残すことにした。しかもその事務所の人員は、上海《シャンハイ》にある本社から派遣するという。つまり今働いている人たちは、副社長とトップの数人以外、ほぼ全員クビになるのだ。

美穂が現在の会社で働いてお給料が支払われるのは、あとたったの一か月。ちゃんとした雇用なら三か月とか半年とかもっと猶予《ゆうよ》があるものだが、どんなに長く働いたとはいえパートはパート、美穂だけ特別扱いするわけにはいかないと新しい会社の人事担当者はいった。そもそも美穂は適当なところで会社を辞めるつもりだったから時間も休暇も融通がきくパートのままでいいと思っていたし、今までの会社の人事部は知宏の病気に配慮し、美穂の希望を随分と聞いてくれていたからそれ以上深く勤務条件を突き詰めてこなかった。

人事部の優しさに甘えていたといえばそれまでだが、美穂は知宏の通院その他で、すでに通常よりもかなり余分に休暇を取っている状況だった。知宏の具合が悪くなったら基本的に美穂が会社を休んで面倒をみたり病院に連れていったりしたし、知宏の会社送迎もしていた。そのうえ美穂自身も更年期で体調が優れなかった。だがそんな詳細が中国本社への書類に記されているはずもなく、労働日数の数字を見て判断した新会社の人事から美穂はやる気がない、結果も出せない、年齢的にも将来性のない人材と見なされたのである。

「どうしよう！　ねえ、お母さんが働かなかったらお金がないよお！」

美南の肩に、美穂の縋る手とともにこの一言が大きくのしかかった。

「あんたの学費やお父さんの治療費、どうすればいいの？　どうしよう！　ねえ、もういやだあ！」

美穂は茫然とする美南の腰に抱きついて、泣き崩れた。

——お金がないよお！

ここにきて美南が逃げたかった、考えたくなかったこの問題が、もっと大きくなって安月家を直撃したのである。美南の身体からサーッと血が引いて、視界が暗くなった。

そのときどこかの光の残像が目に残った。

それを見て、美南はハッとした。オレンジ色の光だ。暗闇を照らす、私の行く先を示してくれる光だ。美南は我に返って、目をパチパチさせた。

「待って、とにかくいくら足りないのか計算しよう」

美南が意外に冷めた声でそういったので、美穂は少し我に返ったようだった。

それから美南と美穂は生命保険や失業保険、知宏の年金、大学の奨学金・貸与金、貯金を細かく調べた。貯金は今までの美南の学費や大学の雑費に消えて、ほとんど残っていなかった。それから車を売ったらいくらになるか調べたが、購入してから一〇年以上経つ小型車なので大した値段にはならない。自宅は中古の分譲マンションで、売却後の賃貸暮らしのことを考えると、とてもではないが黒字にならない。

事は深刻だった。支出が大きいのはもちろん学費だが、美南同様孝美も最終学年である。しかも学費はCDの一〇分の一なのだから、孝美が先に諦める筋合いはない。

美南はあと一年がんばって国家試験に合格すれば、医師という収入の大きな職業に就くことができる。いっぽう孝美は今度四年生になり、院試受験を目指している。こんなことになるとは思わなかったから、美穂も美南も孝美の法科大学院進学を勧めていた。本人もいろいろ考えた挙句、最近やっと司法試験を目指すことに決めたらしかったのに、これではあまりに可哀想だ。それに今さら就職しろといったところで孝美は三年生の時就活をしていないのだから、すでに大きく出遅れている。

美穂がどれだけすぐ仕事を見つけられるか分からなかったが、母の就活自体にも不安があった。もともと仕事をするのが好きではなかった美穂が、体調を崩している最中に新しい職場で、おそらく給料も大きく下がった状態で働きださなくてはならない。母の健康は大丈夫なのか？　だが母が何とか常勤を探してくれないと、美南も孝美も国民健康保険にすら満足に入れなくなってしまう。医者になろうという人間が、健康保険の支払いすらできなくなるかも知れないとは！

それから数日の間美穂と美南はいろいろ調べたが、生活費を含めて美南の卒業までに数百万は不足することが分かった。

「お母さん、明日富山に行ってくる」

美穂がいった。富山には、美穂の両親と弟が住む実家がある。

「おじいちゃんちにどれだけお金があるか分からないけど、事情を話したら貸してくれるかも知れない」

それが一番いい。美南は安心した。叔父《おじ》は少々打算的な人だが、人並みの情はありそうだ。

「ダメならサラ金だ。一度も借りたことがないから、借りるのは大丈夫だからね」

美穂は翌日、出がけに力なく笑った。

「バカなこといわないでよ！　それなら私が休学して働く……」

美南はいいかけて黙った。休学しても、授業料の減額率は五割。つまり二五〇万は払わなければならない。何の就労経験もないこの年齢の女がいきなり働いたところで、どんなにがんばってもこの休学中の学費を払うだけで終わってしまうだろう。

美南は、自分の非力さにビックリした。両親に学費を払ってもらい、大学を卒業して、国試に合格して、医者になるのが当然だと思っていたから。

翌日の夜、美南がイベントスタッフを一日してパンパンに張った足を揉んでいると、孝美が帰ってきた。相変わらず二人はほとんど口をきいていなかったが、お互いそろそろこの険悪な関係を終わらせたい雰囲気にはなっていたので、美南がさりげなさを装っていった。

「お母さん、富山に行ったから」

すると孝美はすぐに反応した。

「お金借りに行ったの？　何でお姉ちゃんは行かないわけ？　お姉ちゃんの学費でしょ？」

「え……。だって、バイトも勉強もあるから……」

「そーゆーとこだよ！　バイト休んでだって、お姉ちゃんも行くべきだったんじゃないの？」

孝美はイラついた風に怒鳴った。母と叔父の関係で話をするのだから自分が行っても邪魔ではないかと思ったのだが、確かに美南が直接叔父に会って頭を下げたほうが事は容易《ようい》に運んだかも知れない。

「でも、一日働けばその分お金になるんだし」

口を尖らせながらふと見ると、孝美の手に司法試験予備試験短答式の過去問集があった。かなりやり込んである。

「あれ？　孝美、予備試験受けるの？」

「当たり前でしょ！　大学院なんか行ってる金どこにあんのよ。働きながら本試験受けるんだから、予備試験にはできるだけ早く受かっといたほうがいいじゃん」

「働きながらって？」

「ゼミの先輩で、事務所持ってる弁護士さんがいるの。その人に相談したら、パラリーガルで雇《やと》ってくれそうなんだよ」

パラリーガルは、弁護士のもとで法律業務を行う人たちのことだ。資格がなくてもいいが仕事内容が専門的なので、司法書士試験や司法試験合格を目指す受験生が多い。

「え？　じゃ、法科大学院受けないの？」

「だからそんな金どこにあんだって」

「だって孝美は成績いいんだから、大学院行くのに奨学金とかもらえるでしょ？」

「私は大学院に行きたいんじゃないの、弁護士になりたいの」

「そうだけど、だって予備試験って大変なんでしょ？」

「合格率三％」

「三％！」

美南は仰天した。一学年一二〇人のなかで一〇〇番辺りにいる美南にしたら、合格を目指そうとも思わないレベルだ。

「いや、でも実際は見かけの数字ほどではないんだよ。出願者数は毎年そう変わらないし、受験生の半分以上が首都圏に集中してんの。新しいからまだ定着してないんだよね。だからその分、チャンスはあるんだ」

平然と答える孝美の背中を見て、美南はドキッとした。

——私が何もやってないって、こういうこと？

孝美は我が家にお金がないと知ると、お金を遣わずに、でも自分の最終目標は変えずにいられる道を自分で見つけて、すぐにそちらへ切り替えた。普段から成績もいいし、提出物や発表もしっかりしているし、多分先生や先輩たちからの信頼も厚いのだろう。だからすぐに有用な就職先も見つかった。

だが、それだけではない。行動力だ。孝美にはすぐに自分から動く、この強いバイタリティがある。つまりそこなのだ。孝美は美南が自分からは動いていないと、そこが不甲斐ないとイラついているのだ。

いわれてみれば、確かにそうだ。美南はお金の工面《くめん》もしてないし、就職に有利になりそうな成績も取れていない。結構毎日がんばってるつもりだったけど、それは何も特別ながんばりではなかったのだ。

もし医師国家試験の合格率が三%だったら、それでも美南は医師になろうとしただろうか。孝美なら、間違いなく一度医師になると決めたらそこを目指すだろう。孝美のいう「何かをする」というのは、何かを全力でする、本気でするという意味なのだ。

5

翌日、美穂が帰ってきた。

「おかえり。どうだった?」

「うーん、ま、詳しくは後で話すわ」

一見すると成果に大満足というのではないが、まったく取り合ってもらえなかったという風でもない。

「美南はどう？　大学行った？」

「昨日行ったよ」

「部活はもうやってないんだよね」

「うん」

「カレシは？」

「は？」

「美南って、カレシいるの？」

美穂は荷物を開けたりコートを脱《ぬ》いだりしながらさりげなさを装っているが、美南と目を合わせない。

「カレシね……」

美南がいいにくそうにすると、美穂が切りだした。

「ね、自分の病院持ちたくない？」

「え、何？」

「ダンナがお金出してくれて、自分の病院を持つっていうのよくない？」

「何の話？」

すると、美穂は少し含み笑いをしながら身を乗りだした。

「実はさー、武志《たけし》叔父さんから聞かれたんだけど、ちょうど市長さんが、あんたと息子さんとどうかって話を持ち込んでるんだって」

「え、どういうこと？」

「地元の国立大をちゃんと出た人で、歳はお前より七つ上。女医さんになって忙しくても、お手伝いさんがいるから家のこと何もしなくていいっていってるんだって。その人将来的にはお父さんの後を継いで市長さんになるつもりみたいだから、お医者さんにお嫁さんにきてもらって家柄に箔《はく》つけたいらしいのよ。だからチヤホヤしてくれるよ、きっと。お金はあるよ、あそこ。ものすごく大きいお屋敷だし」

　美南はビックリした。

「結婚話ってこと？」

　美穂はスマホを開くと、写真を見せた。

「見て、この真ん中の子。ちょっと小さいけど、割とイケメンじゃない？　ほら、お前が中学の時好きだったアイドルに顔がちょっと似てない？」

　その写真の男性は、景見よりずっと老《ふ》けている。何をどうしたらアイドルと似た顔になるのか、美南には全然分からない。

「ちょっと待って、私お見合いとかまだ全然考えてないから」

「でも就職したら相手見つけるの大変だし、富山でよければ病院建ててくれるし。何なら学費も出してくれるっぽいし。条件すごくよくない？」

「え、待って。お母さん、つまりこの人と結婚する代わりにお金借りられるって話？　私、身売りすんの？」

美穂の顔からフッと笑みが消えた。美南のいいかたが癇《かん》に障ったらしい。

「そういいかたないでしょ。どこの親が金のために娘売るのよ。ただカレシがいないなら、すべてがうまく収まるこういう手もアリかなって。もしかしたら気が合うかも知れないし、お前にとってもいい話だと思ったから」

「あのね、私、カレシいる」

すると、美穂がびっくりしてまた身を乗りだした。

「いるの？　どんな人？」

「えっとね、病院の先生」

「先生？　何歳！」

「一〇歳上」

「おじさんじゃん！」

「いやいや、見た目全然若いから、この七歳上の人よりずっと」

「え、いつから付き合ってんの？　ちゃんと真面目な交際？　不倫とかじゃなくて？」

「違うよ、結婚してないよ。家にも行ってるし」

「え？　まさかお前が前から泊まってくる時って」

「いや、ちゃんと付き合いだしたのは最近だから」

「えー、ちょっと待って！　先生って、ホントそれ？」

美穂は嬉しそうに興奮して顔を赤らめたが、それからふと「そっかー、じゃ、この話はダメかー」と残念そうにした。

「ね、じゃその先生ともう結婚すれば？」

「それでどうすんのよ」

「学費出してもらう」

理佐と同じことをいう。確かに今美南が結婚すれば、扶養者《ふようしゃ》が変わる。親は学費を払わなくてもよくなるので、赤字問題は解決だ。だが。

「本気でいってんの、それ？」

「え、何？　結婚する気もないのにあんたと付き合ってんの、その先生？」

「まだそんなこと考えてないって。ましてや学費のために結婚とか、何それ？」

「まだって、あんたより一〇個上ならもう三三でしょ？　子どもいたって全然おかしくない歳じゃない」

「だから、まだ付き合いだしてそんな経ってないから」

「だって」

「先生は私のパトロンじゃないから！」

美穂は言葉を詰まらせたが、それから急に情けない顔をした。

「分かってるよ、そんなこと……でも、じゃあ」

それから美穂は、顔を覆って堰を切ったように泣きだした。

「じゃあ、学費どうすんのよお。お父さんの治療費だってあるのに！」

今度は美南が言葉を詰まらせた。そうだ、問題なのは美南の学費なのだ。美穂は、美南のためにこんな結婚話を持ってきたのだ。いやしかし、親が本気でお見合い話を持ち込むなんて思わなかった。今までずっとまともに付き合っているカレシがいないと思っていたから、母は母なりにいろいろ心配だったのかも知れないけれど。それにしたって今の状況で、お見合いして地方に嫁に行くなんて選択肢、受け入れられるはずがない。いくら知宏の治療費が予想よりかかりそうだからといって、美南に結婚しろというのはおかしい。

ふと、美南は不思議に思った。

——お母さんって、こういう人だったっけ？

違う。常識で考えれば明らかにおかしいことを口に出すほど、独善な発想をするほど、美穂は思い悩んでいるのだ。一家の大黒柱だった知宏がいつどうなってもおかしくない病気にかかり、美南の学費と知宏の医療費を抱え、何とか一つでも問題を減らそうと必死であるがゆえに、おかしなことまでいいだしてしまったのだ。

どうして景見が美南の学費を背負うなんて話になったのか？

——私が、何もしないからだ。

美南は自分が情けなくなって、母に申し訳なさを感じて、唇を噛んだ。

6

三月も終わりの頃の夕暮れ、大学での自習を早めに切り上げた美南は、駅裏の狭い路地を一人で歩いていた。昭和風の今にも潰れそうな小さなバーや居酒屋、怪しげな質屋や雀荘が並ぶ。そこに『Sarah』と洒落た筆記体で書いてある、半間ばかりのともすれば見落としそうなドアがあった。

美南はしばらく躊躇していたが、思い切ってドアを開けた。チリン、と鈴が鳴った。なかは狭い空間にカウンター席が五、六席並ぶだけの質素な店だ。

「あ、ごめんなさい。七時からなの……」

そういいながら振り向いて目を丸くしたのは、あの沙良だった。思ったよりけばくないメイクとお洒落に上げた髪がむしろ上品で、代官山《だいかんやま》辺りのビストロ経営者みたいな感じだった。

茫然としている沙良に、気まずそうな顔をして美南が頭を下げた。

「お久しぶりです」

「よくここが分かったわね」

「前に日向君に聞いて」

「あー、そう。で、何の用?」

沙良は昔と変わらず少しぶっきらぼうだったが、別に機嫌が悪くもなかった。煮物のいい匂いが漂っていた。

「あの、割のいい夜のお仕事紹介してもらえないかなと思って」

これに沙良はひどく驚いた。

「あんた、今度六年でしょ？　バイトなんかやってる余裕ないでしょ？」

「でも、お金がないから。個別指導塾のバイトやってるんだけど、意外と不規則だしそれほど儲《もう》からないし。でも夜しか時間ないから、バイトの種類も限られちゃって」

「何でそんなにお金が必要なの？」

「父親が病気で、母親が会社クビになって」

沙良はしばらく口を開けていたが、ふとにやりとした。

「ザマみろ」

「え？」

「幸せな家族が崩壊するのって気持ちいいわ」

美南は露骨に呆れ顔をして口を大きく開けた。その顔を見ると、沙良は声をあげて笑った。

「金がないっていったって、奨学金とか何かあるでしょ」

「大学にかけあって満額出してもらっても、やっぱり足りなくて。このままだと、母親がお金を借りる先に嫁に行かなきゃいけなくなるという」

すると沙良が噴きだした。

「何それ、昭和の映画？」

「本当の話。でも母親がお金を借りようとしているのは私の学費のためなんで、それに逆《さか》らうことにも抵抗があって」

「なるほどねえ。相変わらず、美しい家族愛だわねえ。ま、座んなさいよ」

美南は目の前のカウンターに座った。沙良は煮物の火をとめ、カウンター越しに美南の前に腰を下ろした。

「それで家族の受難を乗り越えるために、夜働きたいと」

「私の学費を払うために」

「でも、学費は四月中でしょ？　ってことは、働きだしていきなり前借りしなきゃいけないわけよね？　あのさあ、普通の店ならどこだって、いきなり何百万も前借りなんかできないよ？」

美南が口ごもった。まあそうだろう。

「後ろにいろいろいるソープならそういうこともできるかもだけど、そんなことしたらあんた医者になれなくなるどころか、抜けられなくなるよ」

美南は黙ったままだった。沙良はため息をついた。

「意気込みは評価するけどさあ。お金稼ぐことって、そんな簡単じゃないんだよ」

すると、美南が顔をあげた。

「ソープなら前借りできる？」

「は？　あんた、ソープって何するとこか分かってんの？」

「時間がないの。モラルの話はいいから」

沙良は美南の顔を凝視してからため息をついた。

「そりゃあと一年で医師になれるんだから、何とかしたいって気持ちは分かるけどさ。親にサラ金行かせりゃいいじゃない」

「私の学費だし、私は成人してるんだから親関係ないよ」

「おおありでしょ！　そもそもあんたが卒業するまでちゃんと学費出すはずだったのにそんな大変なことになってるのは、親の準備がちゃんとしてなかったからでしょ！」

美南がさらに反論しようとすると、沙良が手を差しだして黙らせた。

「あんたが何をいおうと、あんたがソープに行くより親がサラ金から借りたほうが確実。それに私はここの雇われ店長、勝手に何百万も動かせない」

嫌みでなく、沙良は美南のためを思っていっている風だった。

やはり安直過ぎた。美南が力なくため息をつくと、沙良は立ち上がって何かを作り出した。しばらくすると、少し色のついたカクテルを出してくれた。

「ボストン・クーラー。ラム酒ベースで飲みやすいよ」

美南は軽く頭を下げ、素直にそれに口をつけた。

「美味しい！　飲みやすい」

すると沙良は嬉しそうに微笑し、煮物を椀に入れて出してくれた。綺麗に面取りがしてある里芋、花形に型抜きしてある人参、美しい緑の彩りをなすさやえんどう。

「ちょっとカクテルに合わないけど」

「すごい、料亭みたい！」

「一応ちゃんと料亭で修業したんだよ。一年だけだけどね」

「ホント？　すごい！　この里芋、美味しいー！」

　そういえば、沙良は味にうるさい人だった。一年の学外実習で小倉と三人でレストランに行って、パスタがマズいと悪態をついたのを思いだした。美南は、沙良は文句をいうだけなのかと思っていたが、実はそうではなく、ちゃんと自分でもやる人だったのだ。ただ医学に関して、何もやらなかっただけなのである。

　美南が美味しそうに里芋を頬張るのを見て、沙良は嬉しそうに微笑した。

「あんたって、昔から美味しそうに食べるよね」

「え、そう？」

「なんかあんたってさ、何やっても悲壮感ってものがないのよね」

　美南は黙った。非難されているのかと思って、二の句が継げなかった。

「甘やかされてるからそうなのかと思ってたけど、逆なのかもね。あんたがそういう人間だから、周りが甘やかすのかも」

　それから沙良も黙った。美南はこれは褒め言葉なのか貶《けな》し言葉なのか分からずに困惑したが、今日の沙良は挑戦的な雰囲気を漂わせてはいなかった。

　ふと沙良がいった。

「ここもカツカツなのよ。やっと手に入れた自分の城、守るのに毎日必死なの。冷たいと思われようが、ここを失くすリスク冒《おか》してあんたに金は貸せない」

　それはそうだろう。沙良の力強い視線に、美南は長く向きあってはいられなかった。

　二人のあいだに長い沈黙が流れた。

「まあ、あんたの性格考えるとさ」

　俯く美南に、沙良が諭すように口を開いた。

「今、ブレちゃいけない」

「え？」

「やりたくもないキャバ嬢やソープやって金稼ぎましょうなんて、続きゃしないよ。生死にかかわるよ。私見てごらん？」

　沙良が左手の長袖をめくってみせた。手首に無数の横線が入っている。美南は眉をひそめてそれを凝視した。

「リスカの跡。中学の頃、毎日のように切ってた」

「え！」

「死ぬためじゃないんだよね。遊びっていうか、ストレス解消っていうか」

「ストレス解消でリストカット？」

　美南は沙良の顔を見たが、沙良は平然と袖を戻した。

「でもね、ここまでしたって親は考えを変えなかった。二回転校させられただけ。じゃあどうして本当に自殺しちゃわなかったんだって思うでしょ？」

沙良はグラスにブランデーを入れ、横を向いてグラスを呷った。

「医者にならなきゃいけないと信じ込んでたから。自殺する権利すら私にはないと思ってた。医学部なんか行きたくない、でも親が行けっていうから行かなきゃって、ずーっとオロオロしてた」

沙良はグラスを置くと、カウンターから乗り出して美南の顔を覗き込んだ。

「あんたは私みたいにブレちゃいけない。あんたがしたいことは何？　学費を払うこと？　医者になること？」

美南は戸惑《とまど》った。そういわれてみると、学費問題がひどく小さいことに思えてくる。

「でも今学費を払わないと卒業できなくて、医師になれない」

「ホントにそう？　ホントに他に方法ない？　今じゃなきゃいけない？」

沙良は美南の顔を穴があくほどきつく覗き込むと、少し嘲笑するように笑みを浮かべてふとカウンターを離れた。

「前にもいったかも知れないけど、あんたには周りに手を貸してくれる人間が多いの。その人たちのためにも、あんたはブレちゃいけない」

美南は目をキョロキョロさせた。孝美にも似たようなことをいわれたので、既視感に襲われたのだ。

「それ、他の人にもいわれたことがある」

「誰、景見先生？」

「いや、妹……えー？」

沙良が何の引っかかりもなく会話の流れのなかでそういったので、気がつくのにちょっと間があった。美南が固まると、沙良は噴きだした。

「うち、ＣＤの先生たちには割引サービスしてるから、みんな時々くるんだよ。あんたも、あんなに孤高の人とよく付き合えるよね」

「え？　え？」

美南はみるみるうちに真っ赤になった。

――景見先生がここにくる？　沙良はどこまで知っている？

「なんていうの？　自立が過ぎるっていうか。何でも一人でできるし、誰とでも同じように付き合えるし、なんかもうホントに奥さんなんか要らない人じゃない。ま、今、先生はあんたのこと可愛くてしょうがないみたいだけどさ」

美南は自分の顔が沸騰《ふっとう》するほど熱くなるのを感じて、両手で頬を押さえたまま黙っていた。

「あんたがソープで働こうとしてるなんて知ったら、大変だよきっと」

「いや、それは」

その時、ドアが開いてチリンと鳴り、サラリーマンらしき二人組が「こんばんはー」といって入ってきた。

「あら、いらっしゃーい！」

開店の時間なのだ。美南は「私、そろそろ」と慌てて立ち上がった。

「あの、いくら？」

「今日はいいよ、奢り。国試受かったらまたおいで」

沙良は放り投げるようにそういうと、客にお絞りを出しながら会話を始めていた。

「ごちそうさま。あの、ありがとう」

去り際に美南が軽く頭を下げたのを、沙良は見てもいなかった。

景見が沙良の店に来るとはびっくりした。そう思って道を歩きながら、美南はスマホを取り出して景見とのメッセージをスクロールしながら眺めた。

「この日空いてますか」「ごめんちょっと無理」

「昨日の夜部屋に行ったけどいなかったですね」「夜勤だった　昼一度帰ったよ」

「朝ちょっと時間ありますか」「カンファレンスが入ってる」

メッセージの会話はこんな感じだ。無料電話はお互いがかけて、いつも相手が出ない状態ばかり。一時はあれほどタイミングよく会えたのに、いざ付き合いだしたら全然会えなくなった。

景見はそういう時にきっと少しだけ美南を恋しがって、それから普通に仕事に戻るのだろう。美南が暇だと分かっていても、疲れていれば一人で部屋に帰って寝るだろう。美南だって同じような生活を送ることになる。だから美南が働きだしたら、もう二人が会えるタイミングなんてなくなるんじゃないだろうか。そうやって、景見のなかで美南の存在がどんどん薄れていくんじゃないだろうか。景見を囲む壁が、どんどん厚く高くなっていく。

その後、大学の図書館に行った。途中病院の前で、ふと足がとまった。春先の宵《よい》、生暖かい風が流れてくる。

五年前の春、家族四人で揃ってCDの桜をくぐって、軍艦島のようなこの病院を見上げたことを思いだした。気がついたら毎日あの景色が当たり前になって、去年に至ってはBSLで毎日無意識に病院に行っていた。夜の軍艦島が、意外に温かく見えた。

そして裏の駐車場で、景見が抱きしめてくれた。

――景見先生に会いたい。

目から涙が溢れた。

――会って、何でもいいから言葉をかけてもらいたい。何でもいいから、先生の声が聞きたい。でも先生は今、寂しいなんて全然考えてはいないんだろう。

顔を拭いて泣くのを堪《こら》えながら坂を上って、疲れた頭で考えた。富山で病院か。考えたことなかったけど。

不思議なことに、そういう自分も意外と想像できた。仕事はどこでもできる。美南は、ふと景見との恋を諦めた気分になった。もうしょうがないのかな、と投げやりな気分になった。

するといつと突然、景見がいった一言が脳裏を走った。

「もうスチューデント・ドクターになるんだろ?」

——え?

知宏が倒れた時の、厳しい言葉だ。

——え?

美南は周囲を見渡した。まるですぐ耳元で、景見がそういった気がした。

——そうだ、あの時先生にああいわれて、とてもイヤだった。自分の父親の異変に気づいてあげられなかった自分が、本当に情けなかった。大竹《おおたけ》の時だってそうだ、何もできなかった。もうあんなの、こりごりなんじゃないのか。

——私はもうスチューデント・ドクターなのだ。恋愛沙汰に振り回されて自分を見失って、こんなところでメソメソ泣いてちゃいけないんだ。なぜ医師になりたかったか思いだせ。

恐怖から救ってくれて、守ってくれたオレンジ色の病院が好きだったから。そしてこの間おばあちゃんを失って号泣していた小学生を見た時思っただろう。救ってやりたかった、安心を与えてやりたかったと。私はそのために医師になるんだと。そう、自分に動機づけをしたじゃないか。

——私の夢は医師になること。好きな人の腕のなかにずーっといることでも、学費を払うことでもない。

——でも、もし学費が払えなかったら医師になれない。

すると、簡単なクイズでも出すように口元を緩めて尋ねた沙良が瞼《まぶた》の裏に浮かんだ。

「ホントにそう？」

——いや、そうでもないか。他に方法もあるか。

美南は、法科大学院を諦めて自力で司法試験に臨む孝美のことを考えた。

——ＣＤにこだわらなきゃいいのか。お金を貯めて、数年後に国立を受けなおしてもいいのか。それで奨学金か学生ローン取ればいいんだ。年齢だって、まだまだ大丈夫だ。再受験の小倉のほうがずっと歳上じゃないか。学費が払えないなら、払える大学に行けばいい。ここで学費のために、自分がおかしくなってはいけない。とりあえずできることはしてみて、無理ならすっぱりＣＤを諦めよう。

そう結論を出したら、スッキリした。見上げると宵の群青《ぐんじょう》色の空に、オレンジ色の夕焼けの名残《なご》りが混ざっていた。

——オレンジ色の病院は、学費問題なんかでなくならない。

美南は次の日、学務課に出かけて学費延納の相談をした。担当の職員が送る優しげな同情の視線が、美南には痛かった。

「つまり、今年度納入分が手配できないんだね」

「はい」

「見通しはあるのかな？」

「見通し？」

「うん。つまりね、納期を延ばすと納入することができるならば、手続きをすれば六月まで延納できるんだよ。最悪の場合、分納も考慮できるよ」

「え？　分納？」

美南の視界が一気に開けた気がした。

――そういう手もあったか！　聞いてみるもんだな！

「君の意思だけ確認させてくれるかな？　ちゃんと卒業して医師になるつもりなんだね？」

「この間までは、それが当たり前だと思ってました。でも、当たり前じゃないんですね」

美南は俯いた。その男性職員は切なそうな表情をして美南を見つめ、数回軽く頷いた。

美南は思い切って顔をあげた。

「でも、はい。医師になりたいと思ってます」

すると職員は同情でも切なさでもない視線で美南を洞察《どうさつ》すると、それから一度深く頷いた。

「分かりました。分納と延納、両方手続きする方向で書類を揃えましょう」

美南は胸を撫でおろした。確かに、手を貸してくれる人はどこかにいるのだ。ただそれが見つかるかどうかは、正しい方向への努力と運なのだ。

この話を美穂にしたところ、美穂はそれほど嬉しそうでもなかった。払わなければいけない額は同じで、金策のアテがないというのである。いわれてみれば確かにそうで、美南はがっかりするとともに自分の浅薄《せんぱく》さが身に染みた。

７

遂に最終学年の四月を迎えた。六年生の授業は義務ではなくなるため、まったく大学に来ないで国試用の予備校に通ったり、自宅で研修医の家庭教師をつけたりして勉強する者もいる。もちろん授業に真面目に出る者もいるし、大学にきて自主勉強だけして帰る者もいる。

美南は勉強面でも、大きく遅れていた。もともと成績はよくはない。このままでは、いくら金策に目途《めど》が立っても卒試や国試に合格できる気がしない。それに引き続き在学して卒試が受けられるかどうか分からないこの状態では、なかなか勉強にも集中できない。こんな風に、精神面で負のループができていた。

美穂は昼間は事務のパートをして、夕方から夜は英語塾で働き始めた。

「お父さんがさ、自分の生命保険でカバーするはずの葬式代を前借りできないかとか、抗がん剤は高いからもう要らないとかいいだしてるの」

夜、リビングダイニングで美穂が悲しそうにいった。

「お金のこと心配する気持ちは分かるんだけど、今大事なのはそこじゃないでしょ？　生きようとしてないみたいで、辛いんだろうけど不甲斐なくてさ」

「今度の病院でも、検査はしてくれてんだよね。原発巣は探してくれてるのかな？」

美南が尋ねると、美穂は「そんなの知らないよ」とべそをかいた。

「今さら諸悪の根源が分かっても、間に合わないかも知れないでしょ。それにお父さんじゃないけど、今ですら抗がん剤のお金もないのにもっとかかってもさあ」

「娘の学費なんかのために、父親が死んでもいいっておかしいでしょ！」

美南が突然大きな声をあげたので、美穂が飛びあがって驚いた。

「何あんた、急にそんな大きな声で」

「お父さんの治療が最優先でしょ！　私の学費は分納できるし、それに休学してもいい。休学中の学費ならなんとか出せるんだから、この一年死ぬ思いで働いて学費稼いでもいいんだし」

退学という選択肢は敢えて口に出さなかった。美南のためといってがんばっている美穂から、気力を奪ってしまうであろうことが想像できたからだ。

「あんた、そんな簡単にいうけど、二五〇〇万捨てるも同然になっちゃうんだよ？」

「必要悪でしょうが！　その後私が医者になれば、そんなお金すぐ取り戻せる！」

「その後って、だって復学後は五〇〇万払うんだよ？」

「孝美、来年卒業したら弁護士事務所で働きだすんでしょ？　だから来年は孝美に金借りる。医者になったら利子つけて返す」

「そんな、孝美にばっかり押しつけるわけにいかないよ。それに孝美が五〇〇万稼げるかどうかも分からないんだよ？」

確かにそうだ。五〇〇万といえば、単純計算でも月に四二万は稼がなければならない。パラリーガルの平均月収は二〇万から三〇万、正直なところ全然足りない。

もしダメだったら、本当にＣＤを退学するしかない。ここまでがんばったのだが、知宏を始め家族もがっかりするだろうが、それはしょうがない。美南にとっては、夢が先延ばしになるだけだ。でもここで知宏のために力を尽くさなければ、絶対にこの先後悔する。人の命だ。自分の父親の命だ。そのために我慢できないなんて、医師としても人間としても終わっている。美南の腹は決まっていた。

数日後、美南は知宏に付き添って病院に出かけた。この病院は都立病院とは異なり、緩和ケアを目的とするホスピスも兼《か》ねた医療機関である。明るい木製の壁や家具、観葉植物や壁の絵は穏やかな雰囲気を演出していて、一年の時実習で出かけた老人ホームや保育園のような印象だった。

だが、そこの待合室で治療を受ける知宏を待っているあいだ、美南には疑問が湧いてきた。

知宏は、本当にすでにこのレベルにいるのだろうか？　もうホスピスで穏やかに死を迎える準備をすることしか残されてないほど、病状が進んだ段階にいるのだろうか？

ふと、隣に座っていた老女が落ち着きなく立ったり座ったりしているのが気になって老女を見上げた。誰かの面会人だろうが、右手で首や肩を揉みながら左手で胸を拳で軽く叩き、イライラした風に歩き回っている。最初は暑いのかとも思ったが、胸を叩いているその行為がとても気になった。

「あの、どうかしましたか」

声をかけてみると、老女はイラついた顔のまま答えた。

「いえねえ、何かイヤーな感じがするの。肩は凝るし、歯は疼《うず》くし、それに何か背中のほうまで痛くてね。ほら、左手がしびれるくらい凝ってるのよ」

これを聞いた時、美南の身体に戦慄が走った。

――この既視感は！

「おばあさん、心臓の持病とかあります？」

「あるわよ、不整脈がちょっとね。この歳だからねえ」

「ちょ、ちょっと座っててください」

そういって老女を座らせると、美南は周囲を見渡して若い看護師を見つけ、走り寄って事情を伝えた。

「ちょっと待っててください」

看護師は顔色を変えて老女を見ると走り去り、すぐに年配の看護師とともにストレッチャーを押して戻ってきた。老女は驚いて「え、何？　私？」と狼狽していた。ちょうどその時知宏が戻ってきた。

「竹内《たけうち》さん、ちょっと検査しましょうか」

年配の看護師が落ち着いて老女をストレッチャーに寝かせ、三人は廊下の奥のほうの処置室に消えた。

「あのおばあさん、何かあったのか？」

「何でもなきゃいいんだけど、心筋梗塞みたいな症状だったから気になって」

美南が処置室のほうを見ていると、会計の女性がカウンター越しに美南に声をかけた。

「お医者さんですか？」

美南は恥ずかしくて「あ、医学生です」と小声で答えた。

夜、知宏が嬉しそうにその話を孝美にした。

「へー、やっとお姉ちゃんが勉強したことが人さまの役に立ったんだ」

「まだ分かんないよ。あのおばあちゃん、何でもないかも知れないし」

「何でもないならそれはそれでいいじゃないか」

「そりゃそうだけど、騒ぐだけ騒いでちょっとみっともない」

美南が口を尖らせると、孝美がニヤニヤした。

「そうやって、本業をちゃんとやりゃいいんだよ。どーせ他のことはろくにできないんだから」

この言葉は腑に落ちたが、傷ついた。やはり孝美と沙良はどこか似ている。

「どうしたんだ？」

「もうちょっと素直に褒めてもいいと思うけど」

「いや、調子に乗らないように妹の私が手綱締めてやらないと」

二人はお互いが恥ずかしそうに微笑し合い、続いて声を揃えて爆笑した。それから美南はこの流れでごまかすつもりで、ずっといいたかった一言をいった。

「ホントだね。ありがと」

すると孝美は思ったより驚いて、目を大きく見開いて美南を見つめた。

「初めて聞いたわ。もう一回いって！」

「え？　何でよ。嫌だよ」

「聞こえなかった、ちゃんともう一回いって！」

孝美がまとわりついてきた。そういえば、妹は子どもの頃はよくこんな風にしてきたものだった。

「嫌だって！」

「何でよ、素直じゃないなあ！」

美南が照れ隠しに孝美を叩くと、孝美は嬉しそうに笑った。

8

美穂は、再び富山に行った。今度は美南の結婚話抜きで、もう一度弟に頭を下げて金を貸してくれと頼んでみるという。

美南も今度は付いていくといったが、美穂に「これは親がすべきことで、子どもの出番ではない」と突っ撥ねられた。

「ただ、これでダメだったら、本当に休学してもらうかも」

美南は頷いた。そのほうがサラ金よりずっといい。

「そしたらとっとと届出して、一日でも早く仕事探して働き始めるよ」

美穂は目頭を赤くして、「ごめんね」と美南の頬を撫でた。

「お父さんが、少しでも楽に生きられるようにね」

美南がいうと、美穂は無言で頷いた。

「一週間くらい行ってくるからね。おばあちゃんもちょっと寝込んでるみたいだから」

美穂の母は今年で八五歳、父はもう八九歳だ。自分が生きることだけで精いっぱいの年齢になって娘が金を借りにくるなんて、きっとショックだろう。いや、それよりも今までちゃんと生きてきて、ここでお金を借りに行かなければならない母のほうが辛いだろうか。

これは、全部美南のためなのだ。美南は沙良の言葉を嚙みしめた。

——なるほど、本当に私は人に助けてもらって生きているんだなあ。

数日後、美南がまた病院まで知宏を連れていって待合室に腰をかけようとすると、会計の女性が声をかけてきた。

「あ、あなた、ちょっと待って。このあいだ竹内さんのこと気がついた人よね？」

美南が怪訝そうな顔をすると、「ほら、ここで。お年寄りの女の人。あなた、確か医学生だって」と一生懸命説明する。それで美南は思いだした。

「ああ！　はい、そうです」

「ちょっと待っててね。そこで待ってて」

会計の女性は、慌ててその場から走り去った。何だろう？

しばらくすると、知宏くらいの年齢の男性が、会計の女性に連れられて小走りでやってきた。聞くと、このあいだの女性の息子さんだという。

「お礼を申しあげたかったんですよ。患者さんのご家族で、よくいらっしゃるって話を聞いてたもんですから、もし見かけたら声をかけてくれってお願いしてあったんです」

入院患者だろうか。ジャージー姿の男性は、それからゆっくりと続けた。

「母ね、心筋梗塞の発作《ほっさ》起こしてたんですって。それですぐに処置してもらったんで、おかげさまで本当に軽くて済みました」

「え！　本当に心筋梗塞だったんですか！」

美南が驚いて目を丸くすると、男性は心から尊敬した風にいった。

「医学生さんって、すごいんですねえ」

自信はなかったが、美南の用心で人がひとり助かったのだ。

――よかった。大竹のようにならなくて、大竹のようにさせなくて本当によかった。

美南の胸が熱くなって、涙が目に滲んだ。

「僕より先に逝《い》かなきゃと思って、急いじゃったんですかね」

男性は冗談めかしてそういったが、美南はこれにどう返答していいか分からず、作り笑いをするのが精いっぱいだった。ホスピスも兼ねたこの病院に入院しているということは、この人の病状はそれほど芳しくはないはずだ。

「本当にありがとうございます」

男性は深々と頭を下げ、去っていった。

――この人、私にお礼をいってくれたんだ。自分の母親を助けてくれてありがとうって、私に。

涙がじわりと浮かんできて、美南の鼻がつーんとした。今度は助けることができた。大竹とまったく同じではなかったが、大竹の時の失敗が相殺されるわけではないが、少しは胸のつかえがとれた。いつも成績は最下層ではあっても、医学生であることには少しだけ自信がついた。

「ちょっといい?」

その夜図書館で勉強していると、景見が後ろから美南の肩を叩き、小声でそういった。ものすごく久しぶりに会った感じだ。トレンチコートにキャリーバッグ姿で、学会から帰ってきたばっかりという風体である。確か、今週は福岡だった。それにしても、何だか不機嫌そうだ。

二人は図書館の外に出た。

「今学会から帰ってきたところですか？」

「ちょっと聞いたんだけどさ、何か困ってない？」

「はい？」

「さっき学務課で」

美南は「あっ」という顔をした。学費の延納手続きをしたのがバレたのだろう。気まずそうにいい訳を考えている美南を景見はしばらく睨んでいたが、それからふと、「マジかよ」と吐き捨てるようにいった。

「何で俺に相談しなかったの」

「それは……これは私の家族の問題ですから」

美南は口を尖らせた。景見は怒った風に、無言で数回頷いた。

「聞いていい？　どうする予定？」

「今母が祖父母の家に行って相談しているので、もしかしたら大丈夫かも……ダメなら今年は休学して、あ、休学している間の学費はどうにかなるんです。で、妹が来年就職するので、妹にお金借りようと」

「それはいいけど、研修医の給料なんかじゃ、就職して一年やそこらで返済はできないからな」

「えっ！」

「田舎行けば三、四倍に跳ね上がるけど、お父さんの看病もあるし、東京にいるんだろ？

だったら無理」

実は大都市の研修医の給料というのは、パラリーガル並みに安い。ただし田舎に行けば行くほど需要《じゆよう》に供給が追いつかないので、医師を呼ぼうとして高い給料を出してくれる。その格差たるや四、五倍になる場合もある。

「はあ……でも、ま、本当に払えないとなったら、しばらく働いてお金を貯めて、それから再受験という手もあるし」

美南が恥ずかしそうに口のなかでモゴモゴと答えると、景見は大きくため息をついた。

「あと一年分の学費？　五〇〇万？　そのくらいなら俺貸すよ？」

美南が驚いて顔をあげると、景見はいよいよ呆れた顔をした。

「お前、俺の年収知ってんの？　ＣＤの学費一年分くらい出せるけど？」

呆れたように景見がいった時、美南は沙良や孝美の言葉を実感した。

――ああ、本当だ。私は幸せ者だな。先生まで、私に手を差し伸べてくれようとしている。

美南は感動で泣きそうになって、それを我慢して鼻が痛くなった。

――だから、私も先生にはちゃんと思ったことを誠意を持って伝えなきゃいけないんだな。

「先生からは借りません」

これに景見は少し怒った顔をした。

「何で」

「だって私これ以上先生に頼ったら、もう自立できなくなっちゃいますから」

景見はこの言葉の意味に理解を示したらしく、しばし無言で軽く頷いた。

「分かるよ、自分で何とかしたいって気持ちは。でもさ、今は緊急事態だろ？　そんなこといっていられないだろ？」

「緊急事態だから、何でもかんでも甘えていいってことじゃないです」

美南はそういうと、涙を堪えて大きく唾を飲んだ。景見はちょっと黙ってから、不満そうに口を尖らせた。

「それは、俺は要らないってこと？」

これに美南は驚いて、大慌てで否定した。

「違う！　違います、逆、まったく逆！　先生がいなきゃダメなヤツになりたくないんです。何でもかんでも、それこそお金までなし崩し的に先生に頼ったら、私ホントにダメになる」

美南は、泣くのを必死で堪えながらそういった。景見は意外と冷めた風に黙って美南を凝視していた。二人は、長いあいだ目を合わせずに黙っていた。

それからふと、景見が小さなため息をついた。

「分かった」

「え」

「明日また連絡する」

「え、あの」

美南の言葉も聞かず、景見はスマホを弄りながらキャリーバッグを引っぱってさっさと病院のほうに行ってしまった。

──明日？　一日で何かいい方法でも出してくるっていうの？　先生、怒ってた？

その夜、美穂からメッセージが届いた。叔父はあまりいい顔をしていないらしい。

「何とか説得するためにも、おじいちゃんを懐柔《かいじゅう》中」

景見のことは美穂にいうべきか。何にもならなかったら、期待だけさせて申し訳ないから黙っているべきか。自分でどうにかしようと決めたのに、結局景見に頼っている。美南は自分の情けなさを恥じる気持ちと、自分のために景見が何かをしてくれているという嬉しさの狭間で複雑だった。

──でも絶対に、お金だけは借りない！　死んでも先生からは借りない！

翌日も、美南は景見のあの言葉はどういう意味だったのかと考えて落ち着かなかった。午後になって数人の学生たちとカフェスペースで勉強をしていたら、久しぶりに乳腺外科の須崎《すざき》がやってきた。

「あ、いたいた、安月さん、ちょっといい？」

「はい？」

美南がついていくと、須崎は学生たちの視線を気にして角を曲がった。それから周囲を見渡し、小声で話し始めた。

「あのさ、安月さん、学費大変なんだって？」

「え、あー……はあ」

「就職先はまだ決まってないんだよね？」

「はい、まだ全然。それこそ今年の学費が出せるかも分からないので」

「あのね、僕の息子がいる北関東相互病院ってとこでさ、卒業後三年間働くことを絶対条件とした学費貸与制度があるんだよ」

「え！」

美南は驚愕した。

こういった制度を持つ病院は、意外と探せばある。人材が集まりにくい地方にある大きな規模の病院が多いが、簡単にいってしまえば医学生の青田買いである。

「梅林《ばいりん》大系列なんだけどもちろん梅林大生以外でも申し込みＯＫだし、ほら、あそこ学費びっくりするくらい高いだろ？　だから、ＣＤの学費レベルなら貸与は問題ないみたいなんだ」

「え、先生、それって」

「あっちも申請者がいなくてホントに困っててさ。だから安月さんが申請したら、一発で通るよ。僕からも話つけとくし。今年無事に卒業して就職できるなら、三年間栃木の田舎住まいだって大丈夫だろ？」

「それって、その病院に今の、今年の学費出してもらえるってことですか？」

須崎はにっこり笑って深く頷いた。

「そう。どう？　いい話じゃない？」

「先生！　ぜひお願いします！　すぐ申し込みます！」

美南は目を潤《うる》ませ、中腰になって須崎に縋るように頭を下げた。須崎は慈愛の微笑を浮かべた。

「うん、そうか、よかった」

「須崎先生……！」

美南は須崎に頭を下げながら、ボロボロと泣いた。

――私、学費払えるんだ！　これで卒業して、国試受けれるんだ！

「景見先生に感謝しなさいね」

須崎はそういって去った。美南はこの時この言葉を、景見が須崎に美南の状況を教えたから須崎がこの話を美南に持ち込んだのだ、口をきいてくれた景見に感謝しろ、という意味なのだと思っていた。

美南は嬉しさのあまり顔を覆ってしばらく泣いていたが、涙が収まってまず景見にメッセージを送った。手が震えていた。

「今、須崎先生から北関東相互病院のお話をいただきました。ありがとうございます」

いつも通り、既読はつかなかった。

この話には、安月家全員が泣いて喜んだ。母はすぐに富山から帰宅し、美南に抱きついて泣き崩れた。

「よかったー！　よかった！　そんな病院よく見つけてきた、ホントよく見つけたよ！」

美南は翌日すぐに北関東相互病院から電話連絡をもらって面接に出かけ、書類を揃えて提出し、誓約書に署名した。この病院は確かに東京からは遠く、最寄《もよ》りの鉄道駅からも離れ、周辺には何もないが、建物は新しくてなかなか機器も充実している。そしてとにかく患者数が多い。修業の場としては、じゅうぶんな環境だ。

それから一週間もしたら、病院から学費分のお金が振り込まれてきた。通帳に、一瞬にして七桁の数字が並ぶ。それをそのままCDに振り込み、その旨《むね》学務課に伝えに行った。

「よかったねー、間に合って。あとは勉強がんばるだけだよ！」

学務課の職員が優しくそういった時、美南は肩の力が抜けて身体じゅうが溶けそうになった。

何という解放感！　今の美南は、怖いものなしだった。

「やっぱお姉ちゃんは運がいいよね」

「うん、神さまに愛されてると思うわ」

美南は孝美とそういって笑った。憑《つ》き物が落ちたようだった。

「栃木なら、そんなに遠くないもんね」

「それに建て替えたばっかりで、綺麗な病院なんだよ。田舎っていえば田舎だけど、ものすごく忙しいらしいからどうせそんなに遊びに行かないし」

「私は遊びに行こー！　江戸村《えどむら》とか東照宮《とうしょうぐう》とか行く時泊めて！」

「ちょっと、病院のあるとこから日光《にっこう》までどんだけあると思ってんの？」

家族が久々に思いっきり笑った。

美南がやっと景見を捕まえてお礼をいえたのはもう六月に入ってから、たまたま病院の脇で見かけた時だった。

「先生、本当にありがとうございます。ああいうシステムがあること知らなくて」

美南が深々と頭を下げると、景見が意地悪っぽく口を緩ませた。

「正直、六年生なんだから知っててもよかったよな」

そういって笑いながら、景見は美南の顎を指で軽くつまむ。美南はこの景見のクセが好きだった。まるでキスされたのと同じような感触が、肌に残るのだ。

第五章　卒業

1

　ＣＤの大学卒業試験は八月と一一月の二回あり、この二回とも受けなければならない。二〇から三〇もある医学のすべての科を、二回に分けて受験するからである。そして失敗した者に限って、一二月に再試がある。この卒試は医師国家試験、つまり国試より難しい。国試への登竜門としての機能を果たさなければならないので、ハードルを上げてあるのだ。

　美南《みなみ》は自分でも驚いたことに八月の試験は意外とうまくいって、一一月に迎える二回目に向けて猛勉強をしていた。少し減らしたバイトの時以外は昼間も家からほとんど出ず、大学に行っても図書館から出ず、尾てい骨《び》が痛くなるまで座って勉強していた。どうしても座っているのが辛くなったら、立ったり横になったりして勉強を続けた。美南の肩と肩甲骨はバリバリに凝り、腰はイヤな鈍痛《どんつう》に悩まされ続けた。いつも頭痛と吐き気がするので、頭痛薬を常用した。

「あんた少しは休んだら？　こんな身体で勉強したって、頭入らないでしょ」

美南の背中をマッサージしながら母が心配そうにいう。

「休んだら本の内容だって知らないままじゃん。でも少しでも目に入れれば、どっかで覚えてるかも知れないでしょ」

「こんなに勉強しなきゃ医者になれないんだねえ」

「いや、もっと前からちゃんとやってりゃこんなことにはならないんだけどね」

実際、例えば帯刀《たてわき》は相変わらずマイペースで、目の下にクマを作っていることなどまったくなかった。それどころかみんなが勉強している脇で、静かにひとりで趣味のカード奇術の練習をしていることすらよくあった。好きこそものの上手なれとはよくいったもので、帯刀はBSLの時はそれほど楽しそうではなかったのに、座学中心の今は水を得た魚のようだった。ただし低学年の頃から、みんなが毎日部活をしたり、その帰りに飲みに行っていた時も、帯刀は図書館やカフェスペースで問題集に向かっていたことを忘れてはならない。


夏も過ぎた。司法試験予備試験の短答と論文に無事合格した孝美《たかみ》には最後の口述試験が迫っており、大学の先輩や教員たちが無料で模擬試験のようなものをやってくれるため毎日大学に通い詰めている。

ある日、昼間知宏《ともひろ》と病院に行き、夜になって大学に行った。すると、ターミナルでバスを待つ小倉《おぐら》に会った。

「安月《あづき》さん、久しぶり！　お父さんはどう？」

「うーん、良くはなりませんねー」

美南が暗い表情になると、小倉は「そうかー」と困った風にいった。

「小倉さんは、ご家族いかがですか？」

「上の子が受験塾に通ってるから、一緒に勉強してるんだけどね。モチベーションはバッチリあるはずなのに、小学生のほうが長時間勉強できるんだな、これが」

美南は「分かります」と笑った。中学受験の時は、塾の週末の集中講座で朝八時半から夜七時まで授業というようなことを平気でやっていた。ちょうど小倉の長子と同じ歳のまだ小学六年生、一二歳だった時のことだ。それでも塾の友達と一緒だったからそれほど辛くもなかったし、みんなで同じ方向に向いて努力しているのが楽しくて、ワクワクしていた。そういえば、夜はいつも知宏が駅まで車で迎えにきてくれていた。

「もう少し落ち着いたら、またみんなで勉強しませんか」

小倉が、美南の考えを透かしているようにいった。

「この頃みんな結構スケジュールがバラバラでしょ。たまには集まって」

「いいですね！」

優しい人だな、と美南は思った。小倉は物事に一生懸命で、人には優しくて、いいお父さんに違いない。

それから数日後、大学で医学部本館の前を歩いていると、本館から白衣の及川《おいかわ》が出てきた。美南は軽く頭を下げた。及川は結局愛美《まなみ》と別れ、春休みに翔子《しょうこ》とサイパンに行ったそうだが、翔子と付き合っているのだろうか。

多分それはないだろう。翔子は及川が好きだったのではなくて、愛美を困らせたかっただけなのではないだろうか。

「あ、安月さん」

及川のほうが、珍しく声をかけてきた。

「はい？」

「景見《かげみ》先生、いつアメリカ行くの？」

「え？　アメリカ？　聞いてません。学会で？」

「いや、違うよ。ここ辞めて」

心臓がひとつ大きく打って、身体中の体温が急降下した気がした。

「……は？」

「え、聞いてないの？　あ、じゃ、いっちゃいけなかったのかな。ごめんごめん、知らなきゃいいんだ」

及川は慌てて去っていった。

――何それ？　何も聞いてないけど。何かの間違いじゃない？

美南は景見に連絡を取ろうとした。だがちょうど今は学会で、しばらくいなくなるとだけ漠然と聞いていた。メッセージを送っても、いつも通り既読がつかない。それでもどうしても気になって、何時でもいいから連絡してくれと書き残した。しかし、既読はつかなかった。

居ても立ってもいられず景見のマンションに行ったが、普段と変わらず、ただスーツが何着かなかった。美南はいいようのない不安を覚えた。

ちょうどその折教育棟の入口で出くわした翔子が、待ってましたといわんばかりに話しかけてきた。

「ねえねえ、美南はついていかないんでしょ？　研修あるもんねえ」

美南はこの一言にドキッとした。

――あの話か。翔子まで知っているのか。

「何の話？」

「え？　何って、景見先生がアメリカ行く話だよお」

――やっぱり。及川がいった通りだ。

「あ、なーに？　もしかして知らないの？　最近一緒にいるの見ないと思ったら、別れたのお？」

「え、いや、別れてないよ」

「へー？　でもこんな重要な話教えてもらってないんでしょ？　あー、別れてないと思ってるのは、美南だけかあ」

翔子は意味ありげに嘲笑すると、「じゃね！」といって去った。

美南の不安はこの一言でピークに達した。なぜ一言もいい返せなかったのだろう。翔子がわざと美南を怒らせようとしているのが丸わかりなのに、なぜ自信を持って反論できなかったのだろう。

景見と別れていない、ずっと付き合っていると胸を張っていえない自分がいる。というのも付き合っている者どうしなら、景見がアメリカに本当に行くのであれば、その話はとっくに景見から聞いているはずだ。なのにそれがない。

その後教育棟のなかに入って階段を上ろうとすると、踊り場で日向《ひゅうが》と愛美が楽しそうに話をしていた。二人の雰囲気を見て、美南にはすぐにピンときた。

「じゃ、今晩ね！」

愛美がそういって美南に気づかずに日向に手を振りながら去った後、日向は美南が階段のところで立っているのに気づいて動揺した。美南は微笑した。

「見いちゃった」

一瞬気まずそうな表情をしていた日向は、美南のその一言で明るく笑った。

「えー？」

「いつから？」

「何が？」

「とぼけないでよ、今いってたじゃん。今晩デートするんでしょ？」

そうやって日向をからかいながら、美南はホッとした。唐突な別れのうえ自分はすぐに景見と付き合い始めたので、どこかに罪悪感があったのだ。

だが、日向は自分なりに立ち直ってくれていた。ズルいと分かっていながらも、美南は心から安堵した。

「えー？　まあ、ねえ」

日向は嬉しそうにニヤニヤした。

「愛美、いい子だもんね」

「いい子だよ、そりゃ」

「おっと、そうきたか」

二人は声をあげて笑った。

「ごめんね」

話の流れのなかに、美南は謝罪の言葉を入れ込んだ。すると日向は苦笑した後、無理にとぼけた表情を作った。

「何が？」

苦笑いをする美南の心が痛んだ。

「俺、デート前にちょっと勉強しなきゃいけないから、図書館行くわ」

日向はそういうと、去っていった。

――ごめんね。よかった。

美南はその背中をしばらく見つめた。日向に未練はないが、こうやって普通に会って立ち話をしている二人が羨ましい。

美南は、その足でまた景見のマンションに行ってみた。そろそろ帰ってくるはずだった。

すると驚いたことに景見がいた。

「おう、久しぶりだな！　どうした」

フランクな笑顔は全然変わらない。部屋のなかも変わらない。どうやら出張から帰ってきたばかりだったらしく、荷物がまだキャリーバッグのなかにほとんど残っていた。

「俺今日夜勤だから、もう少ししたら出るけど。そうだ、メッセージ何回かくれてたんだな、ごめん」

確かに景見は、もうほとんど外に出る格好をしていた。

「先生、アメリカに行くんですか」

美南が聞くと、景見は一瞬硬直したように動きをとめた。その横顔を見て、美南は事実を察した。

「何で私に教えてくれなかったんですか」

「いや、決まったのが最近だったから」

「どのくらい？」

「分かんないよ。辞めて行くんだから」

――どうして？　そんなこと聞いたってしょうがない。前から先生はアメリカに行くことを考えていた。私も卒業したら三年は栃木だ。いえた義理じゃない。でも。

部屋をぐるりと見渡した。ここで二人で住んで、忙しく働いていても何日に一回かは一緒に過ごせると思っていた。時には外食をしたり旅行をしたり、美南が卒業したらそういうことがすぐにできると思っていた。

「長いあいだ別々になるんですね」

美南が呟いた。

「今ですらあんまり一緒にいられないのに……もしかしたら、もうずーっと一緒にいられることなんかないのかも知れませんね」

「おい」

「何で行くんですか？」

少しきつめにそういって景見を見る美南の目から、涙が溢れそうになった。美南はそれを見られたくなくて、急いで下を向いた。

「私が……一人で寂しくないとでも思ってましたか？　こんなことといいたくなかったけど、いったってしょうがないけど」

涙を飲み込んで顔を上げ、必死に訴える美南から、今度は景見が目を逸らした。それは申し訳なさそうというよりは、もうこれ以上話したくないという風情だった。

分厚い壁が見えた。景見はその壁を、今美南相手に意図的に作っている。

――そういうことか。私とは将来について話したくないか。

「先生は、一人でも大丈夫なんですね」

美南はそのまま景見の部屋から走りでた。景見は追ってこなかった。

いってはいけないことをいった気がする。先生は昔、「私と仕事とどっちが大事?」と聞かれて閉口した話をしていた。だが今の美南は、それをいったも同然だ。まるで子どもの駄々だ。

――でも、そもそもアメリカに行くことすら教えてくれてなかったのはなぜ? 私は、先生にとってそんなものだった? ……そんなものだったのかな。

美南は駅に向かって走りながら泣きっぱなしだった。

2

「運動しないせいか、身体が硬くなってな」

秋も深まる頃、そういって知宏が脚のマッサージを要求するので、美南は「普段からそんなにしてなかったじゃん」と笑いながら脚を揉んでやった。随分と筋肉が落ちて、もう老人の脚だ。くしゃくしゃになったシーツを握っているような、そんな手ごたえのない感触だ。

「腿なんかお前より細いだろう」

知宏の軽口に笑いながら脚の付け根を揉んだ時、小さくぷっくりと固いおできがあった。触ってみたが、知宏は反応しない。

「これ痛くない?」

「いーや」

美南も触っているうちに、ただのおできのような気もしてきた。場所が場所なので、念のため顎の下や脇の下も触ってみたが、何もない……ような気がする。

だが美南の頭の片隅には、父が駅で倒れる前に気づかなかったこと、そして大竹《おおたけ》を助けられなかったことへの自戒がある。何もないならそれでいい。自分ではこのおできが何なのか判断できない。ならば、きちんと検査してもらわなければなるまい。

その夜は勉強そっちのけで、小さなおできについて調べた。リンパ腫なのではないか？だとしたら、原因は？　どのような治療がされるべきか？　そのためには、どこに行けばいいのか？

とりあえず、検査するしかない。もし何でもないならそれでいい。でも、少しでもよくなる方法を模索できないだろうか。知宏だっていくら弱って痩せているとはいえ、あんなに何もしない、消化試合みたいな人生を送ってていいはずない。もっと何かできないのか。

「ねえ、一応ここのおでき調べてみようよ」

「何にもないよ」

美南が誘っても、知宏は「うん」とはいわない。

「なければないでいいから。あった時イヤじゃない」

「今さら何かあってももうしょうがないから、お金と時間の無駄だよ」

「悪い結果が出たらどうしようと思って怖いんでしょ？」

ここで負けん気でも出してくれたらやりやすいのだが、知宏は笑いながら「そうそう」と平気で答えてしまう。

「もう、ヘタレ！」

美南は冗談半分で父を罵《ののし》りながら、名案はないものかと考えた。

しょうがないので美南は次の知宏の診察に付いていって、脚の付け根のおできを主治医に触らせた。ところが、主治医の反応も悪い。

「ちょっとしたできものかな」

「そうですか？　でも、今までなかったんですよ」

「うーん」

「遺伝子検査していただけませんか？」

「え、そこまで？」

美南がしつこいので、主治医が面倒臭そうな表情をした。知宏はそれを察して、「もういいよ、何でもないよ」といった。

「どうしてそう思うの？　検査して、その結果が出るまでは何でもないとはいえないんだよ！」

突然美南が知宏に強くいったので、知宏も主治医も目を丸くした。美南の迫力に真剣さを感じ取った主治医は、この病院では検査ができないからということで、再び都立病院へ行くようにと紹介状を書いてくれた。

早速それを持って知宏とともに都立病院に行くと、生検のほかX線や血液検査などもしてくれることになった。もし何も出ないならそれでいい。だが、何か出た時に後悔しても遅いのだ。

「お前、お父さんのことばっかりやってて勉強は大丈夫なのか」

知宏は心配顔だった。だが美南にしてみれば、知宏のことが気になって勉強などできないのだ。父の病気のことは割り切ってしなければいけないことをしろ、と正論を述べるのは簡単だ。しかし、人間の心はそうシンプルにはできていない。

それから一か月もした秋の終わり、都立病院に呼ばれた。美南の見立ては正しかった。知宏は悪性リンパ腫、すなわちリンパ系組織とリンパ外臓器から発生する血液のがんに冒《おか》されていることが分かったのである。

「悪性？」

大きく顔を歪め、絶望的な声を出した美穂《みほ》を医師が制した。

「リンパ腫には、良性、悪性というのはないんです。習わしとして『悪性リンパ腫』と呼んでいるだけなんです」

「これからまだ悪くなるんですか？」

医師はこれには答えなかった。

「とにかく、腫瘍も含めてもう一度精査します。それでもしかしたら、がんがどこから由来してるのか分かるかも知れない」

「また検査ですか？　それで、何かいいことがあるんですか」

「原発巣が見つかれば、治療ももっと具体的にできるようになるかも知れないでしょう？」

美穂はそんな慰め、とでもいう風に小さく首を振って顔を覆った。知宏はずっとうっすらと笑みを浮かべたまま、ほとんど表情を変えなかった。

「まだ手が尽くせないほど進行しているというわけではないので、諦めずに。根気よくいきましょう」

主治医の励ましの言葉は、疲れ果てた家族の頭のうえを通り過ぎていった。

「それにしてもこんなに小さいの、よく見つけましたね」

美南が部屋を出る時に、主治医が美南に話しかけた。すると今にも倒れそうな顔をしている美穂を後目《しりめ》に、知宏がふと嬉しそうに笑って会話に割り込んだ。

「こんな娘でも、少しは医者の才能があるかも知れないですね」

3

卒試直前の大事な時期、美南は知宏の病状の悪化と景見のアメリカ行き、この二つの大きな問題に振り回されて、何も頭に入ってこないでいた。何しろ知宏の検査に次ぐ検査の結果がやっと出て、悪性リンパ腫に冒されていると分かったのが二回目の卒試の二週間前だった。それからは知宏の病状のことで頭がいっぱいになって、この病気についてどういう治療法があるのか、どの病院がいいかなどを調べることばかりしていた。

いっぽう、景見については美南には何もできなかった。そもそも景見は転職手続きや研修のためずっとアメリカに行っていたし、海外転職を教えてくれなかったこと、それについてケンカ別れしたことで美南はすっかり気落ちしていたのだ。何もできないだけに、いっそう不安が募《つの》っていた。

そんなメンタルを抱えたある日、美南は教育棟の廊下で、後輩がたまたましていた立ち話を聞いてしまった。

「六年の古坂《こさか》さん、景見先生と一緒にアメリカに引っ越すんだって？」

「えー？　あの二人、付き合ってるの？」

——え？

美南の全身に力が入って、背中が冷たくなった。

いや、噂だ。すぐにそういい聞かせた。翔子は、今までも景見と何回か噂になった。実際翔子は景見に興味を持っていたし、元来男好きだし、男にもよく好かれる。

以前の美南なら景見に直接真実を聞くか、そのまま噂として流していた。だが今回は、妙に胸騒ぎがした。景見の部屋で険悪になって以来、美南は景見と会っていない。それに翔子は美南が景見のアメリカ行きを知らなかったことについて、妙に挑発的な冷やかしを連発していた。

「付き合ってはいるんじゃない？　この前、景見先生の車から古坂さんが降りてくるのを見たよ」

「うわー、ヤバ！　でも卒業してすぐアメリカなんて、研修どうすんのかな？」

後ろで後輩たちは話を続けていた。美南はそれ以上を盗み聞きする勇気がなくて、そこから逃げるように去った。

ちょうどその頃司法試験予備試験の口述試験があって、家ではひどく神経質になっていた孝美が何をしても、何をいっても怒ってくる感じだった。どこでもファイルを広げ、一人で上を向いてぶつぶついっていた。それでもそんな風に準備万端にして緊張感を上げていった孝美は、天晴《あっぱ》れなことに一一月に最終合格した。何よりも見事だったのは、それを一言も自慢しなかったことだった。

これで、美南はさらにもう一つ焦燥感を抱えることになった。この条件下で、孝美は合格率三％の試験に完全合格した。いっぽうで知宏のことも景見のことも、自分は何もできないという事実が空《むな》しくて、今どうなのか、これからどうなるかという不安も苛立たしくて、それが美南から精神的な落ち着きを奪った。そして自分は勉強もできず、女としての魅力もないのではないかという自信喪失からくる強い自己否定。

この頃の美南は勉強しなきゃ、できない、でもやらなきゃ落ちる、という強迫観念のループに陥《おちい》り、夜ぐっすりと寝ることができず、頭痛と胃痛に悩まされるような惨憺《さんたん》たる状態だった。暗闇で目を閉じると浮かんでくるのは細かく字が書かれたノートか、景見と翔子がいちゃついている幻影だった。

――先生を信じてないから、こんなに不安なんだ。信じればいい……どうやって？　アメリカ行きみたいな重要なことを、私にいってくれなかったのに？

当然の結果として、美南は一一月にあった二回目の卒試に落ちた。卒試は単なる点数だけでなく、一回目と二回目を比べた伸び率も考慮される。つまりギリギリでも二回目のほうがいい点を取れている学生は、よく伸びていると見なされて受かりやすい。二回目に落ちるということは点数も足りず、伸びもないと判断されたということになる。学年でも落ちたのは一〇人くらいだろうか。

さすがにこれはショックだった。今までギリギリながら何とかやってきたという自負から、手ごたえはなかったがもしかしたら受かるかも知れないという甘い期待があった。だが、もはや現実はそう優しくない。

受かったクラスメートたちは爽《さわ》やかな表情を浮かべ、三か月後の国試に向けての勉強に専念し始めた。何しろ卒業は確定したのだ。しかも国試は卒試より楽だ。もう先は開けたも同然なのである。

だが美南は、来月の再試に全力を注がなければならない。再試に落ちたら留年が決定するのである。そうなったら、北関東相互病院の話もなくなるだろう。来年の学費どころか、今年の学費をどうやって返すのか？

卒試に落ちたなどと知れたら知宏ががっかりして病状に悪影響があるかも知れないし、孝美になぞ何といって責められるかと思うと、美南は家族内で卒試や大学の話をしたくなかった。

大学に行っても、合格組に会うのは気が滅入る。この頃の美南は昼間は自分の部屋で勉強し、学生たちがいなくなる夜になると大学に行くようになった。結果、日によっては誰とも、家族とすら会わないこともあった。

落ちたことは、誰に何もいわれなくても美南が一番よく分かっている。今まで張りつめていたものが一気に緩んだ気がして、倦怠感がひどくなった。受かればとりあえず一息つけるのに、腹に力が入らない。未来に絶望的になって机に突っ伏して涙することも、何回かあった。

ある夕方大学の図書室に少し出かけてみたが、やはり集中できないので家に帰ることにした。場所を替えればどうにかなるかと期待したのだが、そんなものにいい訳を求めているあいだはうまくいくことなどないのだとつくづく知った。

外はもう暗くなって、教育棟のなかの人影もまばらだ。美南が二階から階段を降りていると、ふとケーシー姿の景見が階段下にある玄関ホールを小走りに横切るのが見えた。

――先生！　日本にいたの？

美南は心臓が飛びだしそうなくらい驚き、心のなかで大声で景見を呼んだ。この頃の美南は自己嫌悪と事実を知る恐怖から、景見にメッセージ一つ送っていなかった。また景見も景見で、用事がなければほとんど連絡をしてこない人間だ。

アメリカ行きについて、聞いてみなければ。一人で行くということを、確認しなければ。美南はほとんど無意識に階段を駆け下りて、景見を追いかけた。

ところが景見が「悪い」と手を挙げて走り寄った先に、あの翔子が立っていたのである。

「もー、先生、遅いよお」

景見を見るなり、そういって翔子は頬を膨らませた。

「悪い、待った？」

「待ったよお。いっつも遅れるんだもん」

——え？

美南は立ち尽くした。一歩も動けなかったし、何より足に力が入らなかった。

二人は二言三言笑いながら話をし、それからエレベーターに乗っていった。美南は、脚が小刻みに震えるのを感じた。

何か用事があって待ち合わせていたに決まっている。付き合っているなら、こんなところで堂々と会うはずがない。美南は必死で自分にそういい聞かせながら、それでも翔子が景見に発した言葉が耳について離れない。

「いっつも遅れるんだもん」

——いつも待ち合わせしているの？

美南は自分がどうやって家に帰ったのか覚えていないほど、茫然自失していた。それからずっと机に向かって目を開けたまま、ただ座っていた。何も考えていなかった。何も考えられなかった。

景見は、美南には一度の連絡もくれなかった。

代わりに、その夜小倉からメールがきた。

「一人だとあまりはかどらないので、一緒に勉強しませんか？」

そういえば、前にそのうち一緒に勉強しようといっていた。だが、美南が卒試に落ちていることを知らないはずはない。それで気を遣ってくれているのだとすれば、正直うっとうしいだけだ。美南は端的に返信した。

「再試があるので、国試の勉強にまだ取りかかれません」

ところが、小倉からすぐ返事がきた。

「僕も再試組です」

美南はこれに「ウソ！」と声をあげて驚いた。小倉は血に弱いだけで、いつでも成績は平均かそれより少し上。落ちるようなアタマではない。どうして落ちたのか？

その後小倉に会って詳しく聞くと、一一月の試験のまさにその日、奥さんと上の子がインフルエンザに罹患《りかん》し、奥さんの熱が四〇度まで上がったため病院に連れていったので、受験できなかったそうだ。

「でも小倉さん、普通の試験じゃなくて卒試ですよ？」

「まあ、再試があるの分かってましたから、そっち受ければいいかと。病気の妻を見殺しにして医師になるとか、おかしいでしょ」

苦笑する小倉の顔を、美南は食い入るように見入った。

――何だろうこの余裕？　留年してもいいお金があるから、こういう風に考えられるのだろうか。いや、そんなはずはない。小倉さんは学生ローンの貸与を受けているから、経済的余裕はないはずだ。

「それでもし再試も落ちたら、奥さんを恨んじゃいませんか？」

「いや、まだあと一か月も時間あるのに再試落ちるって、それどう考えても僕のせいでしょ」

「……カッコいいですね！」

美南は素直に感心してそういった。小倉は照れて笑っていたが、本当にそう思った。小倉には、精神的にゆとりがあるのだ。スケジュール通りにいかなくても、それが一生の終わりではないことをちゃんと知っているのだ。本当に揺るがない、自分のペースを保っていられる人間とは、こういう人のことをいうのではなかろうか。

――そうだ。本試に落ちたって、再試に受かればいいだけだ。私は何を凹んでいるのだろう。

「どーもー。遅れてすみません」

その声に振り向くと、帯刀と日向がいた。小倉が微笑した。

「僕が帯刀君に頼んだんです。分からないところを聞こうと思って」

すると帯刀が、「帰りが終電を過ぎるだろうから、車で送って欲しくて日向君に頼みました」と続けた。日向は美南に気を遣って「あ、迷惑なら俺あっちで勉強してるから」と慌てた。

「全然迷惑じゃないよ。一緒に教えて」

美南の口から、自然にこの言葉が出た。日向はちょっと驚いた顔をして、それから嬉しそうに座った。

美南はこの時ふと、本当にフッと自分が底から脱した気がした。線グラフのV字の一番数値が低いところを過ぎた、そうはっきり認識できた。その途端、視野が広がって周りが明るくなった気がした。

「ありがとう、小倉さん」

美南が嬉しそうにいうと、小倉はにっこりと答えた。

「いえいえ、みんなでやるほうがはかどりますからね」

「じゃ、早速始めましょう。時間がもったいない」

帯刀がやる気満々で椅子に座った。

このメンツが揃うと、大竹の天そばが恋しくなる。久しぶりに穏やかな空気が流れ、見失っていた自分が返ってきた感じがした。

帰りの電車のなかで夜景を眺めながら、美南は考えた。

——どうせお父さんの病気のことが心配で落ち着かないなら、悪性リンパ腫のことを調べてみよう。

何だか、とてもスッキリしていた。

それからは暇をみて文献やネットでいろいろ調べたり、腫瘍内科の教授を捕まえて話を聞いたりした。悪性リンパ腫は、どこからきている？　可能性としては肺、大腸……それぞれの場合において、どのような治療を行うことができる？

今回は不思議なことに、先月までの閉塞的な感覚とは全然違っていた。頭が冴《さ》えているとは、こういうことをいうのだろう。頭のなかが綺麗になって、視界が晴れ渡っている気がする。調べものといい勉強といい、どんどん突き進めていくことができた。気分ひとつがこんなに人間の行動を左右するのかと、美南は自分で体験して改めて驚かされた。

4

一一月からずっと、景見はいなかった。アメリカの大学病院に転職するとは聞いていたが、いくつか候補があって絞れていないとかで、学会ついでに面接や研修も兼ねてアメリカに長々と行っているのである。

美南は結局、景見のアメリカ行きが決まってからほとんど話もしていない。翔子の件があってからは我を失って、どうやって接すればいいかすら分からなくなってしまった。

どうしてこんなに行き違ってしまったのか。海外転職なんて重要な話をしてくれないとは、一体いつ何で景見のなかでの美南の重要度がそんなに下がったのか……もっと重要な人ができたのか。いくら考えても結論が出ない。景見にとって、美南はアメリカに行くまでのちょっとした遊び相手だったとでもいうのだろうか。

年が明けてやっと、美南は景見のマンションに行こうと重い腰を上げた。住人がいないのは分かっていたが、美南が以前もらった鍵を置いてこようと思ったのである。渡米前にマンションを引き払うなら、美南が持っている鍵も回収したいだろう。今までは自分が鍵を持っていたらそのうち景見から連絡せざるを得ないという打算が働いていたが、鍵を握りしめて待つのがいい加減辛くなってきた。そろそろ潮時かも知れない。諦めに似た覚悟が、美南のなかでできあがった。

久しぶりの景見の部屋は以前よりも物がなく、人の住む気配があまりしなくなっていた。それでも微かに景見の匂いや温《ぬく》もりがある気がして、美南の心が落ち着いた。ソファの上に綺麗に畳んであるタオルを退けてソファに座り、脇にやったタオルの山を軽く撫でた。洗濯物をきちんと畳むところなど、結構几帳面《きちようめん》だ。美南はふと、沙良《さら》が景見のことを何でもひとりでできる、奥さんなんか要らないといっていたことを思いだした。

確かに、景見は自立している。だから身の回りの世話をする人は要らない。それでも誰かと暮らしたいと思うことがあるなら、それはきっととても精神的な、感情的な欲望のはずだ。きっと本物なのだ。

このまま二人が別れて景見がアメリカに行き、何年も会えないとする。そしてある日、美南が全然知らない女の人と景見が歩いているのを見てしまったら。あるいは、病院の誰かが「景見結婚したんだってよ」なんて話したら。それが知らない女の人ではなくて、翔子だったら。

――イヤ！

美南は飛びあがるように立ち上がった。ジッとしていられないくらい嫌だった。

――やっぱりダメだ、このまま終わりたくない。

まずはとにかく、ここに美南が今日きたという痕跡《こんせき》は残そうと思った。しかしもし景見がもう美南に特別な感情を持っていないとすると、これはストーカーまがいの気味悪い行動に見えてしまうだろうか。美南がそんな取り留めもないことを考えながらふとテーブルの上を見ると、茶封筒が置いてあった。そしてその上に貼ってある付箋《ふせん》には、「美南へ」とある。それほど達筆でもない、景見の字だ。

自分の名前を見た瞬間、美南の胸が大きく高鳴った。

――私宛《あて》？

別れの手紙ではないのは明らかだ。何しろ何の変哲もないＡ４判の茶封筒である。美南は微かに震える手で封筒を取り、なかを覗いた。

そこには製薬会社や医療法人が発行した「イブリツモマブチウキセタン（セヴァリン）」「エルロチニブ（タルセバ）」「ゲフィチニブ（イレッサ）」などと書いてあるパンフレットやカタログと、病院のリストのコピーがあった。リストには景見の字で、病院名の下に医師名と所属する科が括弧《かっこ》書きされている。どのパンフレットも、話題にしているのは「分子標的薬」という薬剤だ。美南は首を傾げたが、それからすぐにピンときた。

これは、おそらく景見が知宏のために集めてくれた資料だ。自分が留守《るす》のあいだに美南がこの部屋にくるかも知れないから、付箋をつけてテーブルの上に出しておいてくれたのだ。

美南は封筒ごと抱きしめて、大粒の涙を流した。景見は、美南のことをどうでもいいなど思ってはいなかったのだ。自分が勝手に燃えたり冷めたりしているあいだに、自分のためにこんなにあれこれしていてくれたのだ。美南はどうしようもなく景見が愛おしくなった。申し訳ないという感情ではなく、ただただ景見が好きで好きでたまらなくなった。泣きだしたらとまらなくなって、嗚咽すればするほど封筒を強く抱きしめるものだから、しまいには封筒がしわだらけになった。美南は一人で景見の部屋で、随分と長いあいだ泣いていた。

美南はマンションを出る時、自分が持ってきた小さい封筒に鍵を入れて景見の郵便受けに置いた。そして「今先生の家にきています　鍵を返さなければならないでしょうから、郵便受けに入れておきます　私宛の封筒頂いて行きます　ありがとうございます　落ち着いたらアメリカの住所も教えてください」という、何の変哲もないメッセージを打った。

本当はもっと素直な気持ちも書きたかったが、今の美南にはこれが精いっぱいだった。スマホを見る癖のない景見のことだから、時間が経ってから読んでもおかしくないシンプルな文章にした。

ところが、驚いたことにこれにすぐに既読がついたのである。こんなことは初めてだったので、たったそれだけで美南は大声をあげそうなくらい嬉しかった。その後何の返信もなかったが、「既読」の二文字は何よりも美南を勇気づけてくれた。

——私は、やっぱり先生が大好きだ。どうしよう、先生が好きだ。

美南は泣きはらした腫れぼったい目で空を見上げ、思い切り泣き笑いをした。


数日後の夜、孝美がリビングダイニングでスマホをいじっていたところに、美南が入っていった。すると、孝美がスマホから目を離さないままいった。

「少しは役に立ったじゃん」

「え？」

「お父さんのおできに気がついたってこと」

そこで、食いつくように美南が孝美の前に座った。

「それなんだけどね」

孝美は驚いて少し腰を引いた。

「何だよお」

「いろいろ調べたり教えてもらったりしたんだけど、がんの種類によってはかなり回復する場合もあるみたい。今やってもらってる検査でどこに原発巣があるか分かれば、そこから突破口があるかも知れない」

孝美は驚いた顔をした。

「回復？　ホント？　お姉ちゃんが調べたの？」

「うん、まあ……教えてもらったんだけど。でもネットや本でも調べたし、腫瘍内科の先生に聞いたりもした。だから情報自体は、結構アテになると思うよ」

「回復って？」

「例えば肺がんなんかだと、ステージⅣでも分子標的薬っていうのを使ったらその効果が五年も続いたとか、会社に復帰したとか、スポーツ選手が試合に出るまで回復したとかいう例もある」

「ホントに？　がんがそんなによくなるの？　何、その薬？」

「薬の効果は人によるけど、副作用はそれほどないし。ただ、高い」

孝美の顔が曇《くも》った。

「またお金。いくらくらいするの？」

「安くて月三万、高いと三〇〇万」

「三〇〇万？　そんな高いのもあるの？」

「まあ、値段に応じて種類は相談できると思うよ。私が働きだしていれば、高くても何とか払えるんだけど。そうか、カードでボーナス払いにするって手もあるかも！　そうすればすぐ支払っても、引き落としは六月になるか！」

「卒試も落ちてるくせに、就職できる前提でいってる、それ？」

孝美が笑って冷やかした。

「いや、あんたのカード」

「おい！」

二人でクスクス笑い終わると、孝美が続けた。

「分かった、なんとかなる範囲なら、その薬使ってもらおう。私はもうあと卒業までそれほど大変じゃないから、あてどの生活費は賄うくらいのバイトできるし。お姉ちゃんは、とにかく卒試も国試も受かりなよ」

「うん」

「やっと頼りになると思ったのに、ここでヘタこいたら話にならないよ」

「うん」

しおらしく返事をしたあと、美南は気がついた。

やっと頼りになると思ったのに。

——そうか、やっぱり孝美は私にしっかりして欲しかったのか。

美南は苦笑した。いつでも周りの手にばっかり支えてもらっていて、自分が主導することはなくて、それが孝美には不甲斐なく思えたのかも知れない。

一二月の卒試再試に、美南も小倉も無事合格した。美穂にはひどく心配をかけたが、再試直前にはだいぶ精神状態が落ち着いた美南を見て「イケると思ってた」といった。この頃美穂は得意の語学を生かしてパートで夕方も子ども相手の英語の先生をし、安定した収入を稼いでいたし、孝美も毎日アルバイトをしていたので、安月家の家計も一息ついていた。

年の暮れも押し迫った頃、美南が大学のバスターミナルに立っていると、背後から翔子が声をかけてきた。

「美南！　久しぶりじゃん、元気ー？」

美南は不用意に飛び上がって、翔子と視線を合わすことができなかった。いっぽうの翔子は堂々として、前より自信に満ち溢れている風だった。

「美南、研修地方なんだって？」

「あー、うん、栃木。翔子は」

いいかけて、美南は一瞬口ごもった。「アメリカ」と答えられたらどうしよう、と怯んだのだ。そのせいで、急に声のトーンが低くなった。

「翔子は、その、卒業後どうするの」

勘のいい翔子は、美南の怯えたような表情を見てニヤッと笑うと、ドヤ顔でいった。

「私？　アメリカに行くよ。景見先生と一緒に」

美南は頭を横殴りにされたような気がした。目の前が黄色くなって、耳鳴りがした。駄々っ子が暴れる寸前のようにイラッとして、目頭が急に熱くなった。もちろん、何の言葉も発することができない。誰がどう見ても、今の美南はひどく動揺しているのが分かったはずだ。

「景見先生から何も聞いてない？」

翔子は勝ち誇った風に尋ねた。

「う、ううん、全然話してないから」

「そうなの？　いつから？」

「いつ……秋口頃からかな？」

「えー？　そんなに長い間？」

翔子がわざとらしく高く大きな声をあげた。美南は押し黙った。するとその顔を見て呆れた風にため息をついた翔子が、突然低い声の早口で呟いた。

「それじゃ、何も知らないはずだよね」

この一言は、勝気で毒舌な翔子の話しかただった。

「何あんた、先生と別れたの？」

美南は黙り続けた。何もいうことはなかった。むしろその答えは、美南が翔子に聞きたかった。

ところが、翔子が吐き捨てるようにいった。

「冗談だよ。行かないよ、アメリカなんか」

「え？」

「景見先生の出身大学の病院で研修する予定だから、先生にいろいろ相談してたんだよ。うちは私が後継がなきゃいけないのに、海外なんか行くわけないじゃん」

翔子は可愛げのない、低い早口でそういった。

「そうなの？」

美南の声がひっくり返った。この時真っ白だった美南の頭のなかに、さまざまな色が飛び込んできた。翔子は、景見とアメリカに行くのではなかったのだ。

「景見先生は関西の国立大学出身だよね？　翔子、関西に行きたいの？」

「親が元々あっち出身だからね。先生があっちこっち声かけてくれたから、何とか行けそう」

「そうか。翔子、昔から成績良かったしね」

「あんた、先生と別れたの？」

翔子が被せるように聞いてきた。美南は黙った。

「質問替えようか。先生のこと好きなの？」

「好きだよ」

「即答じゃん」

翔子が噴きだした。

「なのに、何で何か月も会ってないの？」

「何で……何か、すれ違っちゃって」

「違うでしょ。『いじけちゃって』でしょ」

図星である。美南は大事なことを景見が自分にいってくれなかったといって、自分からちゃんと聞きにいくこともせず、ただいじけていたのだ。その間に、景見は忙しいなか分子標的薬の情報を集めてくれていたというのに。何と受け身で、上から目線だったことか。

「……うん」

翔子に鋭いところを突かれて、口を尖らせて答えながら、美南は何だか嬉しくなった。昔の毒舌だがおもしろい翔子が帰ってきたようで、懐かしくてウキウキした。翔子も同じことを思ったのか、二人は目を合わせて噴きだした。それから大笑いをして、美南は目に滲むうれし涙を笑い涙に見せかけた。

「知ってる？　あっちの先生から聞いたんだけど、景見先生って、昔は無口で無愛想で、全然違うタイプだったらしいよ」

「あー、うん、自分でもいってた」

「じゃ、何で変わったか聞いた？」

美南は首を振って、翔子を覗き込んだ。そこが知りたいところだった。

「私もちゃんと聞いてないけど、患者さんとあんまり話をしない人だったから、担当の患者さんが術後うつだったのに気づかなかったことがあったんだって」

「術後うつ？」

手術や痛みが苦手だったり心配性だったりすると、手術後の特に安静にしていなければならない時にただ痛い、痛いと思い続けたり、いろいろ考え過ぎることがある。そしてそれが高じて、うつ症状になるケースさえある。

「うん。手術は成功したんだけど、内科に移ってすぐその患者さん自殺しちゃったんだって」

美南が目を丸くして絶句したので、翔子は慌てて言葉を足した。

「あ、だから景見先生直接は関係ないのよ。ただもうちょっとコミュニケーションをちゃんと取っていればよかったって、ひどく悔やんでたんだって」

「コミュニケーション……」

「ほら、痛い痛いっていってるのを聞いてやるだけでも、そういう人って違うじゃない？いろんな緩和ケアをしてやるとかさ」

美南には思い当たることがあった。随分前だが患者の家族が話しかけてきた時、景見は些《いささ》かオーバーに見えるくらいに手を取って丁寧に説明し、患者の様子を聞いたりしていた。それが少しわざとらしく感じられたくらいだった。

前の病院でそういうことがあったから、あの時もきっと頑張ってそう振る舞っていたのだ。OSCEでやった、オープン・クエスチョンの応用だ。美南はこれに至極納得がいった。

――そうだったのか。技術だけじゃなくて、そういうところでも苦労することがあるんだ。

スッキリしたいっぽう、その患者の死によって自分を追い詰めもしたであろう景見を思って、美南の胸が痛んだ。本当は技術の向上に邁進《まいしん》したいのに、その患者のことがトラウマになって自分で歯止めをかけてしまっているとしたら、それは切ない。

「でも最近やっぱり腕を上げたいって思いだしたらしくて。そのためにアメリカに行くわけじゃない？　だからこっちの恩師の後押しでもあったのか、不思議だって、あっちの大学で噂になってた」

美南はそれをそのまま聞いていた。景見にそう思わせたのが美南だったとは、夢にも思っていなかった。

5

年が明けて少し経つと、家族全員を集めて知宏の主治医がいった。

「原発巣が肺にあることが分かりました。皮膚を調べたところ、肺がんの遺伝子が出まして」

美穂は狼狽した。

「え、でもこの人たばこ吸わないですよ? それに肺は前に検査してますが」

「たばこを吸わない人でも、肺がんになることがあります。それに検査のタイミングによっては見つからないこともあるので、前回はそういうことだったんでしょう」

知宏は、微かに作り笑いをした。

「そうか、だからずーっと息苦しいのか。身体が弱ってるとこうなるもんだと思ってた」

「そんな、肺のがんって……」

美穂が口を覆った。部屋のなかに重い空気がのしかかった。

ところがその時、美南と孝美は顔を見合わせて微かに頷いたのである。医師もそれほど悲観的ではないらしく、その表情は重くない。

「これから今までとは違う薬を中心とした治療をしようと思いますが、これまでの抗がん剤より高価になることがあるので、まずはご相談をと思いまして」

「もっと強い薬になるんですか？」

美穂が細々とした声で尋ねた。だが両親が青ざめるなか、美南の顔が紅潮した。

「分子標的薬ですか？」

すると、主治医の顔がぱっと明るくなった。

「そうです。よくご存じでしたね」

これを聞いて、美南の顔に思わず笑みが漏れた。美南が調べてきたことは正しかった。いや、景見の見立てが合っていたのだ。嬉しそうにする美南の隣で孝美まで微笑しているものだから、知宏と美穂は不思議そうに二人を覗き込んでいた。

分子標的薬は病気の細胞の表面にあるたんぱく質や遺伝子を狙って効率よく攻撃する薬で、近年その効力が特に注目されている。確かに高価だが、その点は孝美と相談済みだ。

美南は孝美にしたのと同じ話を、孝美とともに両親に説明した。

「あのおできみたいなのが肺由来だって判明したのは、ラッキーだったかも知れないよ」

「そんな魔法みたいな薬、本当にあるならいいけどさあ」

知宏と美穂はまだピンときていないらしく、懐疑的な顔をしていたが、孝美が二人の背中を強く押した。

「魔法かどうか、試してみるしかないじゃん。副作用もあんまりないっていうんだし、お姉ちゃんが勧めてんだから大丈夫だよ。それとも何もしないで死にたいの？　まだ六〇前だよ？」

――お姉ちゃんが勧めてんだから大丈夫。

孝美にしては、意外過ぎる言葉だった。美南が目を丸くして孝美の顔を凝視すると、孝美は恥ずかしそうに続けた。

「お姉ちゃんがやっと役に立ったんだから、聞いてやろうよ。ほら、学費のことも自分でどうにかしてきたんだし、少しはアテになるかもよ」

孝美が美南をフォローするなんて、随分久しぶりだ。美南は妹にやっと認められたような気がした。

幸いなことに分子標的薬の投与が始まると、知宏の病状はめざましく回復した。X線に写る影が、みるみる薄くなっていったのだ。副作用でニキビのような発疹《ほっしん》や下痢が多少あるが、それでも身体が楽になったのが見て取れた。動きもよくなり、食事もちゃんと摂るようになり、顔色がよくなって全体的に肉付きがよくなった。

「少しでも元気になるっていうのは、こんなにありがたいことなんだねえ」

知宏はリラックスした微笑を浮かべるようになった。そして長いあいだ放っておいた株が上がっているので思わぬ儲けがあったといって、美穂と二人で大喜びしていた。娘たちはこの夫婦が揃ってこんな風に明るく笑うことなんてもう二度とないんだろうと思っていたので、涙が出るほど嬉しかった。

「薬が替わるまでは、毎日目が覚めるのが怖くてね」

　知宏が苦笑した。

「だって、夜が明けるちょっと前に、いやーな感じで目が覚めるんだよ。窓のほうを見て、あー、今死ぬのかな、今日の太陽が見られないで終わるのかなって。死ぬ前に何かすればいいと思っても、意外と何もできないんだよ。ダメなんだよなあ」

　知宏のあの引きつけたような笑い声を久しぶりに聞いて、美南は大竹を思いだした。

「美南が助けてくれたんだ。あの時おできがあることに気づいてくれたから、お父さんはこうして生きていられるんだよ。お前は立派な医者になる。お父さんが保証するよ」

　知宏が優しくいうと、美南の目から涙が溢れでた。孝美は、知宏が美南をわざと泣かせたといって笑った。

　こうして美南は二月、国試に落ち着いて臨むことができた。父の病状も安定していたし、不安はなかった。

終章　オレンジ色の病院

桜までまだ少しある三月二日、大学の卒業式を迎えた。美南《みなみ》は美穂《みほ》が大学卒業の時着た袴《はかま》を身に着けたが、みんな成人式並みに派手な着物や袴を着ているせいで、かなり地味に見えた。

「やっぱり豪華なヤツ借りたほうがよかったんじゃない？」

美穂は肩を竦めたが、美南は平気だった。とてつもない金持ちもいるこの大学で、いちいちそんなことを気にしてはいけないのである。

孝美《たかみ》はキョロキョロしていたと思うと、少し先を歩く誰かの母親を小さくピッと指さした。

「あれ、見て！　あの襟《えり》はシャネル！」

それからスマホを素早くいじって、画面を見せる。

「ジャケットだけで四〇万くらいか？」

「ねえ、うるさいってば」

美南が苦笑しながら二人をとめた。六年前と何も変わっていない。

着物や袴、ブラックドレスを華やかに纏《まと》うクラスメートたちのなかにあって、特に翔子《しょうこ》は頑張っていた。何でもオーダードレスで、ウン百万かけたそうだ。

「これから稼げるんだし、卒業式だから頑張っちゃった！　メーガン・マークルのウエディングドレスがジバンシィだったじゃない？　だから私もジバンシィにしたの！」

そういって誇らしげに微笑する翔子のドレスは大きく襟元が開き、豊かに揺れる胸が今にも見えそうだった。卒業式にはふさわしくないかも知れないが、なるほど色っぽい。

「すっごく似合うよ」

すると、翔子がいたずらっ子のような顔をぐいっと近づけて美南の耳元でいった。

「ホントのこと教えてあげようか。私、景見《かげみ》先生狙ってたんだよね」

「えっ！」

美南の顔が強張《こわば》った。

――そういえば以前、先生が翔子に迫られたことがあるといっていた。駐車場で、翔子が及川《おいかわ》さんとキスしているのを見た時だ。あの時の翔子は異常に機嫌が悪くて、先生にもあたっていた。

「ほら、あの先生いつも忙しくしてて、隙がないじゃない？　だから、仮眠室で抱きついてさ。ちゃーんとキスさせてくれたよ」

「ウッソ……」

景見が翔子とキスをした。美南は絶句した。

するとと美南の反応に、翔子が満足そうに笑った。

「先生、もう人形みたいにね、棒立ち無表情のまま。で、しばらくしたらいうに事欠いて、『もういいか。今急いでる』って！　ひどくなーい？」

翔子があまりにも楽しそうにケラケラ笑うので、美南も力なく作り笑いをした。景見とキスをしたといっても美南と付き合う前の話だ、文句をいう筋合いはない。それに景見は翔子の誘惑に乗らなかったのだから、それでいい。

「そのすぐ後に先生が美南と付き合いだしたから、カチンときちゃってさ」

美南は納得した。そういえば翔子の当たりが異常に強くなったのは、確かにあの頃だった。

翔子が笑うと、大きな胸が揺れる。この胸で、この人は数多の男性をひっかける六年間を過ごしてきた。でも結局、誰にも落ち着かなかった。翔子はきっとこれからもこんな風に、あちらこちらの男性医師を渡り歩いて生きていくのだろう。

まだ国家試験の結果は出ていないが、みんなあまり心配していない。国試は卒試よりも簡単だったし、大体の手ごたえで合格が見えているからだ。美南も、今回は多分行けるという自信があった。三月中旬に結果が出て、合格していれば晴れて医師となる。そうしたら、栃木に引っ越しだ。やっと、やっと現場に出て働きだすことができるのだ。

多くの学生は、卒業後CDで研修を続ける。その後はCDに残ったり、親の仕事を継いだり、他の病院へ行ったり、大学院へ進む者もいる。六年間ともに過ごしたクラスメートが、その時遂に思い思いの道に進むのである。

学生時代に呆れるほど勉強をし、命をすり減らしながら研修医時代を過ごせば分かるが、医師という肩書や安定した大きな収入への野望だけで、これほどまでに長く辛い下積みはそう簡単に我慢できるものではない。経済的・社会的恩恵《おんけい》は、大きいけれど所詮《しょせん》副産物なのだ。どの学生も長い学びのあいだに医師とは、命とはという命題に一度は突き当たり、悩み、やがて自分なりの結論と正義を持って患者と対峙《たいじ》する。その時、初めて〝医師〟になるのである。

軍艦島病院の桜につぼみがついている。毎年、ここで満開の桜を見た。ここで六年間も過ごしたのだ。六年といえば、入学時に生まれた子が小学校に入ろうとする時間だ。理佐《りさ》の子は保育園で元気に走り回っていて、景見が手術をしてその後順調に回復した理佐のお父さんが毎日保育園へ迎えに行っている。理佐は、そろそろ再婚するらしい。

卒業式には景見も出席していた。スーツ姿ががっしりした体格にきまっていて、カッコよかった。美南は昔憧れていた頃の気持ちそのままに、景見を遠くから見てウキウキした。やっぱり今でも尊敬しているし、やっぱり今でもステキだと思う。太い腕、大きな胸、少し掠れた高めで密度の濃い声。何一つとっても、嫌気なんて差したことはない。

美南は、何とかして景見にお礼をいいたいと思っていた。今日は医師の景見に憧れていた一人の学生として、頭を下げたかった。

「あの男、医者か」

景見を見続けていた美南の隣で、突然知宏《ともひろ》がいった。美南は驚き、慌てて平静さを取り繕った。

「ああ、そう。心臓血管外科の先生」

「まだ若いな。体力ありそうだ」

「うん。若手じゃピカ一だよ」

美南はつい、誇らしげにそう続けた。美南と景見との距離は、この時随分とあるような気がした。

ところが卒業式の席で、堀田《ほった》学長が退職者一人ひとりについて説明した時のことである。

「景見先生は、さらに多くの可能性と経験を求めてアメリカのボルチモアにある病院に行かれます。本学病院の心臓血管外科には、四月から代わりに北関東相互病院から須崎正孝《すざきまさたか》先生が着任されることになっております」

美南はこのことを初めて知って、立ち上がらんばかりに動揺した。

北関東相互病院の心臓血管外科医の須崎先生といえば、乳腺外科の須崎教授の息子さんだ。

——須崎先生の息子さんが、景見先生の後釜《あとがま》？　待って、どういうこと？

須崎は、自分の息子をCDに呼びたがっていた。ただ空きがない、何とかならないかと前からいっていた。そして景見から美南の家の事情を聞いて、美南に北関東相互病院からの学費貸与の根回しをしてくれた。その後須崎の息子は、空きができたからCDに移れるようになった。

どうして空きができた？　景見が辞めるから。では、どうして景見はいきなり辞めた？　どうして、アメリカに転職なんていいだした？　須崎は何といった？

「景見先生に感謝しなさいね」

美南は顔をあげた。

——まさか。

式後、知宏らは先に帰った。大勢の卒業生、参列者、在学生でごった返している中、美南は必死で景見を探した。だがやっと見つけた景見はたくさんの先生たちに囲まれており、その後ろに田中《たなか》ら、順番待ちの学生たちの輪もできていた。とても近寄れそうもない。ためらった挙句とりあえずもう一度こよう、と美南が弱気になって背を向けたとき、背後で誰かと景見が話している声が聞こえた。

「このまま夕方からの送別会に行くのか？」

「いえ。朝急変があって車できたんで、一度家に車置いてきます」

「そうだな、飲むからな」

ということは、先生は駐車場にくる。美南は口をキュッと閉じて、式場を飛び出していった。

「あれ、美南、どこ行くの？」

「安月《あづき》さん？　謝恩会行かないの？」

背後でクラスメートたちの声が聞こえる。

「うん、行くけどちょっと用事！　先行ってて！」

美南はそう言い残して走った。

それから三〇分もした頃、両手に花束や餞別《せんべつ》を抱えて職員用駐車場にきた景見は、自分の車を見て一瞬目を丸くしてから、ふわりと微笑した。そこでは母のおさがりの袴を着た美南が、ちょうどあの時のようにボンネットの上で足を投げ出し、フロントガラスに寄りかかって座り、景見を待っていた。

「だからボンネットの上はないって」

「先生が捕まらないと困るから」

「袴でよく登れたな」

「先生に聞きたいことがあって」

景見は、美南が何を聞きたいか分かっていたのだろう。苦笑しながら後部座席のドアを開け、花束や紙袋を置きながら「えー、いいよもう」と呟くと、雑にドアを閉めた。美南はボンネットの上から降りずにフロントガラスに腹ばいに向きを変えると、運転席のドア脇に立つ景見の顔を覗き込んだ。

「先生、どうしてアメリカに行くんですか」

「いいからそこから降りろよ」

「答えてくれたらどきます」

景見は少し口ごもった。

「フロントガラスが汚れるだろ」

「どうしてアメリカに行くんですか」

「やっぱり技術が必要だって思ったから！」

景見は美南を見ることなく、放り投げるようにそういった。美南は景見から目を逸らさないまま、何もいわずにゆっくりとボンネットから降りた。景見はついに居心地が悪そうに、「何だよ」と美南に毒づこうとした。

その瞬間、美南は「黙って」というかのように景見にキスをした。景見が目を丸くすると、美南は満面の笑みを浮かべていった。

「大好きだよ」

そういいながら、美南の目から大粒の涙が溢れた。

——バカみたい。自分の感情に任せて、あんなに先生を責めた。でも先生は何もいわなかった。いえるわけないじゃない、私のためにアメリカに行くなんて。景見先生がそんなこと、いうわけないじゃない。

景見はしばらく驚きの表情のまま美南を見ていたが、それから美南を強く抱きしめて喰いつくようなキスをしてきた。

——ああ、先生のキスだあ。

涙がとどまることなく溢れた。

——私、ずっとこうしたかったんだ。こうされたかったんだ。私が小さな女の子みたいにすべてを委《ゆだ》ねられるのは、この人の腕のなかだけだったんだから。

——この人は、私のオレンジ色の病院なんだから。

それから、景見は少し口を離して呟いた。

「その顔が見たかった」

「えー？　泣いてる顔？」

「本当の顔」

美南がキョトンとすると、景見はふわっと微笑して美南の顎を指でつまんだ。

「喜怒哀楽が真っすぐ出てる顔」

「何それ？」

美南が笑いながら背を反らせた。景見は初めて美南が景見の胸で大泣きした時と同じように、美南の腰に手を回したまま離さなかった。

「真っすぐな顔って、その、怒ってても？」

「怒ってても」

「泣いてても？」

「泣いて鼻水垂らしてても」

これを聞いて美南が大慌てで鼻を触ったので、景見は声を出して笑った。

それからふと、景見が何か呟いた。

「え？」

美南がその言葉に驚いて聞き返すと、景見が珍しく恥ずかしそうな困った顔をして目を逸らす。そこで再度、今度は少し口元を緩めて「ん？」と同じ言葉を促すように尋ねると、景見は「黙れ」というかのように美南にキスをしてきた。

二人は唇を離してクスクス笑うと、三度唇を重ねた。その後景見が美南の目をしっかり見て、しょうがないなという顔で繰り返した。

「愛してる」

春の風が吹いた。

陽だまりの香りが広がった。

桜の枝先についたつぼみを、オレンジ色の太陽が包んでいる。

Haruki Bunko
ハルキ文庫

と8-1

イダジョ！ 医大女子《いだいじょし》

著者 史夏《とげ》ゆみ

2019年11月18日第一刷発行

発行者 角川春樹

発行所 株式会社角川春樹事務所
〒102-0074 東京都千代田区九段南2-1-30 イタリア文化会館

電話 03（3263）5247（編集）
03（3263）5881（営業）

印刷・製本 中央精版印刷株式会社

フォーマット・デザイン 芦澤泰偉
表紙イラストレーション 門坂 流

ISBN978-4-7584-4304-3 C0193 ©2019 Yumi Toge Printed in Japan
http://www.kadokawaharuki.co.jp/［営業］
fanmail@kadokawaharuki.co.jp［編集］　ご意見・ご感想をお寄せください。